传播新知 优美表达

在维港看落日

杨晓升 主编

张欣 虹影等 著

春风文艺出版社

·沈阳·

图书在版编目（CIP）数据

在维港看落日 / 张欣等著 . -- 沈阳：春风文艺出
版社，2025. 2. -- (微澜文库 / 杨晓升主编).
ISBN 978-7-5313-6820-5

Ⅰ . I247.7

中国国家版本馆 CIP 数据核字第 2025QN1545 号

春风文艺出版社出版发行

沈阳市和平区十一纬路 25 号　邮编：110003

天津鸿景印刷有限公司印刷

选题策划：王会鹏　　　　　特约策划：李文彧　郭　亮

特约编辑：李　明　　　　　责任编辑：韩　喆

助理编辑：史云龙　　　　　封面设计：任展志

责任校对：于文慧　　　　　幅面尺寸：145mm × 210mm

字　　数：230 千字　　　　印　　张：9.5

版　　次：2025 年 2 月第 1 版　　印　　次：2025 年 2 月第 1 次

书　　号：ISBN 978-7-5313-6820-5

定　　价：58.00 元

目　录

空色林澡屋

迟子建

去年花开时节，我率领着一支森林勘察小分队，自察卡杨北上，来到中国北部的乌玛山区。我们此行的目的，是对停伐五年后的乌玛山区的自然状况作实地勘察，看看休养生息后的森林，野生动物是否多了，消失的溪流是否如闪电一样，依然给大地撕开最美丽的裂缝。

因为要穿越大片的无人区，风餐露宿，猛兽、不可预知的自然灾害、匮乏的野外生存经验，对我们来说都是一道道看不见的网，构成威胁。我们托当地林业局的同志，帮我们请了一位山民向导，并为他配备了一杆猎枪。

他叫关长河，戴一顶有帽遮的鹿皮小帽，个子矮矮，罗圈腿，黝黑的扁平脸，塌鼻子，看人时喜欢眯起一只眼，眉毛疏淡得像田垄上长势不佳的禾苗，额头有两道深深的横纹，像并行的车轨，那额头就给人站台的感觉。但这样的站台，注定是空空荡荡的了。他不用嘴时，嘴唇也鱼嘴似的翕动着，好像在咀嚼空气。他牵来一匹鄂伦春马，驮运帐篷等物资。

进山第一天，他牵着马在前引路，不时嘟嘟囔囔地骂着什么，让人好生奇怪。晚上宿营时，我们才明白他嫌子弹配备多了，三十发——这分明是对他的枪法不信任嘛。他说非到万不得已，自己是不会动枪的。要是滥杀动物，乌玛山区的各路神仙，就会把他变成瘫子！

他带了一箱塑封的散装土酒，半斤装的。傍晚支起帐篷，燃起篝火，他就取出一袋，用牙齿在一角咬出豁口，将酒倒进一个漆面斑驳的搪瓷缸，随便倚着篝火附近的一棵树或是树桩（若倚着树桩，他头顶戳着一截黑黢黢的东西，便像旧时披枷戴锁的犯人了），耷拉着眼皮，十分享受地喝起酒来。他喜欢空口喝上小半缸，再凑过来吃饭。我们带了不少肉食罐头，他闻了总是蹙眉，宁愿吃他带的马鹿肉干，它们看上去像切断的棕绳，干硬干硬的，我们的牙齿对付不了，他却像嚼松脂油，毫不费力。我们带来的食物，他唯有对挂面情有独钟，他会把顺路采的野菜，水芹菜呀，柳蒿芽呀，或是蕨菜，在河中晃荡几下，算是洗了，也不用开水焯，更不用刀切，直接拌在面里。所以他碗里的面条总是绿白相间，像是一丛镶嵌着阳光的绿柳。

出发的第一周，我们发现几处落叶松林有被盗伐的迹象。树墩横切面现出的白茬，还是新鲜的。关长河告诉我们，所谓停伐，只是不大规模采伐了，林场的场长们，各踞山头，还是偷着砍木头，运出卖掉，以饱私囊。怕劣迹暴露而被追究责任，狡诈的林场主，将盗伐的林子放上一把火，烧个光秃秃，就说是雷击火引起的，瞒天过海。但是一周之后，当我们深入到密林深处，离公路铁路越来越遥远，连山间小路都难得一见的时候，我们如愿看到了繁茂的树，看到了在溪畔喝水的马鹿，看到了在柞木林中追赶山兔的野猪。我们还看到了硕大的野鸡——这森林中飘曳的彩虹，当它掠过树梢时，那泛着幽光的五彩翎毛，简直就是给绸缎庄做广告的，让人惊艳。

森林中最可怕的野兽不是狼和熊，毕竟遭遇它们的概率小，再说有关长河和他的猎枪护卫着。比野兽更凶猛的，是拂之不去的蚊子和小咬。尤其是不出太阳的日子，森林缺了阳光这味药，它们就猖狂起来了，抱团飞旋，跟着你走，将我们的脸叮咬得到处是包——它们恨我们侵入它们的领地吧，在我们的脸埋下地雷。所以宿营的时候，我们总是先拢火熏蚊子，再支帐篷。我们还在篝火旁撒尿，不然裤带一解开，蚊子小咬有如发现了乐园，一拥而上。关长河对我们在篝火旁撒尿很鄙视，说火神会怪罪的。他不怕蚊子小咬，有时还伸出舌头，舔几只吃。晚上他独自睡一顶帐篷，月亮好的夜晚，我们起夜时，不止一次看见他酒后站在泛着幽蓝光泽的林中，朝着月亮张开双臂，手掌向上，像是要接住什么的样子。我们当中有人按捺不住好奇，问他夜半那姿态是干吗。他说："月亮太明亮了，怕是天也难容，万一月亮被推下来，我还能救它一命。不然月亮的脸破碎了，夜晚就没亮儿啦。"他那郑重的语气，让人不敢发笑。

一路上我们只吃了两次野味。一次是我们发现一只折断了翅膀的大雁，匍匐在沼泽地上，关长河说失去了天空的飞鸟，生不如死，开枪射杀了它，这也是他此行开的第一枪。当晚我们将大雁拔毛，烤了吃了。另一次是从猎人下的套中，获得一只死狍子。我们逢着它时，它的身子还没凉透，嗅觉灵敏的鹰隼闻风而动，盘桓在上空，准备饱餐一顿。关长河先是责骂给狍子下套的猎人，所选择的树下没青草，让被缚的狍子失去口粮，活活饿死。之后他低头念了几句咒语，掏出猎刀，熟练地肢解了狍子。那晚在营地的篝火旁，我们用吊锅煮狍子肉。关长河采了一把野韭菜，掺着盐切碎了，狍子肉蘸野韭菜的味道，美妙极了。关长河没少吃肉，也没少喝酒。我们问他有老婆吗，他说老婆是天上的云，不能要。我们笑，又问他有情人吗，他说情人是地上的霜，千万不能踏。我们笑翻了，问他真没碰过女人吗，他很认真地说，碰过，女人给我洗澡。我们问，是城里洗浴中心的小姐吗，他摇摇头，说给他洗澡的是个老太婆。我们只当他胡说，不再追问。

关长河第二次开枪，是因为行程的最后几天，一条狼总是在黄昏时，跟在我们身后。它的气息扰得鄂伦春马心烦意乱，走不稳路，一会儿吊锅从马背掉下来了，一会儿盐袋落下来了，一会儿测量仪器又滑下来了，马背仿佛成了滑坡事故现场了，他不得不开枪吓跑狼。关长河不瞄准它，说是孤狼都有一肚子的心事，得留它一命。不过当晚到了营地后，他就自责带上弓箭好了，它完全能呵退狼，不该浪费那颗子弹。他还赌气地冲他的马说："一队人跟着，狼又吃不了你，瞧你慌张的，好像丢了屌，真没出息啊！"马摇晃了一下脑袋，屙下一堆圆鼓鼓的粪球，像是无数只愤怒的眼，在瞪着他。关长河无奈地笑了，拍着马屁股说："我一说你，你就拿这一招对付我啊！"

我们走出森林的前夜，考察接近尾声了，大家都很感激关长河，白天时特意在一条小河上，用石头垒坝，憋了十几条半大不大的鱼，傍晚宿营时，燃起篝火烤鱼，轮番给他敬酒。关长河对鱼没什么兴趣，只吃了半条鲇鱼。他对酒倒是热情万丈，来者不拒。他对我们说，明天出了山，会看到一个只有三户人家的小驿站，那里有个澡屋，叫空色林，是个老太婆经营的，她一天只烧一锅水，给一人洗澡，而她给人洗澡不收钱，只收吃食。其实那锅的直径，少说也有半丈吧，一锅热水洗两人绰绰有余。但如果真是两个人去了，都想洗，另一人就得等着，第二天再享受。

我们问关长河："你说的给你洗过澡的女人，就是她啦？"

关长河眯起一只眼，点了点头。

"她多大年纪了？"

"她开这澡屋，快二十年了吧。多少岁数，她不说，咱也不问，我估摸着，少说也有七十几了。她原来挺高的，现在一年比一年矮了，人一抽抽儿，就是老啦！"

"她只给男人洗澡吗？"

关长河说："南来北往跑运输的，哪个不是男人？再说了，女人哪有男人风尘多！"

"那你是完全脱光了，让她洗吗？"

关长河翻了一下眼珠，反问一句："你们见过在水里穿裤衩的鱼吗？"

我们大笑起来。

关长河说陪我们走了一路，分别之际，他没什么好送的，就送这个老婆子的故事给我们听。

我们知道这该是个很长的故事，纷纷起身，有给篝火添湿枝丫的（这样它能燃烧得长久些）；有去小解的（听精彩的故事，最怕憋尿）；还有加衣的（森林夜露浓重，月亮给加的衣服，毕竟太薄了）。我们为了迎接关长河送的别致礼物，作好了准备。

在乌玛山区，冬天时老天是昏庸懒政的皇上，天门晏开早闭，几不理朝；夏天则改朝换代了，一派勤政之气，天门洞开，有点夜不闭户的意思。太阳落山了，西边天上，还浮游着丝丝缕缕的晚霞。它们是仙女们准备的金丝线吧，预备着缝补月亮。而那晚的月亮，确实缺了一角。

关长河故事的主人公，是一个女人，三个男人，和一条叫白蹄的狗。

这女人是旺河人，她来到乌玛山区时，还是个少妇。她带着儿子，投奔在翠岭林场的丈夫。那时乌玛山区刚开发，她男人是首批进驻的工人，带家属的男人少而又少。

他们的婚姻是父母包办的，男方并不想娶她。因为这男人生得俊朗，女人却很丑。她高个子，身材也匀称，就是脸面与常人不同。别人的鼻子，是脸颊的中界线，可她的鼻子，偏袒一方，致使左脸辽阔，右脸一派失地气象，狭窄逼仄。脸不对称，就给人扭曲之感，她不得不梳一缕长长的刘海，遮住半个左脸，削弱它的势力范围。但麻烦又来了，她的眼睛不歪不斜，这绺浓密的刘海，常让左眼失陷，使她看上去像是独眼女人。据说她丈夫只身来到艰苦的乌玛山区，就是想摆脱她。不料她跟过来，并在此扎根。

这女人在家属队干活，夏季种菜，冬天拉雪爬犁运粮油。她力气大，好脾气，乐于助人，所以人缘不错。女人们尤其喜欢她，因为所有的女人在她面前，都是美人了。她说话有个特点，但凡说到自己，不是以"我"或"俺"自称，而是"咱"，好像谁和她都是一体的。自打她来了翠岭林场，她男人就没气顺过，常跟她找碴儿。她受了委屈无处哭诉，就在吃食上为难男人，做夹生饭，将菜炖得齁咸，把玉米饼子贴得跟石板一样坚硬，折磨得她男人胃痛，他怕坐下病，就收敛些。

她有两大嗜好，洗澡和喝酒。那时还没水井，他们吃水靠的是河。春夏秋季倒好说，河水是活的，灌到桶里，担回就是。冬天河冻住了，就得用冰钎凿冰，将冰块装进麻袋背回家，像柴草那样堆在户外，随用随取。即便取水困难，她冬天照例每周洗一回澡。她一洗澡，她男人就挖苦她：你还能把自己给洗俊了？女人噙着泪花说，除了这张脸，你说咱身上哪点对不住你？也是，她夏季下河洗澡时，不止一个女人，看过她光着身子的样子。她肤色微黑，但皮肤细腻，双腿修长结实，腹部无赘肉，双乳坚挺，屁股圆润而微翘，的确是完美的身躯。只可惜造化弄人，把她的妙处都藏起来了，而把她最没风光的地方，一览无余地展现给了世人。有次她喝多了酒，有个好事的妇女逗弄她，问她男人和她同房时，是不是得用布遮着她的脸？毫无城府的她"啊呀——"大叫了一声，瞪着乌溜溜的黑眼睛，说："你咋知道的？每回他都用枕巾蒙着咱的脸，好像咱是驴！他还想从后面来，咱一屁股把他顶到地上了，咱又不是狗，凭啥那样？"这番话传遍了翠岭林场，爱开玩笑的男人见了她就说："跟咱睡吧，不蒙你的脸，让你当褥子在咱身下！"她撩开那绺长刘海，扒开眼皮，露出白眼仁，龇着牙，做出狰狞的样子，气呼呼地说："你跟咱睡，那你得让你家女人预备着针线，好缝你被咱吓破的胆儿！"

这个女人成了翠岭林场的名女人。她婚姻的解体，源于一个瞎眼的算命先生。

那是个夏天的傍晚，一个穿灰布褂的男人，一手拄棍儿，一手打着竹板，来到了翠岭林场。这儿的人，对这类走江湖的人并不陌生。劁猪的，算命的，磨刀的，打家具的，崩爆米花的，甚至是说媒的，在那个年代走村串镇，都能混上口饭。这算命的看来道行浅，他来的那晚，林场绝大多数人，都到附近的雪岭林场看露天电影去了，留在家里的没几人。那女人没去看电影，是想趁着林场的人走空后，在月夜独享那条河流，把它当成自己的大澡盆，痛快洗个澡。谁想她洗完澡上岸，清清爽爽地回家时，在路上遇见了算命先生。他叫了多户门，都没打开，倒让一户人家的看家狗给咬了一口。那女人遇见他时，他正坐在场部大松树下的石头上，用唾沫擦拭腿上的伤口。

那女人看他可怜，就把算命先生带回家，点燃蜡烛，帮他清理伤口。听他肚子饿得咕咕叫，还给他做了半锅疙瘩汤。算命先生感激不尽，坐在女人家窗下的矮脚方凳上，让她报上家人的生辰八字，给他们无偿算命。他舞动着手指，翻着眼珠，把她家人的命，掐算得天花乱坠。最离谱的是说她母亲，明明老人家过世了，可他说她能活到九十六岁。他还说歪鼻子的她花容月貌，十七岁时，就有三个男人争相娶她。女人苦笑一声，意味深长地说："看来你真是看不见啊。"她知道这瞎眼先生为了糊口，只是顺情说好话。被算的命没了曲折，一派阳光灿烂，听着也没趣儿。她乏了，可看电影的人还没回来，她也没处打发这算命的，想着他两眼一抹黑，没甚威胁，就吹了蜡，瞎编了几个生辰八字报给他，由他胡说，自己悄悄去炕上歇着了。

她是在睡梦中被男人给揪起来的，他揪的是她遮脸的那绺刘海。男人带着儿子看电影回家，见屋里没亮儿，就打开了随身携带的手电筒。往炕上一照，发现她身边躺着个男人，火冒三丈，恨不能拿菜刀把他们一块儿剁了。男人唤儿子点起蜡烛，自己则挥舞着手电筒，朝向那算命的，把他打得嗷嗷叫。

那时候他们住的家属房是四家一幢，间壁墙不隔音，同样看电影归来的邻居们，听到他家闹得沸反盈天的，以为夫妻干仗，怕出人命，纷纷过来劝架，谁想到中间夹着一个瞎眼的算命先生呢！

　　男人骂女人，说她趁他和孩子不在家，和狗男人偷情。女人赌咒发誓地说没有，她不过是乏了，想眯一会儿，谁想睡过去了。瞎子也说自己是被冤枉的，他根本没碰女人。他算着算着命，听见女人的呼噜声，便摸到炕上，也想歇歇。谁知一躺下就睡着了，他太累了。当事者都说没想睡，却睡过去了，越发让男主人怒不可遏。他扔掉手电筒，从园田的豆角蔓间抽出一根柳条，当鞭子使，抽得那瞎子陀螺似的转圈，爹一声妈一声地惨叫。男人边打边骂，说："他们蜡也不点，肯定干了不正经的事情！"女人说："在一个瞎子面前，点蜡不是白费亮儿吗？咱还不是为了给家里省截蜡！"女人还说："他一个瞎子，腿还让狗咬了，能干啥呀！"男人瞪着眼珠说："他上面瞎，下面不瞎！他快活起来，哪还顾得上疼！"男人不依不饶，打完瞎子，又打老婆，边打边说女人的身子是臭水沟了，他不能再碰了，当着众人，说要和她离婚。据当年在场的知情人回忆，这女人听到"离婚"二字，像下完蛋的母鸡似的，张着双臂，"咯咯咯——"地叫了半晌，然后跌坐在地上，凄凉地对她男人说："咱再丑，一铺炕也滚了十来年了，这事你都不信咱了，那就离吧。咱啥都不要，把儿子留下就行。"没等男人说不可，孩子很干脆地表态，说他不跟妈妈，要随着爸爸。女人眼含热泪地看着儿子，说："你也嫌咱丑是吧？"孩子不吭气，女人便对他们父子说："从此后你们走你们的阳关道，咱走咱的独木桥，两不相干。记着，有一天咱就是快饿死了冻死了，路过你们门口，咱也不会吃你一粒米，喝你一口热水！"女人取了剪子，一低头，把那绺遮脸的刘海攥在手中，"咔嚓——"一声铰掉。她脸上的那面为丈夫而竖的旗帜，就此倒了。

　　他们离婚后，翠岭林场的人背后都议论，说那男人其实知道老婆是清白的，只不过他一直嫌弃她，而今找到一个好借口，趁此机会休掉了她而已。离了婚的女人，并没像人们想的那样离开翠岭林场，回她的老家去。林场边上，有一座筑路工人住过的废弃的小黄房子，她把行李搬进去，抹了墙泥，为房顶苫了油毡纸，将歪斜的门窗修正了，盘了炉子，开始新生活。她家里的家具炊具，大都是同情她的女人们送的。她们的同情心也很有限，把残次的东西送给她，豁了嘴的海碗，裂了纹的盘子，掉了腿的木椅，失了耳朵的耳锅。不过她也不介意，能凑合着使就行。她独立门户，有声有色地过起了日子。端午节时，她将门楣插上艾蒿和葫芦；元宵节时，她挂出火红的灯笼。人们以为除夕对她来说最难熬，这屋子会传出哭声，可是没有，她一个人照旧贴春联、放鞭炮、包饺子、喝酒。只是她思念儿子，常在林场学校的围栏外转悠，期待着课间休息时，能远远看一眼在操场上的儿子。

　　她哭没哭过呢？大家听见的只有一回。小孩子长个儿快，她发现儿子穿的棉裤，裤腿短了，她怕寒风吹着孩子的脚脖子，就拿着省下的棉花票和布票，去供销社买新棉花，扯了二尺蓝布，做了一条棉裤，天黑透时送到她以前的家。守夜的老狗仍认她为女主人，见了她热情地打转儿，闻裤脚。她没有敲门进去，而是把棉裤放在了桦子垛上，想着第二天早晨前夫出来抱柴生火，一看就明白是她做的，顺手拿进屋了。谁知那天深夜狂风暴雪，冻得瑟瑟发抖的老狗，跟她不见外，打起这条棉裤的主意。它蹿上桦子垛，把棉裤叼进窝，撕个稀烂，给自己絮了个暖暖和和的窝。女人观察几天，见儿子没穿上自己做的棉裤，又见那条游荡的老狗，身上沾着白花花的棉絮，要把自己变成白狗的模样，她明白老狗糟蹋了她的心意。她回到自己的小黄房子后，放声大哭，路过的女人听见哭声，进来劝她，这才知道棉裤的事情，不由得跟着唏嘘。也就是这件事，让她前夫下决心远离她。他找到领导，说离异的夫妻在一个林场生活，都受煎熬，希望把他调到别处。那年冬天过后，女人的男人带着儿子和老狗，离开了翠岭林场。不久，传来了他再婚的消息。据说他娶了个离异的不能生养的女人，她模样周正，性情温顺，待孩子特别好，当亲生的养着。前夫和孩子过得好，这女人也不吃醋，时常跟人说："人这一辈子，跟谁不是过呢？人家找着了比咱好的人，该为人家高兴啊。"只是她说这话时，眼神是凄凉的，语气是落寞的。

关长河讲完女人和第一个男人的故事时，抬眼望了望天。月亮刚好被一缕云遮了半个脸。他叹息一声说："你又不丑，咋也整绺刘海遮脸呢？"我们笑了，抢着给他添酒，夸他会讲故事。我们指责那男人，还说那个不认亲娘的孩子是白眼狼。关长河抿了一口酒，说："男人骂别人都理直气壮的，轮到自己时，也未必比那男人强。"他问我们："你们说说，这么丑的女人，你们乐意跟她过一辈子吗？"大家面面相觑，有人说可以给她做整形美容，把鼻子给拉回正路上来；有人说可以让她戴纱巾，朦胧的纱巾背后，哪有丑女人呢？关长河再抿了一口酒，将我们挨个瞟了一眼，说："人可真是怪物啊，歪脖垂腰的杨柳，龇牙咧嘴的花儿，奇形怪状的石头，曲里拐弯的河，都说美；轮到人呢，就不一样了，可见人多是没良心的！"他用一根桦树枝，捅了一下篝火。一簇火星飞旋而起，篝火上空立刻就有了星空的气象。

关长河的脸在火星的映衬下，就像一尊雕塑，庄严而华美。他知道我们对这故事入迷了，接着讲下去。

这女人与她生命中的第二个男人，是镜子牵的线。

女人因为貌丑，素来不照镜子，她家里也从不摆一块镜子。别的女人去供销社买东西，店员总会推荐摆上柜台的最新式样的镜子，而见到她，则有意识地用身子遮挡，免得她不快。

这男人是个跑船的汉子，靠青龙河吃饭的。有人说他是赫哲人，还有人说是达斡尔人，谁知道呢。

青龙河是乌玛山区最长的河流，支流多，流域广。每到开河时节，这人就驾着独木船，开始他的营生了。他的小船，是用整根松木砍凿而成的，长不过两丈，中间的舱口能容一人坐下，船两头起翘，像一条贴着水面飞的大鱼。这人把船叫威呼，他用威呼打鱼，也用它盛小百货，拿到沿岸的村屯去卖，兼做货郎，这一带的人因此叫他威呼郎。

威呼郎正当壮年，他中等个，黑瘦黑瘦的，刀条脸，头发微卷，眼睛有点凹陷，一只鼻孔豁了，说是他年轻时打鱼，让鱼钩给刮烂的。威呼郎卖货时，会将小船停靠在岸边，挑担上岸。他去的大都是离岸不远的村屯，超过二三十里路的，他极少去。因为他的货好出手，沿岸转一两个村屯，基本就卖光了。

翠岭林场离青龙河有三十多里路，威呼郎只去过两回。头回去是为了收取猎户手中的熊胆，女人那时还没来翠岭林场呢。第二回去是卖货，女人倒是来了，但那是采山时节，穿花衣服的人都在山里转（他们自是无缘见面），威呼郎的货无人搭理，几乎是整担挑回来的，所以他发誓不再去了。

威呼郎是怎么认识的女人呢？这事说来蹊跷。这女人的前夫不是离了婚，又娶了一个嘛，虽说后妈待自己的孩子不错，可女人心里还是无限牵念，时常梦见他。如果梦里孩子欢蹦乱跳，面目洁净，穿的衣服不露肉，一派阳光，她醒来心情就很好。可有时她做的是噩梦，孩子让驴踢了，让马蜂蜇了，或是爬树摔了下来，她就闷闷不乐。

有一天夜里，她又做了噩梦。她梦见一个面目不清的女人，坐在幽蓝的山坳里，张着大嘴，"咔嚓咔嚓——"地啃着什么。她问："你吃什么吃得这般香？"女人头也不抬地说："兜兜的手指，比新拔出来的胡萝卜还脆生啊！"女人醒来一身冷汗，她的儿子小名就叫兜兜。女人早饭也没吃，带着两个凉窝头，一块芥菜咸菜，就上路了。

女人去前夫所在的林场，要到青龙河中游的一个小镇乘船，她一路疾行，到了青龙河畔时，衬衫已被汗水打湿。合该他们有事，她沿着青龙河奔向船站时，威呼郎驾着小船飘忽而下。他见一个女人孤零零走在岸上，就朝她吆喝："哎，买点什么吗？"见她不语，他拿出一面拳头般大的圆镜子，晃她，说："这镜子是新出的样式，背面有牡丹喜鹊图，可以便宜卖给你！"这女人看到镜子，就像看到千古仇人，停下脚步，怒气冲冲地说："你干脆骂咱得了，拿镜子寒碜咱，有你这么损人的么？"威呼郎放下镜子，将小船划向岸边，终于看清了女人的脸，他非但没被吓着，反而夸她英气逼人，非一般女人可比。他说她的鼻子是匹谁也驯服不了的野马，想踏哪片疆土就踏哪片。女人哪有不爱听好话的？那条船和船上的人，在她眼里是此生见过的最美的水上风景了。威呼郎问她去哪儿，女人告诉他。再问："去那儿干啥？"她说："儿子的后妈，把咱儿子的手指当胡萝卜啃着吃，我要去教训她！"威呼郎先是骂那当后妈的蛇蝎心肠，之后靠岸，拉她上船，说要把她送到那儿，帮她收拾那人。女人上了船，等于踏上了一个漂泊的家。据说船行了一半，威呼郎跟女人仔细一聊，才明白她不过是做了一个关于儿子的噩梦。看着阳光下她丰满的胸部，看着她红通通脸上那抹动人的忧伤，威呼郎动了心，他将船泊在一片茂盛的柳树丛，把女人拽上岸，抱她入怀，说他能终止她的噩梦。女人不知道，一个噩梦结束了，另一个噩梦却开始了。她依恋上威呼郎，开始跟着他在青龙河上跑船，打鱼，挑起货担上岸卖杂货，俨然是他老婆了。

但威呼郎有老婆、孩子，不能娶她，所以女人只有半年跟着他。冰雪覆盖了大地，河水结冻了，威呼郎收船上岸回家，他们之间的鹊桥也就断了。

女人孤零零地回到翠岭林场时，总是带着女人们喜爱的货品，头绳、发卡、钩针、丝线、鞋垫、脖套、假领子、松紧带、梳子篦子等。这些货品，她的比供销社卖得便宜，且花色和质量要更胜一筹。女人们来她的小黄房子买东西时，爱问她威呼郎对她好不好。她总是平静地说："啥好不好的，他不嫌弃咱，咱就跟他在水上过半年日子呗。"女人们说："既然他那么相中你，干脆让他跟老婆离了，娶你得了。"她苦笑一声说："咱不能作那个孽，人家把男人半年的筋骨都给了咱！"女人们便取笑她，问："啥是筋骨哇？"她红了脸，说："筋骨就是筋骨，你们懂啥！"

最初几年，她归岸后脸颊是红润的，爱与人交往，眼睛弥散着淡淡的幸福，安然度着漫漫长冬，春节时独自守岁，把那小小的黄房子装扮得喜气洋洋的。她恪守着与威呼郎之间的私下协定，从不去找他，他也不来。可自从她流掉和威呼郎的孩子后，她瘦了下来，眼里透出凄凉的神色了。

那年深秋，她上岸后，看上去分外疲惫，走路拖沓，呵欠连天，说话声也低了下去。她说这一季鱼少，他们的网快把青龙河撒遍了，但收获平平，把她累坏了。她勉强撑持着，腌了一缸酸菜，溜了窗缝，便闭门不出了。女人们敲她的门来买小百货，看到的多半是她睡眼惺忪的模样。天冷了，雪来了，她馋酸的馋疯了。以前放在抽屉里的五盒山楂大药丸，被她翻出，吃个精光，她还把没腌透的酸菜，吃掉了大半缸。她发现腿肿了，肚子微微凸起，明白自己这是怀孕了。她不想给威呼郎找麻烦，开不出证明，不能名正言顺去城里医院做流产，她只好自行解决。她家不缺烧的，可她扛起斧头，拉着雪爬犁进山了。她将斧头疯狂地抡向各色树墩，尤其是难砍的老榆树墩，将它们劈成柴拉回家，垛在院子里。第四天的时候，人们看见她步履沉重地拖着满满一爬犁劈柴回来了，她的刘海和睫毛挂满霜雪，眼里泪光闪烁。她身后的雪地上，除了两条爬犁的印痕，还有一道星星点点的血迹。她的院子堆满了柴，而她失去了孩子。那个冬天她很少出门，过年也没挂灯笼，但她家的烟囱炊烟依旧，人们知道她还过着日子。

　　往年一进三月，她就盼春天了。屋顶积雪融化后，会传来滴水声，那是她最喜欢听的声音了。外出归来的人，若是告诉她，青龙河的积雪薄了，冰面有裂纹了，她就掩饰不住地笑，说咱的好日子要来了！可自打流产后，她就没那么盼春天了。那年开河后，威呼郎来接她，她见着他呜呜哭了，说："咱的孩子没了，你可害死咱了！"委屈归委屈，她还是跟着他跑船去了，而且半年后回来，脚步又轻快了，面色又好看了。

　　他们就这样风风雨雨地又过了几年，直到有一天，威呼郎突发脑出血，他们才彻底分开。疾病像一张看不见的网，把威呼郎打捞上岸。他保住了命，但是瘫在床上，再也不能到青龙河寻生计了，只能留在老婆孩子身边。这时女人才后悔，她捶着胸口跟人说："原来跟着不属于咱的人，咱最后想伺候人家都不行啊！"

她大病一场后，人瘦了许多，头发也花白了许多。她出了趟远门，想把她和威呼郎一起生活的那条船弄回来。他发病时，船就近泊在青龙河中游的一个小村，拴在村边的一棵松树下。可她去了那儿，船却没影了。有人说它被人劈了烧火了。有人说孩子们好奇这船，把它推下水，它像一条大鱼，游向远方了。最让女人不能接受的说法是，船是被威呼郎的老婆给弄走了，说她取船的那天叼着烟袋，哼着小曲，穿一件银光闪烁的袍子，说她男人不能跑船了，威呼不能闲着，拿回家当马槽使。

女人没取回船，回来歇息一日，便带着干粮，朝人借了匹马，进山去了。她转悠了两天，选中一棵粗壮挺直的松树，用弯把锯放倒，截取中段，让马给拖回来。那一年里，她家里不断传来斧凿声。转年春天，她做出一条小船。看来她没白跟威呼郎跑船，把他造船的技艺学来了。

这条船比一般船要小许多，只能坐下一人。船头宽，有个横板；船尾尖，无桨无舱，看上去像只小脚老太穿的鞋。她用这条怪里怪气的船做啥呢？洗澡。她把它横在小屋的中央，当成澡盆。人们说她这么做，是忘不掉威呼郎，她仍幻想着在他怀里。

她又过起了一个人的日子，开荒种地，饲养鸡鸭。她还学会了造肥皂，自己琢磨着，用碱、猪油，和各种花草熬制肥皂。有两种肥皂最为人们喜爱，一种是松露皂，一种是玫瑰皂。她在松露皂中，加了樟子松的松脂，这样做出的肥皂凝脂般细腻，淡黄色，像一片大好月色。而她在造玫瑰皂时，在寻常的制皂原料中，加了野玫瑰的浆汁，还兑了蜂蜜。这种玫瑰皂晶莹剔透，散发着香气，朝霞般鲜润。靠着这两种肥皂，她赚来了油盐酱醋的钱。因为她的肥皂有了声名，人们就此称她为皂娘了。

关长河讲到这儿，望了望升高的月亮。无云遮蔽，它的面庞是如此明净，月亮里好像也点着篝火，而且十分旺盛。关长河收回目光时，告诉我们，他躺倒的时候，常分不清天上人间。有时觉得大地是天空，绿草是云朵，花朵就是星星。而天空就是大地，太阳是做饭的大火炉，月亮是人住的屋子，星星是禾苗。我们当中有人开玩笑，说此刻的月亮更像茅屋。他不高兴了，"嚯——"地一下站起来，撂下喝酒的搪瓷缸，说把月亮当茅屋的人，满脑子的屎尿，不配听他的故事。我们赶紧说，月亮是美好的，它像他说的屋子，也像柴垛、粮仓、湖泊，最不济的，也该像皂娘用的澡盆吧。关长河这才不生气了。他转身撒了泡尿，去溪畔洗了手，回来后给马喂了块豆饼，这才舒坦地坐下，接着讲故事。

皂娘一天天老下去啦。人老了跟现在河老了一样，一年年显瘦喽！这时上头来了新令，各林场都不许采伐了，林场转产撤并，搞旅游开发和绿色种植了。城里在造一个模子的房子，就是那种长方形的棺材似的矮楼，把人往里赶。翠岭林场是撤并的林场之一，所有人要搬迁到青龙河下游的安东林业局去。人们大都喜欢去安东，那里有暖气，有煤气灶，不用烧柴取暖做饭了。而且它热闹呀，饭馆、旅社、网吧、书店、发廊、干洗房、珠宝店、点心铺子、农贸市场、服装店、鞋铺，只要有了钱，真是想要啥就有啥。可老人们过惯了山里的日子，就不愿意进城。但儿女们要走，他们只得跟着。城里没有菜园子，没有猪圈羊圈和鸡窝狗窝。那段日子，翠岭林场的家家户户，杀猪勒狗，宰鸡宰鹅，过大年似的日日开荤，吃得人满面油光。

皂娘住在林场边上，跟威呼郎跑了多年船，大家也不大把她当林场人看待了，所以她选择留下，就算是与她还有走动的女人，顶多劝说两句，说一个人留下除了寂寞，遇到难处谁来帮忙呢，不如随大流儿进城吧。皂娘说，人活着不就是受苦么，咱没享福的命，不怕。女人们也就不管她了。林场的人搬空了，水电自然切断了。不过这对她没啥影响，她的小屋这么多年来，因为跟威呼郎跑船时错过了，始终没有通电和自来水。

她也不是一个人，她有个伴儿，就是白蹄。

翠岭林场的人搬迁前，不是对饲养的家畜大开杀戒嘛。王喜山家有一条母狗，通身黑色，但四蹄雪白，所以名叫白蹄。它才两岁，却是林场里的名狗。

白蹄为什么有名呢？不为它漂亮，而是它四处捣乱，常做些惹人发笑的事情。

比如它跟着主人去参加婚礼，在典礼现场，竟然用嘴撩开新娘的花裙子，那理直气壮的样子，仿佛它是新郎。它知道自家的女主人哭时，喜欢拿块手绢擦泪，它在一个葬礼上，见棺材前挂孝的人哭得稀里哗啦的，手上却什么也没拿，就去人家的灶房，叼来一块脏兮兮的抹布，歪着脑袋，满怀同情地送到那泪流满面的人面前，让吊丧的人哭笑不得。

白蹄还爱管闲事，它一岁时看见公鸡掐架，就去拉架，试图分开它们，谁知两只公鸡把矛头转向它，一起掐它，倒弄它个鼻青脸肿。有回它路过一户人家，透过栅栏的缝隙，看见这家的猪，趁主人都不在，在偷吃园田里的菠菜。它进不了门，想从栅栏钻入，可惜缝隙太小，心急火燎的它便用蹄子刨坑，试图将栅栏弄翻。结果猪主人回家，看见白蹄刨坑，非常生气，说，你咒我死啊，咋不在你家刨坑呢？操起一根木棒打它，让它滚回老窝。这一幕恰巧被邻人看见，说："你先别打白蹄，看看你家的猪在干啥呢？"主人一望，知道白蹄是想阻止不良的猪，转而去教训猪。

白蹄受了冤枉也不长记性，有回它跟着男主人去别人家打麻将，发现这家的猫在偷吃碗柜上的鱼，就去叼猫主人的裤脚。人家正摸得一手好牌，在兴头上，哪顾得上其他，踢开它照旧摸牌。白蹄一着急，蹿上牌桌，把牌给搅乱了，气得那人直说白蹄是主人带出的老千，专挖他墙脚的，两个男人还因此闹了不愉快。

最可笑的还不是这些，而是白蹄对性的无知。它一岁半时，见一只公狗骑在母狗身上，就冲上去，拽公狗的尾巴，试图把它拖下来。它也因此惹恼了其他狗吧，那以后它们见了白蹄都不理睬，尽管它常热情洋溢地奔向它们。

翠岭林场的场长有个开金矿的发小，钱没少挣，却得了严重的抑郁症，整天琢磨自杀的事情。场长知道白蹄能给人带来快乐，跟王喜山商量了，给了他两箱高粱烧酒，带走白蹄，送与朋友逗乐。结果白蹄去了一周，就被送回来了。它不但没给那抑郁症患者带去快乐，反而是苦恼。它不会上楼里的洗手间，把屎尿遗在沙发床下；它见电视里的鬣狗围攻棕熊，便想助棕熊一臂之力，扑向画面，把电视机掀翻在地；它不习惯在阳台守夜，楼下一有汽车经过它就叫，搞得一家人彻夜难眠。那人本想把它送到狗肉馆，但见它一双湿漉漉的眼睛满怀好奇，还看不够这世界的样子，起了恻隐之心，亲自驾车把它送回。

人们因着搬迁而烹鸡煨鸭、蒸猪炖狗时，白蹄失踪了，王喜山知道它是畏惧死亡而逃走了。他其实并不舍得勒死它，想把它带进城，送给哪个单位做看门狗，这样还能时常看看它。可直到他离开，寻遍了白蹄可能去的地方，都没能找到它。

　　翠岭林场人搬走后的第二天早晨，皂娘一推开门，就发现了白蹄。它趴在她家的窗根下，瘦得皮包骨了。那些天它去了哪儿，无人知晓。皂娘后来跟人说，估计它逃进了深山，因为发现它时，白蹄被蚊虫叮咬得眼睛和嘴巴都肿了，毛发里夹杂着松针。幸好那是秋天，山中还能寻到浆果和蘑菇，不然它早饿死了。

　　皂娘有了伴儿，就不寂寞了。她带着它拉柴、挑水、打鱼、采山、种田、制皂，形影不离。白蹄出落得愈发漂亮了，它个头高了，力气大了，毛发有光泽了。但它天真未改，依然做些可笑的事情。皂娘制酒，将用糯米做的酒曲放在搪瓷盆里，摆在屋外晾晒。白蹄以为皂娘给它换了一个狗食盆，将酒曲子吃了，醉得它呼呼睡了一天。皂娘去小溪刷鞋，先将鞋子浸在水中，因为浸透了好刷。怕鞋子被水流冲走，皂娘在鞋窠压上小石头。白蹄在水边看见鞋子不在主人手上，而是在水里，以为它们会漂走，冲向小溪，把鞋子叼上岸，再把鞋窠的小石头悉数掏出，令皂娘无可奈何。

　　白蹄最让皂娘生气的事儿，是有一回她攀着梯子，去房顶晒干菜，没等她下来，它却给撤了梯子。那天皂娘上梯子时，白蹄正追逐菜圃中一只美丽的蝴蝶。蝴蝶飞向倭瓜花，它也奔向那里，把倭瓜花给打落了；蝴蝶飞向院子的窗户，它就扑向窗户。谁料蝴蝶一转身上了梯子，白蹄没头没脑地扑过去，蝴蝶飞了，梯子倒了。刚上了房顶的皂娘傻眼了，白蹄也傻眼了。皂娘骂它是条蠢狗，说它想害死主人。白蹄顾不得蝴蝶了，它后悔地叫着，用嘴叼，用爪挠，试图把梯子给竖起来。可它使出浑身解数，梯子还是死尸似的打横，没有起立的意思，白蹄快急疯了，在房根下围着梯子团团转。皂娘在房顶等了两个多钟头，看着梯子是扶不起来了，便脱下裤子，把它撕扯成宽布条，连接在一起，拴在烟囱上。可惜一条裤子接成的绳子，长度不够，皂娘拽着绳子向下滑时，绳子端头离地还有半丈，她只能撒手跳下来。皂娘毁了一条裤子不说，还伤了脚踝，所以她再用梯子时，就把白蹄拴上，免得愣头愣脑的它闯祸。

这个爱给人添乱的白蹄，有年冬天从山里给主人带回一个男人，这是皂娘生命中的第三个男人。

乌玛山区的冬天实在太漫长了。这样的日子对一个孤身女人来说，就像跟在身后的一条饿狼，难缠得很。皂娘在冬天就特别爱喝酒，酒能消磨长夜，还能省下劈柴。你喝得浑身燥热时，是不需要炉火的。

这天中午，皂娘喝多了酒，特别想跟谁说说话。没人对话，她就唤白蹄进屋，让它坐在窗下。皂娘说："白蹄啊，你是个姑娘呀，这林场就剩你一条狗了，咱想把你许配给谁，难喽！要不等着开春了，咱领你去有人家的村子，相相亲去？你跟咱说说，你得意啥样的？喜欢长腿的还是短腿的？喜欢眼大的还是眼小的？喜欢黑色的还是白色的？喜欢爱翘尾巴的还是耷拉尾巴的？喜欢性子烈倔的还是温顺的？"白蹄不语，它站起来，只是摇摇尾巴。先前皂娘把喝剩的半缸酒放在了窗台上，窗台矮矮的，白蹄摇尾巴时，把盛酒的缸子扫了下来。白蹄没回应皂娘，还弄洒了她的酒，皂娘好不扫兴，她用鸡毛掸子敲了一下它的狗头，赶它出门。

皂娘酣睡了一场，天将黑时来到院子。以往她一出屋门，白蹄就奔过来，叼她的裤脚。皂娘没见白蹄，以为它生气了，就召唤几声。未见动静，她就房前屋后地找，还是没踪影，皂娘慌了，她走到院外，看到柴垛后有一行新鲜的蹄印，指向山里，她赶紧进屋穿戴暖和了，沿着它留在雪地的蹄印，一直寻到刀锋岭下。落日正红，皂娘终于看见了白蹄。它像个得胜的猎人，雄赳赳地走在前，身后跟着它的猎物，一个又矮又瘦的老头！他黑袄黑裤，戴一顶狗皮帽子，衣帽都是簇新的，眉毛胡须被霜雪染白，但鼻头和嘴唇红通通的。他见着皂娘咧嘴乐了，将紧捏在棉手套里的一封信，递给皂娘，眼泪汪汪地说："你是尚天家的吧，有你家的信！"

皂娘接过那封信，等于接过了他这个人。

他姓曲，家在离翠岭林场百里之遥的县城。老曲很不幸，他中年丧妻，一人拉扯大独子，未再娶妻。老曲干了大半辈子的邮递员，快退休时邮局裁员，他被迫买断工龄，提前回家。老曲整日郁闷，精神终于失常了。他最爱倒腾街头的垃圾桶，只要翻出废信封，就如获至宝，也不管多脏，抓在手里，四处敲住户的门，要把信投给人家。老曲的儿子小曲无奈，只得给他买了一箱信封，装上裁好的废报纸，用胶水封上，再在收信人一栏，随便填上地址和姓名，由他去投。他把信拿到手里，发现没邮票和邮戳，就跟儿子急了，说这些信来路不明，不能投。小曲无奈，只得买了邮票，又私刻了一枚邮戳，将信封贴上邮票，盖上邮戳，老曲这才满意地去投信了。老曲病后认人恍惚，但他还认得字。小曲编的名字，有的过于寻常，比如张亮、刘刚、王彩霞、刘桂芝之类的，那城里有叫这名字的人，所以信偶尔也能投出去。小城不大，老曲终日在街上游荡，很少有不熟识他的，所以老曲把信投给谁，谁都接着，表达谢意，老曲这天回家就很高兴，能多吃一碗饭。

小曲是孝子，待父甚好，他媳妇却对这样一个疯癫的公公厌恶至极。小曲在刨花板厂下岗后，靠卖大粥赡养父亲，供儿子读大学。他凌晨4点钟就起来煮粥，这样早晨6点左右，能携着热气腾腾的大粥，现身早市。小曲的媳妇是县公安局的勤杂工，岗位不起眼，挣得也不多，但因为在一个显赫的单位工作，总觉得自己比小曲高出一等，在家颐指气使。她挣的钱，都花在了自己身上。她追逐时髦，讲究穿戴，上班时一件蓝袍子，下班后则花红柳绿的。小曲因为辛劳，头发过早白了，腰也弯了。他媳妇倒是滋润，他们同岁，可她看上去小他一旬的样子。

这年夏天，小曲觉得身体不适，他消瘦，乏力，面色灰黄，有一天早晨他蹬着三轮车去卖大粥，晕倒在路上。他进当地医院做了初级检查，医生怀疑他得了胰腺癌，建议他尽快去大城市确诊。小曲没钱，只好求助于民间医生，用土法治疗。然而奇迹并没像他期待的那样出现，雪花飘舞的时候，他病情加重，腹部疼痛难忍，别说卖粥了，连行走都困难了。小曲想着自己死后，媳妇能对儿子好（毕竟那是她身上掉下的肉），可对父亲，她不会孝顺的。因为在他眼皮子底下，她还敢把剩饭剩菜端给公公，从来不把他的衣服和家人的衣服放在洗衣机混洗，说公公身上有细菌。一旦家里缺钱了，她就骂小曲，说他把钱都给老东西买邮票贴信封了，老的和小的都是祸害精！

小曲不想让父亲在他死后，过地狱般的日子，他想趁自己还能动弹，先送走父亲。他去棉活店，给老曲做了棉袄棉裤，又买了顶狗皮帽子和一双翻毛大头鞋。上路那天，小曲带着父亲，先去澡堂子泡澡。老曲满身风尘，难得洗回澡，那池温热的洗澡水，把他洗得婴儿似的，浑身红彤彤。他们父子俩在热气缭绕的澡堂子里，各自流泪。老曲是美哭的，小曲则是因为愧疚，多年来他忙于生计，很少带父亲来澡堂子了。洗完澡是近午时分了，小曲给父亲穿戴一新后，带他去了饭馆，点了老曲爱吃的酱猪蹄和红烧大鹅，还给他要了瓶好酒，让他畅快吃喝了一场，然后驾驶着一辆从朋友那儿借来的破吉普，载着父亲上路。

他们出了城，一路向西。小曲年轻时学会的开车，并无驾照。多年不摸车，他把车开得醉鬼似的，常常跑偏。好在往来的车辆少，错车时有惊无险。老曲喝了酒的缘故吧，一路上非常快活，看见车窗外的白桦树就喊"娘子——"，看见乌鸦就叫"剑客"。他还哼哼唧唧地唱歌，旋律滑稽，歌词只一句"儿子啊儿子——"，听得小曲心痛。看着父亲满面天真的模样，他几乎要掉转车头，把父亲带回烟火人间。但他想自己不在后，父亲会流落街头，没人在意他的冷暖，小曲噙着泪花，加大油门，呼啸着向前。快到刀锋岭时，他停下车，将事先准备好的一封信交给父亲，说前方有片林子，叫空色林，那里有一户姓尚的人家，这封信是投给他家的。老曲下了车，鼓起眼睛，仔细看了看那封信。收信人地址一栏写的是：乌玛山区空色林，收信人的名字是"尚天"，寄信人地址是老曲所生活的小城的邮局。老曲举着这封信，按儿子所指下了公路，乐颠颠地向深山走去。小曲跪下，对着父亲的背影，给他磕了三个响头，号啕大哭。

刀锋岭是乌玛山区著名的迷路岭。那座山岭高耸入云，像一把锋利的刀壁立着。从乌玛山区开发时起，无论是森林勘探队、伐木队，还是生产队、知青队，都有在此迷路的人员。人们说这座山岭是旋转的磨盘，经过它的人，变成了蒙眼的驴子，只能围着它转圈。据说飞鸟经过它上空，也会迷路，所以刀锋岭上空，鸟儿总是盘旋不休。因为它强大的威慑力，无论是打猎的、采药的，还是拉柴的，都不愿去那里，所以刀锋岭的植被未遭破坏，动植物丰富。人们常见狍子从里面没头没脑地跑出来，看见刀锋岭外的松鼠在断粮的时候，去那儿寻松子。

　　小曲遗弃了父亲，从刀锋岭回返时，有种杀人的感觉，浑身冰凉，手脚哆嗦。他满脑子是父亲最后的形象，他拿着一封信，那么坚信不疑地奔向深山。刀锋岭是不是有狼？想着父亲可能成为狼的大餐，小曲心慌气短，吉普车在他身下也就成了野马，难以驾驭，左冲右突，不走正道，在一个转弯处掉到沟里。事故不大，小曲只是胳膊擦破了皮，吉普车也只是轻微剐蹭。他试图将车从沟里弄出，可他开足马力，它却纹丝不动，仍赖在那里。小曲只得上了公路，求助过往车辆。隆冬时分，公路极少有车辆经过。他在寒风中等了一个小时，才遇见两辆车。一辆是运煤卡车，司机停下车，问他有没有棕绳，可以帮他把车拖上来。小曲说没有，司机说他得赶路，撂下小曲走了。第二辆车是个轿车，车主远远见一辆吉普车掉进沟里，不想惹麻烦，所以加大油门，呼啸着从招手的小曲身边急速掠过。小曲冻得瑟瑟发抖，觉得自己这是遭了报应，不如跟父亲一起死了算了。他没有朝回城的路走，而是奔向刀锋岭。想着父亲在那里，他腿上有了力气。晚上八九点钟，他看见了远方公路的一处灯火，他犹疑着接近那座院落。一只狗汪汪叫着扑来，屋门随之打开了。小曲初见皂娘那张扭曲的脸，以为撞见了鬼，他想这是阎王爷派来收拾他的。谁想进得屋里，见父亲坐在烛光闪烁的餐桌前，正吃着热气腾腾的汤面。老曲见着小曲，抽了一下鼻涕，打着饱嗝说："儿子，可找着空色林的人家了！"

　　皂娘从那封信和老人癫狂的精神状态上，知道他是遭遗弃了。至于被谁遗弃，她想收留了老人后，再作打探，谁知小曲当夜就现身了呢。老曲见着小曲说的第一句话，皂娘一切都明白了。她并没急于谴责他，而是让他烤火，然后给他盛了一碗面，看着他吃完，这才对小曲说："再不济的，他是你爹，咱咋能干出这种事哩？"小曲哭了，把心中的苦衷讲给她听。皂娘听了后说："你怕他在你死后受罪，也不能把他往狼嘴里塞啊，要不是白蹄，你就再也见不着爹了！你放心吧，咱家白蹄把他带来了，他就跟咱有缘，不管你将来是死是活，你爹都是咱的人啦！咱会好好待他，不让他受罪。"小曲感激涕零，跪下给皂娘磕头，叫了一声"妈——"。他告诉她父亲做了大半辈子的邮递员，对信最有感情。只要他发病了，塞给他一封信，让他送信去，他就听话了。

小曲回城后，病情迅速恶化。腊月时他强撑着，租了辆车，最后一次探望父亲。他送来了父亲留在家里的衣物，还有一纸箱伪装的信件。小曲勉强过了年，正月一出，人就没了。从此以后，再没谁来探望老曲了。

皂娘收留了老曲，除了白蹄，又多了个伴儿。那时乌玛山区东部发现了金矿，开矿的来了，再加上旅游开发，过往的车辆多了，常有车主在经过她的黄房子时，朝她讨水喝。皂娘觉得这是好商机，便把家改造成小店。热茶、家常菜、自酿的烧酒，使她的小店热闹起来了。客人们进屋后，发现有个船形澡盆，吃饱喝足了，不特别赶路的，就让她烧锅热水泡个澡，松快松快。皂娘年岁大了，男人们也不避讳她，常光着身子，唤她搓澡。皂娘看他们喜欢泡澡，就在屋子东南角，隔出间澡屋，将她打造的那个船形大澡盆搬进去。

从翠岭林场迁走的人，听说皂娘开了小店，赚着钱了，有两户眼热，也回来开起客店。这样，这个本该荒疏下去的地方，因这三户人家，渐渐成了驿站。那两户人家抢了皂娘的生意，她也不恼，因为老曲拿着信在翠岭林场废弃的老房子转悠时，没敲开过任何家门，他们的归来，至少让老曲有了送信之所。为免纷争，皂娘后来干脆不经营饭食了，专给客人洗澡，兼卖手工皂。她用榆木做了一块长方形的匾，将都柿果捣烂，用它靛蓝的浆汁，自上而下，写上"空色林澡屋"五个字，竖立在院外。从此以后，小曲信封上那个虚妄的地名，就有了人气了。

故事讲到这里，关长河再次起身，嚷着喂马。我们说："你先前不是喂过了吗？"关长河说："刚才是豆饼，现在得给它点草吃。"我们说："马拴在草地上，它一低头不就吃草了吗？"关长河"咳——"了一声，说："你们懂啥？草里也有坏草。好草跟好人一样，不多，你得去找，好马得用好草养！"关长河借着月亮光，去寻他说的好草了。大概半小时后，他回来了，身上果然携带着一股不寻常的草香。不过他湿了一只鞋子，原来他在溪边滑了一跤，一只脚掉进溪里了。他脱下那只湿鞋，放在篝火上，当咸鱼来烤，而它的确散发出咸鱼特有的味道。

不等我们催他，关长河一边烤鞋，一边把故事讲下去。

皂娘给客人洗澡，总是带着老曲，而且无论白天黑夜，澡屋都得点根蜡烛，不然老曲会不安。

客人进了澡盆，先泡上个十分二十分钟的，皂娘这才带老曲进去。为方便给客人服务，皂娘坐在澡盆旁的一只四脚矮凳上，老曲则与她平行着，坐在一把高背椅上。老曲手里攥块肥皂，目不转睛地盯着客人，像警察瞄着小偷。

皂娘给人洗澡，是从脚开始的。她让客人仰躺着，先洗正面。她会把客人的脚趾掰开，轻揉轻洗，好像每个脚趾都是花骨朵，得格外爱惜，不然就被碰落了，这时的她就是个花匠。洗过脚后，她变身为琴师了。她纤细苍老的十指，会将客人的腿认作竖琴，在上面轻轻弹拨，抖掉风尘。男人们腿间的私物（皂娘称之为"淘气包"），她也不避讳，她耐心而轻柔地清洗它们，就像对待婴儿一样。而洗到客人的胸腹部，她就像要为盛宴中的菜肴，找一张光亮的桌子来摆置，反反复复地擦拭，这时的皂娘就是厨娘了。洗过胸腹，她会拎起人的胳膊，把腋窝当鸡窝来打扫。有的人害痒，会呵呵笑起来。客人一笑，老曲也笑，"哗啦哗啦——"的洗澡声，也像是在没完没了地笑。而皂娘是不笑的，她洗过胳膊，会让客人翻身，俯卧澡盆，洗客人的反面——搓背。她先是灌溉农田似的，把温水撩到人的肩背上，然后从尾骨开始向上搓，手指如翻转的浪花，层层推进，一直到后脖颈。她不断重复这个动作，不断加力，清理陈年旧账似的，将脊背的尘垢一扫而光，让它成为朝霞映照的湖面，明媚鲜润。之后她洗他们的臀部，她苍老的手就像受伤的鹰，在努力爬过高山。待到攀至峰顶，她会擂鼓庆祝似的，朝着屁股，快意地"啪啪——"拍打几下，这也是让他们回转身的指令。

客人回到正面后，澡盆的水多半浑浊了。这时皂娘会起身，端来一盆温热的清水，放在她坐的矮凳上，让客人侧身，而她屈身站着，为他们洗头。她洗头很费心思，先是揉捏太阳穴和耳窝，然后才浸湿头发，从老曲手里取过肥皂（也许是玫瑰皂，也许是松露皂，这得依据客人的喜好了），将头发均匀地打上肥皂，让头发与皂液先亲密接触着，将手移至眉毛，用指甲理顺它们，然后再修剪树木似的，仔细清理了胡须，这才去洗头发。此时的发丝经过皂液的滋润，非常好洗。皂娘洗头的时候，手会淹没在雪白的泡沫里。老曲看不见皂娘的手了，会紧张得跳起来，呜哇喊叫，急出泪来。皂娘就得抽出手，晃晃给他看。沾在皂娘手上的肥皂泡出水后，如绽放的爆竹，"噼啪——噼啪——"地破灭。老曲见皂娘的手在皂花开放后，完好无损，这才坐回去。皂娘洗完客人的头，会把洗头水泼掉，再往澡盆加上几瓢热水，撒上晒干的野菊花瓣，丢下一条干爽的毛巾，让客人独自静默地再泡上一刻，出浴后自行擦干身体，然后她带着老曲，轻轻关上澡屋的门（如果是白天，她会先把蜡烛吹灭了），出去饮酒了。她每给客人洗完澡，都要用一盅酒来慰劳自己。

起先来洗澡的客人们，出浴后会给皂娘留下三四十块钱，后来因为来的人多，价钱自动涨到五六十块了。皂娘带着老曲受羁绊，进城采买不容易，就跟客人说在山里花钱麻烦。有心的客人便问她想买啥，可以给她捎来。皂娘说，人活着最要紧的是打点肚子，吃喝最重要了。皂娘的话传扬开来，客人们再去空色林澡屋，付给她的就是吃食了。鸡鸭鱼肉，烟酒糖茶，大米白面，腊肠豆干，挂面粉丝，瓜果梨桃，油盐酱醋，甚至姜葱蒜，真是要啥有啥。

老曲跟了皂娘，就是掉进福堆了。他胖了，气色好看了，说话声音也洪亮了。他一旦发病，皂娘就往他手里塞上一封信，让他去投。怕他走丢，她会让白蹄带着他。那两户回到林场开客店的人家，不知收了多少信。他们心疼皂娘，信攒了一沓后，又悄悄给她送回来。白蹄有时想撒欢儿，就不把老曲往客店带，而是领进山里。有窟窿的树桩，在老曲眼里就是邮筒吧，他会把信投进那里。皂娘是怎么发现这个秘密的呢？有回她为了得到烧柴，扛着斧子去劈树桩，结果劈出一封信来。

皂娘知道老曲有时连人和邮筒都分不清了，对他更加体贴。白酒要给他温过，茶水绝不让他喝凉的。老曲喜欢吃带馅的东西，包子饺子和馄饨，就是她家灶上的主角。过年时皂娘一身旧衣裳，可她会在腊月带着老曲进城，给他买新衣新帽。她还会给他糊上一盏红灯笼，除夕夜往他衣兜揣上花生瓜子，让他提着灯笼出去转。

皂娘和老曲睡一铺炕，但不是一个被窝。因为老曲来后，她添置了一套铺盖，被褥枕头，一应俱全。他们洗澡时，总是老曲在先，皂娘在后。人们说起他们的事儿，无不哀叹，说要是时光倒流三十年多好啊，皂娘和老曲就能搂在一起睡了。

老曲闲下来时，爱摆弄皂娘的鼻子，他老想做英雄，把它拯救到正路上来。他揪着她的鼻子，执拗地拽向脸颊中央，就像牵一匹不听话的烈马。有好多次，鼻子仿佛是归于正位了，可他一松手，它又回根据地了，让他好不沮丧。皂娘常被他弄疼鼻子，也是烦了，又留起长刘海，遮着那半张脸，这样老曲就放过她的鼻子了。

又过了几年，皂娘把那绺长刘海再次铰掉了，不说你们也明白的，老曲死了！

他是怎么没的呢？说是那年夏天有个客人洗完澡，出了澡屋，掏出一个巴掌大的游戏机，边玩边喝茶。老曲凑过去，见好几只骷髅头在动，大叫一声"捉鬼"，之后一个跟头栽倒在地，瞪着一双惊恐的眼睛，走了。

皂娘把老曲埋葬在黄房子西侧的松林中，逢年过节，不忘了带供品去看看他。每逢吃饺子，还习惯给他留一碗，搁在桌上。看着烛光下的饺子热气散尽，筷子没人碰，她会长叹一声，连喝几盅酒，把凉透的饺子吞掉，然后睡上一场。

皂娘依然给客人洗澡，不过带的不是老曲，而是白蹄了。她白天去澡屋，也不用点蜡了。白蹄坐在老曲坐过的地方（当然把他的高背椅挪开了），跟老曲一样机警地盯着客人，只是它手里不能攥着肥皂。谁要是在皂娘给洗胳膊时，手无意间触着了女主人的脸，它就会汪汪叫着抗议。所以入了澡盆的男人，比老曲在世时还规矩，皂娘让怎样就怎样，不敢有丝毫不恭。

白蹄老了，但它生性难改，还是做些可笑的事情。

有个客人洗完澡，做了个抽烟的动作，说要是在澡盆抽上一根烟多恣啊。白蹄跟皂娘出了澡屋后，就把桌上的半盒香烟叼起，放进澡盆。想想人抽烟得使火，它又去灶台，取了火柴送去。客人眯着眼享受时，听见白蹄"哈哧——哈哧——"进出不停，也没理会。待到他闻到烟丝的味道，睁开眼时，发现了澡盆上漂浮着的香烟和火柴。客人笑了，捞起它们，送到皂娘面前，说，你看那蠢狗干的好事。皂娘把白蹄吆喝过来，说，白蹄啊，你真是狗脑袋啊，烟丝火柴进了水，等于是人绑着石头投了河，不是找死吗？看在你跟咱一样老了的分上，咱就不揍你啦。从此后皂娘把香烟搁在柜顶，把火柴放在调料架上，都是白蹄难够到的地方。不过半年以后，皂娘又把它们放回原位了，她老得胳膊抬不高，取香烟火柴太费劲了。

关于白蹄，流传着的最令人捧腹的一件事，是有个客人吃饱了过来洗澡，洗到一半，放了一连串响屁，白蹄见澡盆"咕嘟嘟——"地冒出一串气泡，来了神了，以为气泡下面有鱼经过（它跟着主人去溪边时，皂娘指点给它冒气泡的水面下有鱼活动，它因此练就了从水泡下捉鱼的本领），白蹄兴奋地奔向澡盆，张着大嘴准备逮鱼，被皂娘及时呵斥住。客人吓得双手捂住私物，生怕白蹄把他的宝贝当鱼给捕获了。

来空色林澡屋的，谁没点委屈呢？皂娘给他们洗澡时，那些委屈大的，算是找到了宣泄口，会痛快哭上一场。泪水融入散发着他们体味的洗澡水，就像汇入了世俗生活的洪流，他们拔脚出浴时，轻松了许多。

有个病入膏肓的中年人，怕自己死了再也不见日月，觉也不睡了，昼夜望天，说要多汲取点日月的精华，不然在另一世，会堕入黑暗之中，精神快崩溃了。他听了空色林澡屋的神奇故事后，特意来此洗澡。他是白天来的，但皂娘知道他的事情后，等到天黑才给他洗。她也没点蜡，带着白蹄坐在黑暗中，手指撩着温润的水，就像浇灌久旱的荒山，从他的脚到头，每一寸肌肤都滋润到，揉捏到，爱抚到，让他的每个阻塞的毛孔，都打开天窗。她问他感觉到黑了吗？客人说没有，他感觉全身心沐浴在光里。皂娘说，这就对了，要说黑，心待的地方是最黑的，可它不怕黑。它怎么不怕黑呢？它跳，咚咚咚咚，不停地跳，这样它住的黑屋子就亮了，光也出来了。你不用找光，只要你的心好好地跳，别缩，光就能找你。也怪，洗过澡，这人归于平静，把生死看淡，彻底放下，居然战胜病魔，幸存下来。他每到腊月，会带着鸡鱼猪羊，给皂娘送来年礼。

皂娘上了岁数后，更加心疼白蹄，她想让它多陪自己几年，所以不吝惜把好吃的分给它一些。每天晚睡前，不管多累，她都要蹒跚着走到院子，跟白蹄打声招呼：咱俩得好好的呀，明早不许不醒来！

皂娘最怕的就是自己先死，白蹄没了主人，谁还会收留一条垂暮的老狗呢？为此她跟那两户开客店的人家，努力着搞好关系。客人送来的东西吃不了，就分送给他们，只图万一她没了，他们能善待它。两户人家都表示，开客店剩饭剩菜多，养个白蹄不成问题。皂娘再嘱咐他们，万一白蹄做了错事，呵斥它几句就是了，老狗懂人话，千万别踢它，它老了，不经踹了。还有，万一它死了，别吃它的肉，把它埋了。客店主人都撇着嘴说，一条老狗，有啥吃头？埋，肯定埋！皂娘就安心了，回头再取几块她做的肥皂，给他们送去。

我记得很清楚，当我们还想听空色林澡屋的故事时，关长河抬眼看了下天，长叹一声，说，月亮也是个大澡盆，它用的是银河的水，要是此刻我能飞进月亮，让皂娘给洗个澡多美啊！他那语气和神态，好像皂娘在月宫烧好了一锅洗澡水，正候着他呢。我们意犹未尽，可关长河说时候不早了，该睡了。他起身的时候，朝我们要此行的向导费，说明天就出山了，夜里揣上钱，睡得会踏实。我们没有犹豫，按照事先讲好的，把钱如数给他。他很认真地在月下点过钱，拉长声说"对数——"，跟我们挥挥手，然后指向星辰寥落的东方，有意无意地说，明早朝着那儿走，就能去空色林澡屋泡澡啦。

关长河睡去了，他睡在离马很近的地方，我们在他离开后争论的间隙，还听到过他的鼾声。由于空色林澡屋只收吃食，我们先是在篝火旁，把所剩无几的罐头、干肠和饼干搜罗到一起，然后讨论去空色林澡屋的人选。因为皂娘每天只给一人洗澡，而我们只是路过，不能久留，仅一人有这福气。开始大家都沉默着，没谁主动说去，也没谁说放弃，而沉默总是风暴的前兆。

最先打破沉默的是小李，他从林业大学毕业才一年，这一路他刻意不刮胡子，留起长发，像个落魄的艺术家。也许是在大学熏陶的，他提出了一个 AA 制洗澡方案。五个人都下澡盆，分别洗头、胸脯、肚子、腿和脚。我们以为他开玩笑，可他认真地说，既然大家都想洗，此分配最为合理，这样每个人都能进澡屋。他说如果大家同意他的方案，他有优先选择权，他要洗脚。因为皂娘给人洗澡，是从脚开始的，那时的洗澡水最干净，而他走了一路，脚疼得很，正需按揉。我们四个比小李年长的人，觉得他这是痴人说梦，异口同声地予以否决。接下来是对领导的话永远言听计从的小许提出的方案，他说应该领导洗。我是此行的队长，那就是说让给我洗。其他人不吭声，我赶紧识时务地说，这可不能搞特权，再说五人当中，有两位比我年长呢，他们应该有优先权。那两位年长我三岁和四岁的人，一个是老孟，一个是老薛。孟薛对望一眼，孟说应该抓阄。薛说拼酒量，把余下的酒喝光，谁没喝倒，就是谁的。老孟的好手气和老薛的好酒量，都是有名的，小李和小许，旗帜鲜明地反对。小李说，抓阄等于绕开了问题实质，张扬中庸之道，应予摈弃。小许说，拼酒量那是野蛮人的做法，极不人道。看大家争执不下，我说，皂娘愿意给风尘大的人洗澡，比一比谁的风尘大，谁就去洗。老薛呵呵笑着说，泥坑的猪风尘最大！我们大笑起来，那一刻气氛是融洽的。最后大家依着我的思路，统一想法，就是敞开心扉，诉说各自的不快，比一比谁的委屈更深，磨难更大，辛酸更多，空色林澡屋就归谁享用。从我开始，按照围坐于篝火的顺时针次序，依次开讲的是老薛、老孟、小许、小李。

　　我先说。先说的好处是先声夺人，可把最刺目的痛楚当利剑亮出，让小痛楚在它面前被腰斩。我说："你们看到的我，不是我，而是非我。我自幼喜欢医学，可我那做教授的父亲，认定这地球上最伟大的职业，就是做地质学家，他居然篡改了我的高考志愿，把我送入地质大学。我毕业参加工作后谈了一个女友，是中学音乐老师，可我母亲认为一个搞音乐的妻子，私生活会像五线谱一样混乱，私下约会她，愣说我有相恋多年的女友，两家早就会过亲家了，我爱的女友信以为真，一怒之下离开我。最终我娶的老婆，你们也知道，是父母为我选的图书管理员。她太古板了，一点女人味都没有。我们过了二十几年，我等于在冰窖里活了二十多年哪！那个冷啊，不是一个正常男人过的日子。你们知道吗？我老婆健健康康的，可她说她活着就是为了等死，她厌世得厉害，华服美食，自然美景，音乐美术，男欢女爱，这些能引起人愉悦的事物，她一概没兴趣。我让她去看心理医生，她反说我有精神病。跟你们说真话吧，我受不了她，几年前与初恋女友联系上了。她还当音乐老师，就是日子过得不顺，她丈夫虐待她。为啥呢？不用说你们也猜得出来，她把初次给了我，她男人新婚之夜发现她不是处女，从此酗酒，每次醉酒打她，就逼问破了她处女身的元凶，声言要干掉这家伙。她怕说出我的名字，这男人真会提刀找上门来，所以一直跟他说我得了癌症，早死了！现在你们理解了，为什么我父母相继去世后，我的精神状态反而比以前好了？因为他们再也不能干涉我的生活了！你们说我这半辈子，活得苦不苦？"

我以为自己的情感经历，泪迹斑斑，能引起大家同情。谁料先是小李冷笑一声，说："队长看着挺聪明的，没想到是个窝囊废！谁让你当木偶啦？是你愿意啊，不是活该吗？两个人能过就过，不能过就散，你和音乐老师现在也可以重温旧梦呀，这算什么苦呀？"接着老孟"哼——"了一声，说："你老婆再冷，这冷宫不是给你孕育了个儿子吗？她要真是冰窟窿，啥种子能发芽啊？"这一老一少，戗得我哑口无言。

接下来大倒苦水的是老薛。他像个说书人，清了清嗓子，拍了一下大腿，揉了把脸，说："你们看我这张跟黄土高坡一样的脸，就知道我遭过多少罪吧？我年轻时挖过煤，每天下井的感受你们知道吗？就跟被人抬进棺材一样，随时有被埋掉的危险。为脱离这地狱似的环境，我跟爹娘说，给我半年时间复习吧，让儿子能从地下升到地面，享受到阳光，不然这一生太黑暗了！我家那时穷成啥样呢？房子是漏的，铺盖不够用，米缸常常是空的，肥皂和灯油都使不起，我要是不挖煤，一家人可能会断顿！但爹娘听我这么说，还是咬牙同意了。我不分昼夜地复习，也是争气，当年就考上了大学。我得感谢那时大学为贫困生设立的助学金，没有它，我很难读下来。不瞒你们说，大学时我没添过一件衣裳，吃的是最差的饭菜。大学毕业参加工作后，我挣的钱大都贴补老家的父母了，依然清贫。不怕你们笑话，米面油盐、牙膏厕纸，甚至内裤袜子，无论什么，我都得精打细算，买最便宜的。好在那时单位分了套小房子给我，我才娶上媳妇。就因家庭条件差，媒人给我介绍了四个对象，只有暖瓶厂的一个工人看上我。谁看上我，谁就是我的福音书，我娶了她。接下来的故事你们也知道的，她生的是龙凤胎，对别家而言，这是喜事，可对我们来说，抚养一双儿女成长，天天都得爬坡过日子。后来暖瓶厂黄了，她下岗了，家中用度，全靠我一人了。日子本来过得就难，偏偏我娘得了癌症，把我仅存的一点钱，都烧到手术台上了，娘的命却没保住。我爹受了刺激，血压的高压天天都在200徘徊，最终中风偏瘫，这样我只得把他接进城伺候。因为妹妹嫁了人，我们那里的风俗，女儿是可以不赡养老人的。你们想想吧，一套四十平方米的屋子，老少三代挤在一起，是个什么景象！阳台就没晴朗过，天天吊着洗的东西；为了省下买青菜的钱，我家冬天以腌菜为主，本来不大的厨房，摆满了酸菜缸、咸菜坛，没个好气味。队长嫌你爹娘干涉太多，给你改了高考志愿，可他们给你遗留了大房子，你再不痛快，也是在大房子里敞敞亮亮的不痛快啊。我呢，伺候生病的老的，还得掂掇这俩孩子上大学的学费，就差卖血啦。说真的，勘察结束，最伤心的是我了，我不愿意回到城里那个小屋子啊！爹在哼哼，媳妇苦巴着脸，我就像在垃圾堆旁找食儿的秃鹫，哪有什么尊严啊。我爱喝两口酒，就想麻醉自己，可我他妈的就是醉不了，心里好像绷着根弦，千万不能倒下。我一倒下，我家就相当于公司破产了。我愿意待在大自然里，这里随处可扎营，我愿意住多大的屋子就住多大的，喝水不用交钱，烧饭不用交煤气费，太阳月亮没有被雾霾遮蔽，黑白都有灯使，电费也省了！"老薛说到此时，声音颤抖，用手蒙住脸。他是否哭了？那晚西去的月亮，也许比我们看得更清楚。

轮到老孟说话了，老孟先是对老薛说："管咋的，你还有爹可伺候着。爹是什么？是太阳啊。有爹在，他就是再磨人，相当于乌云遮住了太阳，背后还是亮堂的呀。你们不知道，我是个遗腹子，爹连张相片都没留下，我不知他长啥样。我娘带我改嫁后，继父对我的狠，三天三夜也说不完啊。继父一打我，你们知道我干啥？我就坐在镜子前，对着自己的脸，在作业本的背面画爹。我画完一张，就偷偷给我娘看，我娘一摇头，我就知道画得不像。只是有一回，我拿着画像给娘看，她一看就落泪了，我知道自己画对了，这张画像我一直留着，结婚后把它镶上，除夕在家里的香案摆上相框，给爹磕头拜年。我长大后不止一次问娘，我爹咋死的？娘总是回一句，他寿路到了。直到我娘去世后，我小舅才对我说出实情。饥荒年代，我爹为了给怀孕的娘找吃的，惦记上了盘在村中井壁的一条蛇。他趁晚上井台空荡的时刻，腰间缠了绳子，带着自己用树杈做成的捕蛇器，去了水井。结果爹没捕到蛇，反倒让蛇咬了。爹中了蛇毒，挺了一天，就没气了。那条咬他的蛇，从井壁消失了。村里就这一口井，村人说我爹碰那条蛇，触怒神灵，从此喝这口井水的人都会遭殃，逼我家另打一口井，还不准爹落葬。村中几个瘦得皮包骨的汉子，把我爹抬到山坳，说是惩罚他，让他暴尸荒野，实则把他当成诱饵，打的是捕猎的主意。我小舅说，闹饥荒那会儿，村人把能吃的树都啃秃噜皮了，没啥吃的啦，动物也少，飞禽走兽极难见到。那几个男人在爹身上，设置了各种捕鸟和捕兽的夹子。那段时间，去爹尸首旁等猎物的，接二连三。爹最终为村人猎获了七只乌鸦、两只鹰和一条狼，听说爹最后只剩下几根骨头。村人不能再用我爹作诱饵时，撇下他回村了。我娘生下我后，去山坳寻爹的尸骨，可她一根骨头也没捡着。我小舅说捕获的猎物，让村中濒临死亡的人，活了下来。他们也感念我爹，给我娘分了半只乌鸦。不是这半只乌鸦，我娘都没力气生下我。我不敢想爹的尸首作诱饵的情景。你们没发现吗？这三年来，我头发掉了多半，自打我小舅跟我说了实情后，我整宿地不睡，一闭眼就是乌鸦老鹰的影子。所以你们明白了吗？这一路为啥我听见它们的叫声，就心烦意乱？唉，要是皂娘能给我洗回澡，把憋在心里的委屈洗淡一点儿，我也不枉在这青山绿水中走一回！"

老孟的诉说，应该是打动了在场的每个人。因为大家以哀悼的姿态，低下头来。最终是老薛先抬起头来，叹息一声对老孟说："毕竟都是过去的事了，现在你家过得多好哇，老婆有个好工作，儿子考上了北大，你家的日子，比这团篝火还红火，谁不羡慕啊。"老孟说完，拍了一下小许的肩膀，示意该他说啦。

小许一张口，还是强调应该让领导洗。如果领导一定让给手下人的话，谁身上的味儿最难闻，谁就去洗。老薛首先反对，说："你小子脚丫最臭谁不知道？"老孟也反对，说："别人都讲委屈，你不能绕过，绕过就等于刺探了别人的隐私，把自己深藏起来，这是叛徒的行为。"小许被逼无奈，说他此生最大的委屈是入赘。他家在农村，在城里买不起房，只得娶了个有房的城里人。他老婆在京剧团做剧务，有演出的日子，他们就得分床睡。因为她爱舞台上扮相俊朗的小生，演出当晚回到家，她还痴迷着角色，看小许便百般地不顺眼，他就得给她个心理调整期，分居一两天，让她能够从虚幻的舞台，回到柴米油盐的日子。小许说入赘的男人，就是做了战俘，终生不得翻身。

　　最后登场的是小李，他先申明他的委屈，不是个人的，而是一代人的，所以他是在争取一代人洗澡的权利。小李说："不管你们有多大的委屈，你们居有定所，毕业后组织给分配了工作，医疗有保障，手捧铁饭碗。我们这代人呢，赶上了高房价、高物价、高污染空气和水源的时代。像他这种毕业后找到工作，算是幸运的。很多大学生，毕业就等于失业了，成了啃老一族。他们蜗居在父母家中，被苍老的翅膀护卫着，怀揣简历，奔波在路上找工作，在夹缝中求生存。这样的青春岁月，就像在荒漠中跋涉，该是多大的委屈！小李说以他为例，他一个月的工资3600块，去除每月房租1200块，伙食费1000块，水电煤气费300块，上网费电话费200块，看电影、日常生活用品等300块，再加上人情往来，真是属于月光一族了。即便贷款买房，五六万的低首付，对他们来说也是天文数字，不要说成家生孩子了。他大学同学中，毕业后唯一结婚的，是个叫方超的人。方超在城里找不到工作，干脆回乡开了养鸭场。他父母说早知道他回来养鸭，就不让他上大学了。方超找了个开鞋店的姑娘，日子过得挺踏实。"小李说得兴味索然，我们也听得兴味索然。我对小李说，每个人都讲了各自隐秘的事情，你总得说出一桩，不然月亮都不饶你！小李哈哈笑了，指着滑向西天摇摇欲坠的月亮说，你瞧它困得都要回屋睡了，哪还顾得上咱们这帮说委屈的傻瓜！一定让我说一桩的话，我告诉你们，我的女友大学毕业去西北支教了，原想着两年支教结束，她会回城和我团聚，可是三个月前她突然告诉我，她爱上了当地公安局的一个警察，打算留在那里了。她说凡是支教期满主动留下的教师，当地政府会分给一套两居室的房子。我们好了三年，一想到我爱的女人，一生要经受大西北狂风的吹打，我就心痛！我们同居过，她喜欢吃黄瓜，身上总带着一股清香味，现在我夜里睡不着时，真是奇怪了，总能闻着黄瓜香味儿，真是让人伤心哪。小李说完，脸上浮现出奇怪的笑容。

那晚在场的人都道出了委屈，接下来就是品评谁的委屈可以下澡盆接受洗礼了。我们像是一群在婚宴上抢糖果的孩子，争得面红耳赤，互不相让。最后伤了和气，谁都没进帐篷，散开后各自展开睡袋睡下了。关长河的离开，我们毫无察觉。总之早晨醒来，飞舞着阳光的松林里，关长河和他的马，就像昨夜天空的浮云，踪影皆无了。

我们在失去向导的情况下，向着东方，艰难地走出森林。出山后果然在公路旁见到一个小驿站，那里有两家客店，提供简单的吃食。我们分别向主人打听空色林澡屋，打听皂娘和白蹄，他们一脸迷惑，说不知道。我们不相信，返程途中，只要遇见乌玛山区的人，不管他是放马的、护林的、运煤的、还是采山的、种地的、打草的，都会问空色林澡屋在哪儿？可是无一例外，他们都冲我们摇头。

我们的勘察任务完成得堪称完美，获取的各项数据非常翔实，可是我们离开乌玛山区回城后，莫不垂头丧气的。老孟老薛在单位见了我，都躲躲闪闪的。小许则变成了絮叨的老婆子，见了我一遍遍地解释，入赘其实对他来说不算啥委屈，他老婆待他挺温柔的。总之，大家都有说出秘密后那种难言的空虚和后悔。

有一天下午小李来我办公室，送关于乌玛山区水文方面的勘察报告，这是此行他负责的内容。我问他与大西北的女友真的彻底断了吗？如果忘不了她，还是要去争取。因为在青春时代错过爱情，婚姻很容易坠入世俗的泥潭。小李眨着眼笑了，先拱手对我说，领导对不起了，接着告诉我，他与女友间的悲催爱情故事，是被逼无奈，依照报纸上看到的一条消息，编排到自己身上的；他还没女友呢。

小李见我惊愕不已，说其实关长河讲的故事，也未必真实，不然他为什么在说完空色林澡屋的故事后，不辞而别呢？因为他无法带我们抵达那里。小李还说，他也不大相信那天大家诉说的委屈。真正的委屈，不是那么轻易道得出来的。而能说出的委屈，因个人处境和地位的不同，自然也作了种种修饰或伪装。

小李的话令我动气，我将那份乌玛山区水文勘察报告甩在办公桌上，冲小李吼，你在怀疑老薛老孟和我编瞎话？小李说，领导息怒，我不是不信任你们，我是不信任那晚的场景，它太像电影了！关长河是个好猎手，更是个高超的导演，他把我们往一个情境里赶，就像把猎物圈在他的围场里，他都不用举枪，我们个个中弹，和他故事中的人物，一起成了演员。

小李是什么时候离开的，我毫无察觉。我在办公室，从下午呆坐到黄昏，无论是敲门声还是电话铃声，一概不理。下班后我给老婆打电话，谎称出差，告诉她晚上不回家了。我找了这座城市最偏僻街巷的一家小酒馆，要了油焖河虾、酱焖酥鲫鱼和啤酒，自斟自饮。在小酒馆吃喝的，还有四个出苦力的人，他们显然是进城打工的农民，头发乱蓬蓬，裤子满是灰土，衣裳汗渍斑斑，脚下的绿胶鞋散发着臭烘烘的气味，但他们热情洋溢，高声说笑。他们点的菜比我口味重，麻辣螺蛳和红烧猪大肠是主菜，配菜是花生米和海带丝，一瓶老白干四人均分，一人一海碗米饭。他们连吃带喝，胃口极佳，杯盘碗盏，最终丝毫不剩，光可鉴人，好像刚从洗碗机中出来似的。他们结账，居然采用 AA 制方式，每人花费 32 元。他们离席时，其中一人看了我一眼，说，兄弟一人喝酒多没意思呀。我顺势请他们喝啤酒，四人也没忸怩，一人要了一瓶，开瓶后对着瓶嘴，站着一口气喝光，然后快意地谢我。其中有两人还说了祝福语，一个祝我买彩票中奖，一个祝我早日抱上孙子。

　　我学着那几个民工，把盘中菜吃得光光的，酒也喝得一滴不剩，飘飘忽忽走出酒馆。夜已深了，我去附近的一家快捷酒店登记住宿。一口黄牙的老板娘扫了我一眼，问，就你一个人住？我说是。她诡秘地一笑，压低声说，我知道你们这些男人是来干啥的，我帮你联系小妹吧。你喜欢啥样的？我告诉她，我不喜欢小妹，我喜欢老婆子。有个老婆子叫皂娘，你要是能把她请来，给我洗回澡，我就付你五星级酒店的房费。老板娘把钥匙牌"啪——"的一声摔在柜台上，不再理睬我。

　　我拎着钥匙，沿着逼仄狭窄的楼梯进了鸽子笼似的房间，一头扑倒在床上。这时手机铃响了，我很想在此时跟谁说说话，按了接听键。电话是个男人打来的，他很客气地自报家门，说他姓邰，是乌玛山区林业局帮我们请向导的人，我们见过一面，下午他给我打过两个电话，我没接听，而他要说的事情紧急，所以占用我休息时间再次打来了。老邰先问我关长河一路用了多少颗子弹。我想都没想，说了个"二"字。他迟疑一下，说，你说的是"二"，还是"十二"？我捋直舌头，强调是"二"。他微妙地叹息一声，再问关长河的猎枪，是在与狼搏斗中损毁的吗？我"霍——"地从床上坐起，说我不知情，因为出山前夜，他撇下我们，和他的马一起消失了。老邴沉吟一下，说，关长河告诉他们，出山前夜勘察队在营地遭遇到狼群袭击，他为了保护我们，独自与狼群奋战，猎枪废了，弃在山中，不能归还，而他总共用掉十二颗子弹，所以行程结束，他只是还回了十八颗子弹。现在需要我们出具一份材料，证明这位向导，在我们勘察过程中协助我们完成了任务，猎枪是因保护我们而损毁的，子弹用掉了十二颗。因为猎枪是从派出所借的，不还回去，当地林业局有责任，而关长河也会因此被视为持枪的危险分子。

我抓住这个机会，问他知道关长河的电话吗，我有事想跟他沟通一下。老邴说，关长河从来不用电话，想找他，得通过他人去寻，他常年在山中游荡。我又问，关长河有家吗？老邴说，他是个弃婴，当年被人扔在山上的鄂伦春营地，所以他是鄂伦春人带大的。至于他是汉人还是鄂伦春人，无人知晓。但从他的体貌特征来看，他应该有鄂伦春血统。他至今未婚。我再问老邴，听说过空色林澡屋和皂娘的故事吗？老邴很干脆地说，没有。末了他嘱咐我尽早把证明材料写好，加盖公章，用特快专递寄来，收件地址他随后用短信发送到我手机上。我一边答应，一边乞求老邴，如果见到关长河，务必把我电话给他，请他回个电话。老邴勉强地说，好吧。

为了给关长河写那纸证明，我们勘察队一行五人又聚集在一起。我转达了老邴的话，希望大家充分发表意见，达成共识后出具证明。小许首先表态，他说，领导怎么办，我都没意见。老孟说，那晚没听见狼嗥，所以猎枪是在与狼搏斗中遭损毁这一条，写时要慎重。老薛也说，关长河显然是在撒谎，即便他遭遇了狼群，他有子弹，只要开枪，驱狼那不是轻而易举吗，何至于把枪当长矛使，与狼短兵相接呢？老薛老孟观点的不谋而合，至少冲淡了归来后弥漫在大家之间的冷漠情绪。轮到小李，他爽快地说，当地让怎么写，就怎么写呗，毕竟关长河一路上为我们立下了汗马功劳。现在假证明满天飞，又不差这一张。小李还分析说，关长河当初嫌配给他的子弹多了，显然那时他还没有私吞子弹的想法，如果他说用掉了十二颗子弹，只有两种可能，他后来变了主意，想留下猎枪和子弹，所以提前离开我们，对当地立业局虚构了狼群的事情。还有一种可能，就是这一切都是老郜策划的，关长河是他找来的向导，老郜想私藏猎枪和子弹，于是让关长河编瞎话。小李的后一种分析，让我们这些比他年长许多的人，为之侧目，他的判断不是没有道理的。大家多方权衡，反复推敲，最终形成的证明材料中，关于猎枪和子弹的内容，用的是模棱两可的句子：我们在勘察途中几次遭遇野兽袭击，向导关长河用猎枪为我们解除险情，动用了相应数目的子弹。

我将出具的证明材料加盖公章，特快寄出。

三天后我给老郜打了个电话，想问问他是否收到证明，再打听一下关长河。可我拨了几次电话，老郜始终不接听。直到下班时刻，他才简短回复了一条短信：证明收悉，诚致谢意。

这样的回复，就是告别语。我知道通过他寻找关长河，是不可能的了。

我试图让生活回到正轨，或者说是回到平庸中，可是当空色林澡屋的故事像一道奇异的闪电，照亮了人性最暗淡的角落后，我的整个生活就被它撕裂了。我在空洞的光阴中，能感受到它强烈的光明，不禁又寻着这光明而去。我把春节的休假，放在了乌玛山区。

　　这次没有任务在身，我谁也没找，就是一个轻松的背包客，一站一站地行进。越向北走，旅人越少。在路上折腾了两昼一夜，除夕夜我到了乌玛山区。那里正是漫天风雪的时刻，连绵起伏的山峦披挂着白雪，看上去像无尽的白色毡房，很有烟火气的样子，而其实人烟寥落。越往乌玛山区深处走，寒流越强，景色也就越壮美。我每到一处驿站，都要打听空色林澡屋和关长河。很多人知道关长河，都说他很难找到，但没人知道空色林澡屋。我每离开有手机信号的驿站，会把自己的电话号码，留给驿站主人，求他们见到关长河后，请他给我回个电话。

　　我就这样搭乘各色车辆，与乌玛山区冬天特有的麻雀和乌鸦为伴，在茫茫山林中寻找了六天，经过了多个驿站，直到返程在即，也没有见到关长河，更不要说空色林澡屋了。但我收获了辽阔的天空，清冽的空气，洁白的雪，满天的繁星和每家驿站灶上的热汤，它们胜过最璀璨的城市灯火和最丰盛的年夜饭，是我此生过得最知足的一个年。

　　离开乌玛山区的前夜，我在一家林场酒馆怅然饮酒，手机突然响了，我迫不及待地接起来。送话器先是传来一阵风声，接着是一个人沉重的喘息，一个苍凉而熟悉的声音随之响起，我立刻听出，他就是我苦苦寻找的关长河！他劝诫我不要找皂娘和白蹄了，谁也找不着空色林澡屋的。我急切地问为什么，关长河沉吟一下，说，其实当时他应该对我们说真话的，皂娘遭人举报，指控她在深山搞色情服务，去年深秋她带着白蹄，乘着那个大澡盆，从青龙河顺流而下，不知漂荡到哪里去了。我万分愤慨，说，一个老太婆怎么可能搞色情服务？关长河深深地叹息了一声，又说也有人告诉他，皂娘是洗不动澡了，所以她带着白蹄，去没人的远山修行了，她什么时候回空色林澡屋，那得跟看流星从夜空划过一样，靠机缘了。也许很快，也许数年。我再问他为什么提前一夜离开我们？他真的遭遇了狼群吗？猎枪和子弹还在他身上吗？关长河只回了一句：咱把那个带帽遮的鹿皮小帽给弄丢了。

我以为他以"咱"自称，会以皂娘的说话方式，跟我多聊一刻，可他似乎厌倦了追问，不再言语。听筒最后传来的只是"呵呵——"的声音，像他的笑声，更像那一刻横贯天地的风声。我的眼前闪现出戴着鹿皮小帽的关长河，他顽皮起来像个少年。而当他眯起一只眼时，他就是在打量你了。

关长河挂断电话后，我赶紧回拨过去，可是无人接听。再拨，接电话的是我途经之地的某个驿站的主人了，他告诉我关长河今日黄昏路过此地，他告诉他，有人在找他和空色林澡屋。关长河说找空色林澡屋的人，一准是喜欢和星星一起过日子的人。驿站主人掏出手机，劝他给我回个话，可他执意不肯。驿站主人为了促成通话，特意陪他喝酒。一瓶酒落肚，关长河面色和悦了，主动抓起手机，出门给我打电话。驿站主人说，关长河还回手机，我们通话的一瞬，他已经骑着鄂伦春马，离开了驿站。

我谢过这个热心的驿站主人，出了酒馆，迎着冷风，仰望银河。银河在夜空正以长剑的姿态，洒下亘古的光明，傲然插在茫茫雪原上，期待它以英雄的名义命名它。

不管空色林澡屋是否真实存在，它都像离别之夜的林中月亮，让我在纷扰的尘世，触到它凄美而苍凉的吻。我只身从乌玛山区回城后，生怕自己有一天会因这样那样的原因，淡忘了它，于是用七个夜晚，把这个故事记录下来。因为是复述，故事的情境和人物的对话，难免有语意的微妙差异；而因为一些当事人与我相熟，所以我将他们的真实姓名隐去了。其实真名和假名，如同故事中的青龙河与银河，并无本质区别。因为它们在同一个宇宙中，渡着相似的人。

作者简介

迟子建，女，1964年元宵节出生于漠河。1984年毕业于大兴安岭师范学校。1987年入北京师范大学与鲁迅文学院联办的研究生班学习，1990年毕业后到黑龙江省作家协会工作至今。1983年开始写作，已发表以小说为主的文学作品600余万字，出版有90余部单行本。主要作品有长篇小说《伪满洲国》《越过云层的晴朗》《额尔古纳河右岸》《白雪乌鸦》《群山之巅》，小说集《北极村童话》《白雪的墓园》《向着白夜旅行》《逝川》《清水洗尘》《雾月牛栏》《踏着月光的行板》《世界上所有的夜晚》，散文随笔集《伤怀之美》《我的世界下雪了》等。出版有《迟子建长篇小说系列》六卷、《迟子建文集》四卷、《迟子建中篇小说集》五卷、《迟子建短篇小说集》四卷以及三卷本的《迟子建作品精华》。作品有英、法、日、意、韩、荷兰文等海外译本。

大师，听小女子说

虹　影

1

棒棒声打过头遍，每家每户都闭门了。她朝石阶顶端走去，当她跨入只剩半边院门时，耳边传来一阵马蹄声，还有嬉笑声。看那脚步，是一个青春已逝的妇人，诱惑不可抵抗，一步步足迹清楚。

她转过身仔细看时，满街的香椿树在风中摇晃。低垂的夜空墨蓝，罩着房屋和山坡，马车早已没了踪影。她清爽一身，连件行李也没有。站在黑洞洞的院内，正犹豫着下一步怎么办，一瘦长黑影从院门后走出，手一挥，意思明显是让她跟上。走近了，才发现院内还有房间亮着微光，这个挤着难民的庙宇，墙边塞有些可有可无的杂物，青石板石阶，每一脚踩上去都难抬起来。

黑夜里隐约可见梯栏，手摸得滑溜溜。她停在楼梯转角处，那人开锁，进房间后，掏出火柴点桌子上的蜡烛。那人退出房时，她也未看清对方，只觉得这人个子高及屋顶。她张口想叫住，却止住了自己。

她活了一生，没料到，足迹还有那么多情绪粘着，难到达宁静。既是为收足迹而来，她便不想打扰人，也不想被人打扰，有些人的忍耐力还会让自己活半个世纪。

床，紧靠墙，显得挤挤缩缩，躺下却很舒服。院子静谧，好像无人居住。没有声音就没有声音，蜡烛一闪一闪，芯小，烛泪溢了个满盘。她累极，不想起身去吹熄。反正过一阵，房间就会彻底漆黑，她就能一一收拾，了此宿债。她翻了个身，就在这时，惧怕抽紧她的身体。

索性睡着，睡着了什么也不用知道。是的，她来过这个地方，什么时候却想不起来。脑子里好像有场洪水，涨过码头街面，还在上涨。

一幢竹楼在巷子中间，第二层独门独房里，一个年轻女子缩在床的一角，与她一起私奔出来的男人，摔门而去。他要怀抱另一个女人，女人崭新肉体能发出黄金的光泽。她没哭没喊，双手抱住头。第二天，她怀着五个月的身孕下楼，向旅馆老板借钱，或直接借鸦片，有今天比没有今天好。她斜靠床抽着，披头散发，衣衫不整，目光渐渐灿烂。

几冬几秋，她手中的烟枪换成笔，写作原来跟吸鸦片一样上瘾，崇拜一个人也可以产生吸鸦片后那种迷幻沉醉——大师的书，她一直带在身边，不离左右。在她写作时，楼下穿长衫的旅馆老板，好像与老板娘调情，拿她开心，可怎么听都不难听：

"换了几朝皇帝，也没见过这等货色？不用捏着手指算，还不了！"

"还？你这馋猫还去叼呀，腥臭味，美死你。反正你干老娘已没劲了。现成的，咋个不干？"

"瞧那德行，肯定在找死，死在咱屋里，不吉利，保不准还要吃人命官司。"

老板娘冲上楼，一掌推开门，嘴角口沫飞溅。年轻女子从床上抬起脸瞟了她一眼，又埋头于一堆纸片中。老板娘动得过分的舌头停住，不知为何涨红脸。

2

她本没有盼望见到大师，她只是等候死神。侠客出现了，他专为她而奔来，抓住了她。不，是她抓住了这个不留神的侠客。"我要带你去见新世界，"他声音堂堂，像念台词，"去见大师。"这就是原因，非常中她意。

他也是一个作家，会讲些小人物的故事。只有谈到大师，她才觉得他身上闪闪有光点，她得快些催促他南下，必须让他照办。

在这间冷清清的房间里，她的年龄在往回倒转，黑夜真不赖。这时光像当年，哪一个当年呢？无论哪一个，她的惧怕在减轻，而勇气在增加。一人独处，几分钟后，便不再是难事。

记得烈士广场有几棵光秃秃的百年老树，冬天，说到就到。发黄的树叶在人的脚底呻吟，有情意地跟人一段路，又被风吹回烈士广场。她溜达着，寻找灵感写小说。作家并不是想当就能当的，倒过来看，她似乎生来就是当作家的。她随便打整生命，现在却比一般人清楚自己的来由。"九一八"日本鬼子来得不是时候，尽把她乱糟糟的生活弄得十分简单，毫无选择。战争就是战争，不在意人欢喜否。她大着肚子，侠客没和她睡一床，要么睡床下，要么睡下午或后半夜：她不睡时，才去床上补一觉，长长的身子弯曲。

她打量他，这人如此做，好像为了证明自己的正直，不乘人之危。得了得了，她对自己说，用不着多想。他是处男，她不是处女，那又怎么样？说实话，高潮之后，全一视同仁地厌恶。

她等着他向她点明："你真是个性动物。"

他没有，他到火车站去打听南下的情况。他说，咱俩比所有逃难人轻松，一身轻，无亲无故，无一寸地无一片瓦，两手一甩走四方。他有许久未刮胡子了，像个土匪。

离开老城的这一夜，日本人与国军在城北铁路线上交上火。"放爆竹吧，热热闹闹的。"她躺在床上说。月亮把房间照得蓝白蓝白的，她的话听起来像呓语。"一定丧了好些人命。"

"起码今晚绝对安全。明天一早设法溜上火车，打天下去，攻克下那个高不可攀的霓虹之都。"他翻了个身，双臂往天花板张开。

"你上来。"她温柔极了。

他的手臂停在半空，没料到她会这样。

为感激他，她决定把自己连同未出生的婴儿，在今夜托盘交给他。这个看上去力大强悍的男人，应当长个同样的武器。她空虚的身体，渴望被捣毁。在做爱中任灵魂自由游荡，身体如碎片飘散。她喜欢对方收拾她的尸体，而不是她去收拾对方。

见他呆呆的，她挺着大肚子，从床上坐起来。他靠近床，浑身哆嗦。汗从脸上沁出，弄得她的手湿腻腻。

"你不愿做，还是……"她实在忍不住。

他抱住她的身体，半晌，滑在她的脚下："别问我。"

刚才他的反应不是由于激动，而是害怕和女人做爱。那么帮帮他吧，她扯下他的内裤。肚子里的婴儿连连踢蹬，只得放开他。她忍着难受走向洞口大的小窗，呼吸着外面并不新鲜的空气。

3

这座到处是洋楼洋人的城市一再进入她的梦，以前和现在。第一个走进咖啡馆的是短发女子，穿着不俗。短发女子身后跟着大师，他手里牵着小小的儿子。

奇怪不奇怪，她总是落在一男一女的世界中，但这次是自找的。

侠客买不到火车票。之后，费足劲才弄到二张船票，赶紧扛行李坐船南下。

大师约他们在这家咖啡馆见面。他们比约定时间早到近一个钟头。

有时是她，有时是侠客，写信给大师，平均一周二封。自从进入这特大城市的人海中，天天盼着能与大师见面。大师就是打开这个城市和整个文坛的钥匙，他们住在最便宜的亭子间里，焦灼不安，什么也干不了，等候的时间如苦刑。大师给他们回了信，叫他们耐心。他们激动，真耐心了。但第二天，他们走上街，刚走一段，就不得不折回。没钱，这座城市会立刻将他们的心脏挤压得停止跳动。除了大师，一个熟人和朋友也没有。回到亭子间里，给大师写信，才不至于绝望透底，他们向大师借钱，请大师介绍工作，大师依然让他们等。我们能等待。他俩写道。他们在勤奋写小说，一点也没抱怨大师。

大师又来信，还写了见面时间地点。可刚一坐下，寒暄一番后，她就开始说送掉的女孩。

由于她不得不去医院，推迟了南下的时间。不然还能早点见到大师。婴儿虽早产，但活着。侠客没和她商量，就把孩子送了人。她身体非常虚弱，顾不上女儿。医院很小，医生个个都老。

侠客对她摇头示意，她却不懂，继续说，她很想念女儿，可惜一眼也未看。声音并不大，但仿佛全咖啡馆里的人，注意力都在她身上。她的冷汗冒出来，唯有大师的目光是异样的。有好几秒钟，她感到他的亲切和慈爱，完全没有他作品中讽嘲的刀刃之光。

侠客赶忙从米口袋似的包里掏出二部书稿，他和她各一部。大师很高兴地接过来，要她和侠客随便谈谈。谈什么呢，侠客直向大师点头，连连说："请恩师多多指教弟子。"

短发女子插话，让心事重重的她说。于是，她说，这部长篇是关于家乡的一段故事，写这部小说竟戒去她日深一日的鸦片瘾。

短发女子和大师交换了一个神秘的眼神，但看得出来，短发女子也很喜欢她。为此短发女子从大师怀里抱走孩子，到一旁教他识字。

一次见面，结果是由大师给她和侠客各出版了一本小说，杂志也开始连载，他们终于光光彩彩进入文坛，文坛承认了他们的价值。这座冷酷的城市一下改变了模样，每团霓虹都露出媚态。侠客焕然一新，再也不是进门后一张脸，出门后一张脸。她却比以前更为愁闷。

4

那天她梳了两条辫子，穿了件经自己手工改的衣服。点点红花在衣角衣领，与满街流曳的迎春花潮相互辉映。她心情陡然变好，进了大师的家。短发女子递过来的茶水，她捧着，觉得喉咙痒得发痛，她已经与大师熟到经常能来的地步。

短发女子站起来，打量她。单独一人面对短发女子，她承认紧张。但她的眼睛没有移开，或许因为大师，她才对短发女子兴致勃勃。

文学圈子的人都知道短发女子和大师并没有正式结婚，但与大师天生一对。作为女人，似乎还应当柔美一些。大师不想剖析自己烦琐沉闷的家庭生活，短发女子在为他作牺牲，他需要这牺牲，却并不赞赏。

"我不喜欢婚姻。"

"你是说你不适合婚姻？"她没料到短发女子会这么说，一时竟无言以对，"以前？现在？"

短发女子和她坐了下来，让她说说与侠客当初的相逢。

"那真是偶然。"她叹了口气。侠客不断地说一个字"走"。城里涨大水，他划舟沿江而来。他们避开守在楼梯口的放债人，从窗子不含糊地逃之夭夭。坐在舟里，回望几乎立即隐入黑暗的旅馆。旅馆老板几乎每天夜半来访，他进入她的身体时间不长，从背后进入，他的嘴很难够着她的嘴。不挨嘴唇，这样的性交在她看来算不上性交，用早就该死的身体换所要的，很值。这笔交易，在还不应该结束的时候结束，她有点留恋。

　　侠客找到她的旅馆完全是偶然。她处置自己的办法早已想好，她没有向任何人求救。侠客的朋友在报社当差，收到一个自称爱好文学的姑娘处于险境的信。朋友把信扔了，说这年头，什么样的新鲜事都有，乱世之中，谁顾得上谁？朋友的话没错，不到二日，报纸连同所有人员都被清扫出老城，各谋生路。朋友不辞而别，他寻不到朋友踪迹。忽想起朋友说过的事，就凭着特殊嗅觉几条街乱走瞎撞，真给他撞上了。

　　"我老在想该不该告诉他，我并不是那个写信的姑娘，不需要男人的侠义。想想，没什么必要。生活由不得人安排，阴差阳错，碰上一个男人。这个男人看上去还过得去，那么就试着再混一段日子。"她想，那姑娘呼救，而她向往死亡。

　　"一开始写小说，我什么别的欲望也没有了。"

　　"不要命呀？"短发女子好像很羡慕似的问，见她惊奇的目光才站起身，"让我给你变变样。"

　　短发女子对她好，不留距离，她感觉她们很亲。短发女子的手插入她头发，使她舒服又痒痒。

　　她的身体又有胎儿似的，不管是男是女，待在她的子宫里都感到不舒服。不舒服就是快乐。在街上看见小女孩，便目不转睛，仿佛个个女孩都是她的。她故意不问侠客女儿的去处，同时又不得不原谅他。原谅后，她加倍恨自己。她也想爱男人，远远胜过自己。一次次，反反复复，她对付不了世界，世界对付她更加得心应手。

　　短发女子并未注意她的走神，神情专注地装扮她。未想到竟拉着她的手到大师面前，让他欣赏。她站在屋中央，脸绯红。惶惶然心跳起来，不由自主地将右手捂住嘴。

5

当时大师好奇地搁下笔，看看，朝短发女子挥挥手，"怎么把她打扮得这么难看？她最不能同时用绿、红两色，你偏用。赶快拆了她的发结。"他好像有点生气。

"是，夫君。"短发女子笑着让她坐下，没几分钟，使她又变了个样。

"可爱多了。"大师看着她，突然掉转脸。

侠客夜里把她弄醒。南下后两人就自然而然睡一床，但谁也不碰谁，形同兄妹，没有性，关系融洽。他发疯地写作，写过紧要处，便哼起家乡小曲。

没有性，并不影响健康。一旦走出虚构的世界，回返现实世界，她就比别人更深刻地感受到性追求比性更令人过瘾。作为一个人，一个女人，我很不正常？她第一次意识到。

不能说他们完全像兄妹，兄妹也有发生情恋的，超越血亲禁忌的。如同这会儿，他专制地，不容她同意与否，进行性骚扰。她将他伸入衣服里的手扔开，他涨红脖子，开始骂她。

她内疚，不作应答。她热衷于自己的梦境。

在写下的梦里，侠客前世是一个女人，说话拖拖拉拉，与一个弟弟总干些莫名其妙的事。比如，他们姐弟俩总在争吃东西，或贴墙走路，爬在要断未断的树丫上荡秋千。

他俩从树上摔下来。那情形，没法再照实写。她更不愿照实写梦里的大师，每次梦见大师后，她都不肯睁开眼睛，就赖在床上，在床上闭着眼睛往下写。侠客总瞅着时机，翻看她的文字。这作派太卑劣，但阻止他，又会捅破好多半神秘的事。

这天已很晚了，早已灭灯上床睡觉。侠客停止鼾声，翻身下地，拉亮灯，从她的枕下抽出手稿，说："你瞄上了大师。"

"你脱了裤子再说下面的话，"她丝毫不让，粗野的字眼，闪着艳光从嘴里滑出，她得到了快感，组织更大胆吓人的字句，点中他要害："我要是个男人，见着女人就干。"

他愣了一下，垂下头。脸重新扬起时，伸出了手。熬了这么久，他终于动手了。男人一动手，就是魔鬼的手，绝不会再听使唤。

她抓起离得最近的一只枕头挡在胸前脸前。一步步躲闪，突然窜出屋。他跟了出来，月光普照小街。身后脚步声急促，她只能跑。她希望自己能飞，向星月点缀的天空一跃，胸一挺，铺展双臂，高飞起来。

6

她在租界那条街上已来回走了三十一趟。每次与侠客闹完，她都不由自主来到这条街上。她与侠客迟早必分道扬镳，她已看见他今后在哪里，做什么。他需要行动，一个行动接一个行动，大火已腾起在茫茫黑暗大地上。他早晚是会去的。这样一来，她就不会去，不是对着干。她的心思不在行动上面，国家前途，民族成败，阶级造反等等，统统与她本人无关。就是她写作的题目，家乡的工人农民，普通人的苦难，出自对大师号召的主义的尊敬。

现在她才明白，个人的存在，太凄苦。唯有大师，对他的爱情，才是她生存的目的。只要爱情还在她心中，她便不会灭亡。她就是为爱一个人而生的，不是为了写作，写作不过是她向这个世界表达爱一个人最直接的方式，最彻底的方式。

　　她脚下的步子零乱，目光更加锐利。这个城市，她举目无亲。从来如此，无论在哪个城市，都未逃脱掉这个定局。如果这个下午，还是如这个上午，找不到一丝儿爱情的讯息，嗅不到一丁点爱情的味儿，这个晚上她就轻松了，实施早已想好结束生命的计划。

　　这刻她得为爱情的存在找到证明。大师不是侠客之后的另一个男人，他就是爱情的价值。她绝望地想。同性恋行不行？行，我不在乎成为怪物。可是哪个女人，能代替母亲和继母？她们凌辱她的旧事已无印象，无印象，就更虚无，更易产生美的联想。若能爱上一个女人，也不错。为什么要在乎呢？例如，短发女子。但她情愿爱大师，并不是非这样不可，一定得这样？什么人都可去爱，假的也行，就他不行。

　　她的心跳不均匀，像侠客吃醋时骂的一样：淫乱无耻。

　　不，不，不是爱。

　　我和他完全不可能"淫乱无耻"。他已经成为一面无数人高举的旗帜，他把生命和时代融为一体，包括他的生病，也是由于这样那样的道义性原因造成的。一点也没邪念的感情？全是崇高精神的爱情？她惶惑而愤恨，看来唯有自杀才能把自己拯救出来。

　　走过三十一次，这里的足迹太密，清理不完。

　　一把伞举到她的头顶，她抬起头，是大师。

　　"你看你，下雨都不知躲。"他慈祥地看着她说。

　　"我……我……"

　　"别说了，来，到家里坐坐。"

　　"不。"她固执地说。

　　大师更固执，握住她纤弱的手。她只得乖乖跟在他身后。

短发女子不在家。站在他的书房前，透过窗帘，巷子里走的人一清二楚。可他怎么能看见她在弄堂外边街上徘徊？算了，不去理会清楚。

7

侠客频频外出，不在家，也不管家里是否还有吃的。当然他有道理：这本来就不是家；她，不过就是他的一个小小人生经验。有一点奇怪，他一直宣称要把她写入小说。她完全清楚他一辈子也不会写，永远也不会向别人承认这事。

"你轻蔑我，创伤我男性的力量。"他的话响在她耳边，房外马路挤满车辆，如轰隆轰隆的雷声从天边滚来。"我后悔，你知道吗？"

"不必！"她回答。

雨每几日说到就到，阴惨惨的天空，比人更悲伤。她只能蜷缩在家里，她向来不会理财，不知侠客把每笔稿费，他俩唯一的经济来源，用在何处？钱总不够用，常常吃了上顿没下顿，病总找她做伴。怎么办？总不可能总是去找大师借，侠客能写这样的信，她不行。她只能让文字超越实际生活。

北方家乡的河边，女人在嬉笑，行走，在洗衣，挑水。她们看不见她，她们就是在对面，也认不出她。难道她从来就和她们，也就是那块土地没有联系？莫非断了根，就想另一种根？她早已认识到自己不是一个坚强的人。

试着想象，她们中的某一个人，就是她，在那个寒冷的早晨早产，产下一个注定要丢弃的女婴。或许在以后的某一个时代里，也会有一个女人如她？双手朝外，企图拥抱天地之主宰，却只能紧抱自己，凝视前方，一句话也没有。

父亲的形象，淡漠又苦涩。跟不得已吃一种野菜，舌尖上长存的滋味有点相似。祖父的形象，更加遥远，却比父亲显得真实。祖父教她识字、写字，脸上有家里人不曾有的笑容。

大师也有这种笑容。像他回忆过的书屋，小镇，童年，包括一个素不相识的车夫。一件件小事，串起一个人的一生。河流，特别是家乡的河流，静静流淌在我们的生命中。她笑了，大师，我们俩多相像。只是，他和短发女子。她排除不了后一种状态，现实的状态。

如果我忘掉他，也许我的生活会变，起码会喘得过气来。是的，她同样会忘掉侠客，他们都使她脱离不了痛苦，反而陷入更深。

8

用不着她诉苦侠客怎么待她，大师知道，大师知道她伤心不在此。只不过是又一个文学青年，而已！大师不经意流露的貌视，使她感到报复的甜蜜。侠客与她名存实亡，彼此将会相忘于江湖。这一年，没什么人日子过得顺当，大师昨日的愤怒已烫伤了"同派人"。转眼间，夏季热气腾腾到来。

但是她得另找一个地方，不能老在弄堂外街上走。

"你去日本，或许你会看到另一种状态。"

这是大师沉吟半晌后的结论。他说他是不可能再去了，但他思念日本。

"当年在那儿时，我整个生活彻底变化。天天读小说，当了作家。日出之国，到处开放着樱花，"

她呆呆地听着，难以相信自己的耳朵。占领她家乡的日本？大师看来病入膏肓，病糊涂了？但她发现他精神比前几日好，说话做事状态也不像病人。

不管怎么样，这是大师的委托，无论他要她做什么，她都会做的，哪怕代他去完成这么一个可能未遂的感情向往。可是她心里极不安。

"日本人，我不恨。"她在为自己解释。不必开脱，不管怎么说，丧失故土的人，灵魂必然出现无数黑洞。她忍不住在心底轻轻地呼唤：大师啊，大师，我如何才能不离开你？

"干吗要恨？日本人与日本军人不一样。"

"可我不愿离开。"

"你会喜欢那儿的。静下心写作，有空了学学那儿的语言。"他磕掉烟斗里的灰，突然咳嗽不已。

"你病未好？"她走近，帮他捶捶背。他的胡子可能经常抽烟，靠近唇边的微黄，脸白得发青。

"别担心我，我只是被烟呛了，多了不敢说，再活十年没问题。"他看着她。

她后退二步，吃惊地坐在了椅子上。

他接着说："你不会在日本等十年的。我有两句话。"这个时候门外响起了脚步声，他听出来了，她也听出来了，他停住话头。

短发女子推开门，知道她在似的，热情地说，"就在这儿吃晚饭。"

"谢谢你，不用了，"她赶紧站起回道，"我来还书，一会就走。"

连说什么样的话也不会，还不如干脆不说，给自己留有余地，也留有尊严。而且这么一说后，她的腿站不住，想往外冲。大师的眼睛第一次如此集中在她脸上。短发女子硬不顾她的窘态，将她留下用餐。

饭桌上，短发女子非常懂得讲什么话题，大师也照旧幽上几默。她露出温柔的微笑，忍这一刻，就能忍着全部。

他说："你走的时候，别忘了告诉我。"

他坚决地把日本指给她，哪怕日本是个火坑，是他指给她的，她就得往下跳。或许他实际上是怕见她的，他与她感情密结。她不离开，就会给他生活惹麻烦。于是他把日本拉过来，挡在她与他之间。

他们的儿子脱离开保姆的管辖，到桌边来。大师没理儿子，却朝她望了一眼。而她羡慕地看着短发女子，当然喽，短发女子为他生了个儿子，他怎会选择我呢？

整个日本生长在她和大师中间，于她又有什么不对吗？侠客将走他的光荣革命之路，他会再遇上一个比她好的姑娘。自然地，可能他还重振雄风，不再阳痿。她和侠客不会幸福，和大师也一样？

她想不明白。

大师要送她出门，短发女子赶紧说，她也要一道送她。两人相互望着对方，仅仅几秒后，大师说："你送她吧。"

"不，你也得送。"

那是他们第一次顶嘴，当着她面唯一的一次。

对此，她只能沉默。

9

岛国的日子寂寞而绝望，那里只有稀稀落落几点足迹。侠客偶尔来信，他的信是另一种创作，在她眼里比他那些笨拙的小说强得多。他身边有了女人，他十分热衷谈论这点，如同热衷于时局和祖国安危一样。她不想点明，这种热衷很可能是虚饰，他还不是一个真正的男人。

离开前她到过大师住的地方，远远注视他的窗子。他的灯到天明时熄灭，她满脸沾着冰凉的夜露回家。她很想给他一封信，把他给她的一笔称作预支的稿费还给他，说她做不到远离这个城市，至少她可以拒绝一次！你不需要我，那么就让你看见你在对自己撒谎。我要亲自对你说，你心里有我，你却要我对你说再见。

该是她结束自己的时候了。大师当时不会不懂的，但绝不会相信，自我毁灭的冲动永远是她最兴奋的念头。他绝不会了解，一个人绝望时可以走得那么远，没有一个人可以赶得上她。他仍然会坐在他的书房，不停地用烟来代替心里装着的国家的苦难。直到她确实不在的消息传来，他才会停止。只是一会儿，他后悔，恨自己，只是一会儿之后，他又用国家大事代替个人小事。她的死亡，将如一阵风，还不如一阵风，从他记忆中抹掉。

我不，还不到时候。她承认自己在等什么事发生，什么事，她不必知道。这种心情竟然能够一直从霓虹之都延续到岛国？

带在身边的还是大师的书，读到能背出来。日文看起来和汉语相似，学，却难极。害怕白日来临。刺亮的阳光下，屋里屋外一清二楚。房租，在上涨，食物价格也在上涨。她穿的全是旧衣，很久未去光顾服装店。女人不开心，去一趟商店，心情即刻就可转变。这妙方对她无用。

有钱多好，有钱的好，还在于能待在想待的地方，比如，想念大师，买张船票，就能到他的身边。有了钱可以硬租下他隔壁的房子，叫短发女子，也叫大师惶惶不安！隔海相望茫茫大海那边的城市，距离消隐了，没有任何障碍可以挡住她。

睡觉，是想念的最好方式。她却一夜夜失眠。街上行人喧哗，这天或许是某人家大喜的日子。打开窗，灯光下，女人着和服，趿着鞋，拎着包，高髻耸立，插着花朵，漂漂亮亮。街也因为她们截然不同。黑夜剩下来太多，无法度过，她在纸上写诗。在岛国的日子，她不停地写诗。诗是她的魂，小说是她的血肉；诗是她的声音，小说是她的身影。

10

天亮后，噩梦反来造访她。无助，又无奈，像是她生活的写照。她的脑子其实什么也不肯思考，让它空，越空越好。有一天，她就这么半睁半闭眼睛躺在榻榻米上，感觉有人轻轻推开门，走近。

有声音不清晰地响起。"你这人真有意思，成天恍恍惚惚。"

她没去理会。

"要我陪你吗？"

她还是没反应。你，任何一个你，在这时候与我有什么关系？你就是一个神，也无法让我摆脱现状。奇怪，现在没有鸦片，也没有男人，为什么我特别满足？我在嘲讽自己？

是不是给大师写封信，说她想念他，需要他？她写了，结果还是撕了。她想说的，不能写，而白水话，还不如不写，他也不在乎。他从不在乎她？她知道自己是错怪他了，但她别无选择。

与侠客的通信，完全是为了知道那边的消息，大师象征那边。即使侠客在信里不提大师，也没关系。

例假迟迟不到，她紧张。内裤上未出现斑斑血点。如果我有身孕，可能会感到生命的宝贵。崭新的生命，未沾染一点污渍的生命，一定叫我另眼相看这世界。她好像第一次想起丢弃的孩子。

走近她的脚步突然消失，更增添了这种情绪。得重新有一个孩子，从男人那儿借来种，最好是陌生人，不过借他一个精子而已。她想，如果再有人进入她的房间，她就拉住他。怀上孩子，等候孩子出生，让孩子长大。等待他或她叫一声妈妈。女人生养孩子每一天，都比她现在的生活像生活，应该如此。到今天她才知自己还是一个地地道道的女人。

大师开给她的友人名单，她曾约见上面的二位。生性不善交际，觉得与人接触累。于是，她很快决定还是一人过，把自己封闭在岛国，在台风暴雨降临前，她得对未来保持必要的忘却。

我还有多少日子？她问自己。大师还有多少日子？没有他的音讯，他的病能好吗？

假如有大师的孩子，那又会怎么样？这个问题让她惊住。

难怪短发女子会写一封长信给她，语句没有斥责，却充满了过分的安慰。读了几遍，才发现是在调侃她。或许，她如果死了，短发女子会为她写几篇有温情的回忆文章。短发女子的确不同凡响，她由此佩服她。也由此，她们彼此少了联系。最后干脆断了联系。当然避免不了这一结局，因为大师不再存在她们中间。

11

大师走了。

他是准备好走的，但走得还是那么突然。他催她去日本，就是预知大限已到，他要截断她的爱，也许是不让她看到自己死时的惨相。更想让她代他重返故地，给他还一份只有他心里明白的感情债，或许还有他爱过的身影？而她不去向他当面辞行，冥冥之中，死神已将信息传达。他说他思念日本，而她在他生平最喜欢的地方，是他对自己和她独特的安慰么？他合上眼睛咽气的时候，正是她躺在榻榻米上半睡半醒的时候，她的脸上看不见一点悲伤。

他读不到她写给他的诗了。他读不到，她的诗照样存在下来，沙之一粒，水之一滴，大师成为历史，自然有其真谛。简简单单写了一封信给侠客，算作纪念。她感到眼睛里有火，干燥得厉害。

她在心底欢呼：我得救了，从此可以去和任何一个男人相处，再也不会有一个影子晃来晃去，干扰我。一边从昏睡中醒来，一边这么想，她走出房门，在皇宫前的街道漫步。太阳隐在厚厚的云堆里，云像奇怪的建筑物，色彩怪异。树叶掉在她的头发上，取了一片，含在嘴里，甜酸得她直想笑。泪掉了下来，既潮又烫。他曾经在岛国也必然走过这条街，他一个人，他喜欢一个人，走在这街上，心里想些什么呢？

突然，她想起来，大师家乡的风俗，鬼魂会来故地收足迹，有时会附在人身上来走一遭。她心一惊，眼一亮。

在一座生长着青绿竹叶古色古香的房子前，她停了下来。门上的日文和中文相似，是一个餐馆。她走了进去，像当年他一样，脱了鞋，盘腿坐在榻榻米的矮桌前，要了清酒、他说过最喜欢的三种生鱼片和新鲜蔬菜。

雨声响起，门帘蓝白蓝白，不时有木屐油纸伞闪过。斜对面的二个对坐的男子，看样子享受佳肴正是火候，全然忘记他人在场，边笑边谈。她斜着眼把这两个男人考究一番。送酒菜的店家来，跪着将碟和盘细心放在桌上，指点她先吃哪样后吃哪样。她听不懂，但食物在面前，语言由点头手势微笑组成。少女时代，她就不服从家里安排的婚事，一气之下，约了一个男人租了城里一间房。不和这个男人，也会和另一个男人，随便找一个，也比家里相中的那个强。同居，是新时代的象征，她向往新时代，便这么做了。那个男人有老婆孩子，却把她带回家，想让她做小。她只得朝前走，走得路断粮绝。此刻，应是方向明确的时候了，但她心中之人不存在于世上，这，等于要了她的性命。Sake，大师说过多次：你一定要去尝，一人独饮，方知其味，Sake。她一气连连喝了二小盅，手自然地拿起瓷瓶，冰凉清香，顺着喉咙顺着心跳流淌。

她脸上现出淡淡的红晕，还是继续喝着。就要现在，只有现在，她就是这么一个人。

她穿了鞋，付了账，跟着那两个男人。路灯光亮而柔和，两个男人歌喉放开，不成调地胡唱。她默默地走着。不知不觉，前头剩下一个男人，她觉得是个征兆。她停住，那个男人也停住。

12

从小她就对自己的相貌失望。见过她的人却说她的头发乌黑闪光。小小的身材，秀气的鼻子和嘴，尤其是眼睛一点也不混浊，总隐含着深深的哀伤。脱了衣服，她的腰和臀部比例协调，乳房不大，但是一对随时都会鸣叫的鸟儿。

她裸着身体，走向她的猎物，第一次大胆，第一次解开一个男人的衣裤。动作从容，不重不轻，不快不慢。她就像一个老手，面对性器官，尽情享受。长夜行，年华如剧里最揪心的一曲。潮水将她送到她要去的地方，大师，你和我，我和你，大师。在她将退出歌唱的一瞬间，她终于看见了他。

这次咳嗽比平日长，痰里有时带有血丝，肚子也不时作痛。她只得躺在床上，写些短篇。一点也不顺手，常常写一百来字就得中断。下一生后一世，也不肯为作家。我最大的不幸是成为作家，她写道。其次，才是生为女人。她厌恶她做过的所有事，每一个男人。如果回国，必须向侠客挑明，他只配做一个戏台上的男子。

她咳嗽停了，却打了个嗝儿。

又是个不眠之夜。像曾经有过的异国之夜，她环视屋子——一个旧日的念经房，桌面床柱干净整洁。蜡烛始终不见短，好似原样。

大师不在了，她就能回国了。

门外有猫叫。那年在岛国，她一人睡不着，便静静地听街上的猫叫。黄黄白白的猫，在门帘下蹲着。数不清，大猫小猫变化，跟她逗迷藏，惹她烦。不，我并不烦。猫是不是大师介绍给她的朋友？她笑了起来。

13

记得不错的话，回国的第一桩事，是要求与侠客正式分手。侠客却拒绝，说应该先去给大师上坟。他对她态度来了个大转弯，言谈举止间透露，以前是由于大师的存在，现在大师去了，他和她的关系走入正轨。

"眼下要紧的是把你知道的大师写出来，最好写成一本书纪念他。"侠客指点她。

"你自己写好了。"

"我当然写，但你写的重要，"他笑着说，"你们经常见面，大师请你去也不要我陪。"

他记着大师的仇，男人不会原谅男人。她本打算为大师争辩，但吵架时她会骂粗话，亵渎了这题目。到睡觉时，她表示，不分手可以，但得分开睡。

他做了个投降的动作。

熄灯后，她眼睛大睁，黑暗无边无际地扑上来，淹没着她的身体。她大叫一声，侠客问："怎么啦？"

"没事。"她回答。

她知道自己又错了，到底错在哪里？如果仍流寓国外，未必不可。离大师近了，却找不到她的位置，没有大师的霓虹之都不再是霓虹之都，她也不再是她。三年前，是因为大师，她才和侠客奔这城市来的。侠客要声誉，大师给了；她要的，大师却那么吝啬。或许他认为他已经给了，只是她要得太多。他的语言，他看她的眼光，他们离别时，连平常必握手说再见，也不曾有，拘束极了。她难下决心和侠客一刀两断，完全是由于大师。她喜欢侠客不时提到大师，发醋酸，也是好的！她心绞痛起来：从未有过一次单独与大师相处的机会。只有那么一次，然后匆匆离别。

第二日，她独自去江边。车来船往，人特多，什么样的人都有。离开码头，她走进一间英式酒吧，要了酒。坐的位置，朝窗。滔滔江水，轮船比往日凶猛叫嚷。大势所趋，霓虹之都必是殖民地，那又能怎么样？她看了看左右，酒吧里黄皮肤还是居多。如果她这话说出口，一定会被人当场撕成碎片。评论界已视她为派别的代表，欧美派自由主义分子斥她为失去个人主义精神。谁能料到，江上飘着什么旗，她竟然无所谓？

从来酒量不大的她，这个晚上却一杯接一杯喝不醉。付钱时，侍者不收钱，说有人先替她付了。

凭着直觉，她知道付钱的人这会儿在不远处瞧着自己，她不想走过去感谢。迈出酒吧门，那人没有如她意料的一样跟来。

也好，她有点失落。一人慢慢走着，江风吹着她的脸，旗袍飞卷，露出腿。

"小姐，想搭车吗？"一辆轿车停在她面前。

这就是付钱者了，她抬起脸，仔细看了看对方。酒劲在这时全涌上头来，奇怪，她的心痛突然停止。

14

弄堂口全是木箱，雨水冲刷已变色。弄堂露天有小便池，男人随便转过身在解小便，是这个自诩最文明的城市一大怪。梧桐粗壮，上面有蛇盘绕。走近才发现是人画的，青黑青黑。收荒烂的小贩叫唤着，天早亮了。

可以与人有性事，却不能同眠，她不能以一夜无法睡觉为代价。她的身体即使与人交欢，也是独立的。带着这种感受，面对侠客，一点也不内疚。但侠客没问她，似乎她永远不归才好。

霓虹之都大，文学圈子却一向小得怪挤得慌。风言风语，到她那里不过比旁人晚几天。侠客东窗事发，被友人指责，受不了，回来找她发泄。他无赖透顶地挖苦，见她毫不在意，更故意激骂她。

原来他并不是要留恋她，而是为了向大师的魂显威，表示不管在大师生前或是死后，她都像一件行李从属于他。"得由我提出分手才行。"他愤愤地说。

"我提就不行？"

"当然。"

"你干吗不早说？"她声音都变了。

"有这个必要吗？"他把鞋底翻过来，拍着上面的灰土。"我会有良心待你的，放心好了。"

干吗要和这样的男人较劲，她坐在小桌前，静了静心。边写，边想没有几天能再待在这里——这座使她一举成名的城市，这座使她满怀无望情感的城市。她二度离去，二度归来，但永久离去已成定局，这一生里她不会再回来。岁月已在强迫每个人重新开始，文化人要么顺从占领当局，要么迁往内地，要么投奔革命。

当她写回忆大师的文章，她涌起写一部新的长篇的愿望，被切成片段的过去，童年，它将是一本关于家乡的词典。它和举国上下一片的抗日爱国浪潮相关不大，纯属个人纪念，是献给你的，大师。她停了停笔，凝视面前无窗矮小的墙壁。

侠客倒在床上，故意干扰，嘲笑她以前独自离去。他说她不该从日本返回，即使是他要她返回，她也该一口拒绝。

他们一起离开霓虹之都的，在他的又一次情变后，她伤心再次做他的行李。那一程路怎么走的？印象中已很遥远，火车摇晃得厉害。过河过山，视野里尽是被砍折的秃树，无穷无尽南下的军队，马匹、武器、粮食，残阳随着铁轨移动。

15

终于挨到这一天：侠客提出分手。春天，在大江中游的江城，几乎全国作家都到了此地。文学杂志社址自动成为往来作家的联络中心，他们就住在这儿。有天傍晚两人大打出手，她哭着奔出房间，他在背后把门一脚踢上。她避在朋友家中，文人聚在一地就多一则故事，还加了点淫猥细节。

"我知道他，早晚的事。"书生劝她别难过。他与她第一次见面，但同样来自北方老城。人虽长得不漂亮，也没有侠客神气，但温和，有学识，不和侠客一帮。

"但他以我不去革命为理由。"她说。她想她可以去任何地方，但他去的地方，她就不能去。他要分手，她该高兴，但是她感到被人抛弃的耻辱。

书生让她考虑和他到内地山城，他向她求爱。

"很突然，别害怕，"书生握着她的手，"和我在一起你会写出好小说，不信你可试试。"

最后一句，让她心动。他读过她的所有作品，她也读过他的小说。不用对他深入了解，男人是什么，她不糊涂。我以前的生活尽在冒险，或者说向往冒险的生活，喜欢和由不得人安排的命运下赌注。

我没有赢过，不想再作这种游戏。她点了点头，但愿这次例外。心底里，她觉得跟文学圈内的男人走，是好事。马上会传开，让背叛者尝尝被背叛的滋味！

16

"我怀孕了，"她对侠客说，"你当然明白不是你的。"

"真有你的，又怀上了，谁的种？"

"和你无关。"

他跳过来，但控制住了。"没有什么是你不敢做的，我一开始就该明白。总不可能是大师的吧？"突然停住，仔细想了一下，"瞧我，时间对不上，是不是？"

蠢货，醋劲真到了顶，他头上似乎在冒烟。中国男人，哪怕自己再"浪漫"，哪怕早就要分手，也不能忍受女人"不忠"。

没有比说这件事更具有告别意义的了，侠客应该明白，他们彼此在心中的分量。他到她欠债等死的竹楼来找她，就是误会。不过没有他，她也不会见到大师，成为一个好作家。历史翻来颠去，证明大师的确没看错，她的确是比侠客强得多的作家。

侠客终于平静下来，像是给她一个好处，他说："若你想去圣地，我可帮助。来找我。"

"谢谢你。"她问，"什么时候你启程？"

"快了。"

他盲目地投向火焰，而他的脾气却只能做游侠，不能当革命者。他垂老时，才获得尊敬。而人们敬重他，是因为他动手打过她！

她和书生的关系还没开始，就几乎结束。本来想找个合适的机会告诉他，但她生性不会装，也不想隐瞒。

"我也不知道谁是父亲。"她说。

　　书生认为她有意回避，不肯说。她却认为谁是父亲不重要，何况她就是想要一个非正常出生的孩子。

　　"这是我的孩子，你会喜欢的。"

　　书生长久闷坐，不再答话，他和侠客很不一样，侠客始终居高临下，钢锯一把，非把她搞得支离破碎才肯罢休；书生则敬慕有加，棉花糖一团，松松软软，要站立却不易。

　　她清早起床，发现屋里就她一人。顾不上穿衣洗漱，就找书生。自然找不到他，气馁地坐在书桌前。拿起面前的一本杂志，他的信夹在里面。他希望她去找他，如果她认为必要。他为他不辞而别抱歉，说会继续给她来信。

　　拿着信，她浑身冰凉。她呕吐起来。他比侠客还不如，侠客直接的方式，还可接受。于是她打算趁胎儿还没长大，身子方便去一趟西北。她不是后悔，想回到侠客身边；面对更意想不到的羞辱，她第一个反应是逃走。什么时候去，什么时候回？她早已忘记。肚子里的孩子如期待的在一天天长大，她为此快乐。城里处处响着爱国宣传队演戏的声音，她把自己关在屋子里，写一个与心情截然不同的小说。主人公是个瞎妇人，家破人亡，最后发疯。

　　她发泄完了，抚摸自己的肚子，一定是个女孩。她把小说中的男孩子改换成女孩，女孩和母亲贴心。她欣慰地对自己说，女儿必将像我爱她一样爱我。不是大师的，也是大师的——当时我想着大师。

17

空荡荡的码头，像被人特殊布景过，极不真实。船也稀拉，人也稀拉，破烂厉害。她在江边下最后二级石阶时，脚踩空，跌下坡。待产之身躺在脏脏的地上，她一次次试着爬起来，均未成功。

索性不再试了。多么像我的一生！她不能有一点改变，虽然也竭力改变。没用没用。

世界没有希望，危机四伏。人和人互相隔绝，不能理解，人和人只知彼此造成痛苦，而不肯彼此给予爱。人们谈论的是战争，关心的是战争。一个女人的私事被国难掩盖住了，她甚至找不到一个可倾诉的人。在霓虹之都，再孤独的日子也不难度过，她有安慰处：大师的墓地。她背靠着碑石坐着，一个下午甚至整整一天就一闪而过。有时，她绕着墓地走，引人侧视也不管。她的确是个疯女子。她明白自己完了，假若大师还活着，我不会热烈想他到这程度。

这里有过路人，看了看躺在地上的她，却走过去了。

江水在她的眼里如零乱的线条，她闭上眼睛，想永远躺下去。江水竟涨到脚边，九月的江水照样如十二月刺骨。孩子，她心痛地叫，你得原谅我。我总是一个人走路，不管是在北方，还是在江城。战争总在我的生命中交叉，战争逼走我的青春，美好记忆永远与我分道而行。

我已经交出我的家乡和大师，已经交出我的女儿，难道我还必须交出我还未出生的孩子吗？

她感到天空飞满黑鸦，孩子如光亮照耀她苍白的脸。突然，她像条抛上岸的大鱼扑腾起来，挣扎着呼救。又有一个路人从身边走过，有一大家子人朝她的方向走来。

18

这座城市怪模怪样，浮在两江之上，好像只要她伸出手，就能摇撼那些搁在岩石上的木板房子。

书生把她送到远郊的一个小县城里，住朋友家。书生回城里，住报社男子单身宿舍。临走前，他对她和朋友叮嘱了又叮嘱，客气而周到。

朋友见她呆呆地坐着，说："书生心好，城里天天挨炸，这儿安全。"

她笑了笑。

她忍着阵痛，抹去额头上的汗。朋友送她到附近的产科医院，崎岖小道上，滑竿在一闪一闪响着节奏，她陷入昏迷。一个六十年代初期出生的山城女子，身边总带着她的小说，唯独不想去她曾经生产的地方，她也是个作家；八十年代后期，也就是她生产这天的五十年后，有个生长在南方的亚热带女子，专程来找她生产的地方，她是个诗人；九十年代末期，一个异域岛屿女子通过电话告诉友人，她将前往山城，她也是个作家。那个山城女子想着异域岛屿女子花园里的竹子，在欧洲这一年开花的事。欧洲的竹子据说是一个叫威尔逊的人1907年从中国南方用船运回的，以他爱女之名为竹子取名：Muriel。妙瑞儿注定九十年后必开花。开花必死去，死去必再生，因为种子已在风中撒向天下四方。

这些事，她不想知道，哪怕是在这么个冷清的夜晚，专门让她寻找往年足迹的夜晚。她甚至都不愿回想那年秋天，她由于临产陷入昏迷的事。与她心愿相违，是个男孩，而且一离开子宫就咽气了。

她对命运服气了。有一天，朋友向她提书生，她听着听着，突然站起来，滔滔诉说，再也停不下来。朋友惊呆像木瓜，她才住口。好马不吃回头草？她不能当马，她得当人。

松林山，还有房前的一丛竹林。是的，当年她也以青绿的竹林为生活的背景。每九十年竹子才开一次花，但她面前竹子不必开花，因为它们知道她已经死过不止一次，竹子也不必再生，因为它们明白她已经重获生命不止一次。

19

她们走下山，那儿正在建房。搭梁前，杀了两只大公鸡，很是热闹。两人欲走近，被拦了回来。女人不能靠近，靠近不吉利。两人择溪畔小径爬上山。女友采了一些山坡上的野花。

她挽着女友的手，刚想张口说什么，突然浑身僵住。女友问："怎么啦？"

她手往山下一指。一个男人从另一小道往山上来，不太识路，他在张望。"我不要见他，帮帮我。"

"不会是书生。"女友安慰她。

"请你去打发他离开。"她说。

山下之人真是书生，他未能见着她的面。隔了许久，女友才回来，找到倚靠着一棵松树坐着的她。

"他走了。"

"他走了。"她重复女友的话。

"说了你别生气，我感到你们两人都值得同情，他很痛苦。"

"你是要我回到他那儿去，"她说，"对不？"

"任何时候我都欢迎你和我在一起，你知道的。"女友坐到她的身旁。

"我知道。"她把头靠在女友肩上。

松林山的足迹最容易收拾。大自然宁静，她变了，抽烟，唱歌，跳舞，勤奋地写作。生活可以无限延续下去，并不是假象，生活有时也会露出友善的一面来。山下的男人，带着后悔的情绪，却来得更勤了。她对自己说：你错了，坚持住，你就能挺过去。但时间一长，容易健忘的她，不再赶他走。

她心慈而大方，容貌因为快乐而显得动人。书生不时给她带来当时弄不到的书，对她新写的小说提出切实看法。春夏交际，山上蚊虫多，咬得她皮肤受不住。书生要她下山，她也禁不住他柔顺的一再请求。

书生提起自己在北方时曾给大师通过信，也算得上大师的门徒。书生对大师表现出尊敬，令她一整天高兴。发现这点，她感到和他重新在一起还是值得的。

与大师有千丝藕连的关系的任何一个男人，她都不会拒绝。她是在为大师活着，她得写一部真正代表她的书，留存在世。唯一她能为他做的，象征她对他全部的爱。

书生薪水可观。风景迷人的北郊，山峰险峻，江水清澈透底，到处绿树奇花。日本飞机不肯光顾，十分安全。从前苦已吃够，趁着死辰未到，干吗不享乐享乐？再次失去一个孩子后，她确实彻头彻尾地变了。

20

家具，屋里的字画，他走路和坐在书桌前的每个姿势仔细描述。短发女子，她写到她，开始真正喜欢她。他和短发女子的孩子，她当然爱，但孩子两字，写着手就抖，只得轻轻几笔掠过。她把几页手稿搁在窗前，不料竟忘记。一日取过来瞧，上面字迹被强光过滤，最上面的一页只能认出几个字。

揉成一团，扔了。她机械地在屋里走着，到床上躺下，脸朝向蚊帐开口的方向。有人在蚊帐外，隔层薄纱。她动了动手，想去拂开蚊帐，却无力垂下。

你干脆承认才思耗尽算了。

我承认。我在回答谁呢？她睁开眼睛，猛地坐起。远远地听到书生的脚步声传来，他上完课回家，得给他准备晚饭。

"你看什么，有什么好看的？"书生没好气地质问，放下饭碗。

她吃不下饭，仍旧盯着他看。这世界多么奇特，干吗就得我和这个人生活在一起？干吗他就有权力对我呵斥，我服侍他，陪他睡觉，为他洗衣，为他抄稿。像个不需付钱的女佣，莫非我贱得很？

"神经病！"他离了桌，从鼻子里哼出这句话。

真贱，原来这才是我。我再也不能写出像样的东西来，真完蛋了，一无所有。书生一定盼望我如此，文学圈内外没人会不高兴。生活失去任何存在的意义。可是，我又有这么多话要跟人说，跟你说，大师。

大师的眼光，总是绕着在她身上游离，她第一次害怕回忆。要不要向父亲认错，返回沦落到日本军队手中的故乡？父亲在这时与大师形象重合，难以分辨。她默默地流泪，书生像个影子闪进。

他坐在床边，看着她。

"有完没完？"

他等了半晌，未见反应。伸过左手拉她。她叫了起来，吓了自己一跳，也把他吓住了。她从不这样，那不是人的声音，动物也没发出这样的声音。

书生大笑，和她竞赛似的。轮到他看她了，但不等看够，就把她压在身下。她没有反抗。书生的动作并不粗暴，比平时好。

她没有推开脱她裙子的书生，而是帮助他进入身体。她把他当作大师，大师，我是你的了，对，就是这么无法说出的感觉。于是，她的状态并非人们通常想的：一具僵尸。她的身体灵活，自由，甚至渐渐柔和起来。潮湿的液体在朝身体外涌，那一定是血。她正当经期，书生不会不知，他不在乎，她在乎干吗？何况这感受刺激着她，她在一片鲜红中首先看到晚霞，呼的一下腾直在西天，乡亲们叫火烧云。对，火烧云。小孩的脸红，白狗的脸红，红公鸡的脸更红。云从西到东，片片燃烧，一会儿金灿灿，一会儿半紫半黄。出现一匹马，头向南，尾向西，且跪着，专等人骑。两三秒后，那马变大，脖子伸长，尾巴却不见了。

书生做完事，一边满足地提着裤子下床，一边带着恨恨的目光，像是在说：你在想别人。

一丝嘲笑挂在她的嘴边，有着血污的下身裸着，上衣半遮半掩。

她的思想不在这，而是尾随父亲。父亲总以背对着她，父亲凶狠狠的样子多少年过去，仍令她战栗。莫非他是爱我的，我也是？

和书生举行婚礼，是的，她和他有过象征性的一次。他们请了几位朋友，吃了顿饭，也喝了米酒。那个夜里，她梦见父亲，父亲没有骂她，而是也在喝酒，说你结婚这么大的事，也不告诉爹一声？父亲不听她劝，大口大口喝酒，到后来，拿起酒瓶往嘴里倒。她玩水，掉进江里。父亲奔来跳进江里。"记得那天我生很重的病，一进水脚就扯筋。我是栽到你这个不要良心的小东西手中了，我想我们上不了岸，我们死定了。"父亲说着说着，忽然号哭。

她醒了，书生早醒了："你大哭大嚷做什么？"

"我梦见我爹。"

"别谈你那爹，睡觉吧。"书生哄孩子似的说，侧过脸继续睡。

许久了，她没有想过父亲。父亲也从未如今天这么一再出现，意味什么呢？女子当嫁不嫁，既不孝顺又无德行，自然必有报应；女子不当嫁而嫁，于哪个世间都不容，自然灾祸难断，无出头之日。她张开的腿斜挂在床沿，一动未动，像是故意保持难受的姿势。指腹为婚的女子在家乡不少，倔强的往往不从，跳井，上吊，只需做，就能成。女子上不了战场，说这话的人有脑病。问男子，敢否跳井？再胆大，也不会的。女子却敢，上战场还有活着回来的可能，没准捞着一官半职，跳井的结果唯有一个：变成一个冤鬼。

她的手抓住蚊帐，大师呀，我又能写了！在这种强烈的念头催使下，她身轻如燕，离开床，到书桌前。

21

是否从未对家庭生活期望过？母亲与自杀做游戏，对她也做实验，用石头砸她的头。九岁那年，母亲如愿以偿。开始时，她逃避家庭生活，后来接受它，是否不甘心受挫于男人们？这个时候，大师离她远了，她深深地感到。是不是该和大师道再见，虽然通常是一边离开他，又一边与他相遇。

从大师身上我看到自己的忍受，他不存在于我的生活，何必再作牺牲？一个孩子哪是我要的。

我存在的理由何在？等献给大师的书完成后，我就该去应去的地方。即使我不去，也没办法，我的心已去了。

她一一向友人道别，山城在一点点变小。日本飞机来往自由的这个城市，哪里有安宁？战争不离开我，就让我离开战争。

22

黑色的沼泽团团围拢，她正在先于海岛而陷落，末日临头，反使她勇气倍增，全部精力投入写作。她真感到时辰已到，坚持不下去。她无人可说话，在这里一年未终了，书生和她的关系走入尽头。

经历我生命的男人，就像血吸虫，吸尽我，抛弃我。一旦他们露出笑脸，我立马忘却。他们自私，其实我也一样。我身体与思想总是分离，从未达成一致。对大师，我奉献的只能是思想，肉体一直是我和他的禁地，当我想冲破一切时，死神带走了他。不对，应该有一次在他书房。莫非我真在日本的一家私人医院打过胎，而并非鸦片瘾复发？那只有二月的孩子，是他让我离开的回答。孩子的不能够存在，如同我的不能够存在。

被注射针药或是他的死，让我失去了那段记忆？什么记忆不再使我痛苦？现实，此刻——在我写作时，大师随着我回到家乡，他像我一样惊异。我们的身体在一起，灵魂在一起，彼此越来越近，像两个从未有过的词落在纸上，产生出从未有过的含义。

"你我二人谁也不识谁。"书生淡漠地指出。

"但我了解你。"

她头也未抬说着，继续手上的工作。敲门声，不错，很清晰，是有人在敲门。

她知道，她已经没有朋友。曾写信给文学圈中几个著名前辈求助，没有人回答。她明白自己在文学界早已是个"破鞋"，人人得而避之，尤其是那些有丈夫儿子的女人，或是有老婆家小的男人。

她没应门，却咳嗽起来，止也止不住。

23

一个无家无室的年轻人来到病床边照顾她。他很像大师年轻时照片上的样子。并非重病之人易生幻觉，她知道自己马上就会见到大师。贫血、肺病、喉瘤，虚弱的身体对针药开始拒绝。她从逃开战火开始，终于还是被战火追上。难道不是天意吗？她是一条彗星，到哪里，哪里就失去安宁，夫妻会反目，原野会流血遍地。

"我并没有发疯，虽然我一直处于发疯的边缘。"她每吐出一字都得忍着剧痛。

"你不能说话。"

她改用笔与他说话。那一年，祖父非要打她的手，因为她忘记把书放回书房。她害怕地伸出手，祖父却只是在她的手上轻轻拍了拍，他哪舍得打她？院子后面有一棵枣树，她喜欢爬上树，在树上吃枣。"你知道，我恨他，也恨他。"她扔了笔纸，挣扎着坐起来。

"还是我自己不好，干吗信人家呢？"她说话没人回答。

护士走进来，她才发现房里就她一人，年轻人这会儿不在。护士打完针，对她说，下午得开刀，换她喉中气管。几天前她被医生误诊，错开一次刀，使病情加重，早已不能发出声音。不久，她已彻底地在自己预料中，昏迷不醒。

鱼游上岸，五颜六色，呼吸着青草的芳香。水里开满花朵，清一色蓝，和她的衣服混成一体。我不愿停止思想，我可以想象在家里，我自己的家。失去的孩子们长大了，在身边嬉戏，叫着妈妈，还有一个胡子剪得整整齐齐的爸爸。是的，什么都还来得及。窗外山太青，树太翠绿。

24

没有能够等到献给大师的书出版。三分之一由于病，三分之二由于我就是要这个结果。她想，可能说不定是她起床的时候了。

穿上衣服，她站在床边。房间里蜡烛突然灭掉，漆黑发紫。按照一般小说的程序，现在应该发生点什么，生活比小说更像小说。她耐心地等着，月亮从漆黑中升出，不过丝毫未增添某种神秘。生活也并不比小说更神秘，她保持镇定。

窗外有手指在轻轻敲。这就对了，她走过去。猛地打开门，外面什么也没有。"演习呀？"她骂道。

"当然不。"有声音在她身后响起。

她回过身，房里并没人。

"别费神，你看不见我，我看得见你。"

"那也好，你想要什么，"她说，"你想干什么？"

"你倒真直截了当，你真不寻常。"

她的手朝外一挥，好像不屑似的。门外走过许多人，只有脚尖着地，走得急匆匆的。

"跟上去，孩子。"那声音变得温和些了。

她于是出房间，感到自己也是脚尖着地，如在半空中行走。前面的人，全是白衣，长短不一。有的搭肩拉手，有的一前一后互不干扰，悠哉怡然。走廊极长，不宽，但屋顶高，在黑中显得遥不可及。我演过戏吗？她不肯承认，如果演过，唯有这一回，激情早已消失，我随命运愚弄，也唯有这一回清醒，毫无怨言。

不知不觉中，她加快步子，队列里似乎有大师，他长衫，缩着脖子，披了条围巾，很冷的样子。她并没叫住他。亲爱的大师，我终于跟你来了，为什么却感觉不到幸福？你本是不想要我的，并非不爱我；你从未敢正视过你自己，不是仅对我一人如此。

是的，我快收拾完我的足迹，我已去曾经到过的每一个地方；将去何方，不知道？大师说过《金刚经》里的句子：禅即是"无所住"的。如有所住，反受其累。看来，人应生无所住心。这么说，从我返回这个庙后，我就是一个结完孽账的人。这时，四周全是看不清脸的影子，他们等着什么事发生似的，停了下来。

她想停下，却未能办到。一匹马嘶鸣着横在面前，一人坐在马上。她见过这马，这人自然就是引导她入庙的那人。情急中，她闪过去，渴望抓住马上人，却只握着马尾。马和人都不见了。前面是一大坡石阶，顶端立着一排明晃晃的刀叉之类的东西。背后似乎还有一大坡石阶，望上去，等于望着黑洞洞的天。她低下头，努力克制，一步一步上台阶。用不着恐惧，也不必想挺过这一关后，如何选择下一生。她从心底喊道："我本就是从地狱归来的女人。"

　　陡峭的石阶在她眼里铺展，渐渐平缓。从这个国家的极北到极南，她看见她最后一个脚印在天蓝山青的海边，一片白光聚集浅水湾，人们管这个海岛叫香港。

作者简介

　　虹影，享誉世界文坛的著名作家、编剧、诗人、美食家。中国女性主义文学的代表之一。代表作有长篇《饥饿的女儿》《好儿女花》《K：英国情人》,《上海王》；诗集《我也叫萨朗波》；童书"神奇少年桑桑系列"、《米米朵拉》(四本) 等。有 6 部长篇被译成 30 多种文字在欧美、以色列、澳大利亚、日本、韩国和越南等国出版。许多作品被改编成影视作品，其中《上海之死》是入围威尼斯电影节主竞赛著名导演娄烨的电影《兰心大剧院》的原著。获纽约《特尔菲卡》杂志"中国最优秀短篇小说奖"；长篇自传体小说《饥饿的女儿》获台湾 1997 年《联合报》读书人书奖。《K：英国情人》被英国《独立报》(*THE INDEPENDENT*) 评为 2002 年 Books of the Year 十大好书之一。2005 年获意大利的奥斯卡文学大奖"罗马文学奖"。《好儿女花》获《亚洲周刊》2009 年全球中文十大小说奖。2009 年被重庆市民选为重庆城市形象推广大使。

流年

张欣

拾红霞最讨厌中年妇女这个词，因为她自己就是个中年妇女。

有一次在商店买东西，营业员说：这种款式的衣服最适合你们中年妇女。拾红霞放下衣服，扭头就走了，中间连一点过程都没有，搞得人家莫名其妙。

其实她看上去不见得多么养尊处优，或者一把岁数顶着一张娃娃脸，笑都不敢笑，她的穿着并不考究，也没有名牌加身，一副勇于付出、勤勤恳恳的样子。只是她喜欢穿静色的衣服，从年轻的时候开始她好像就没穿过花衣裳，而且腰身也保持得不错，这就使她看上去不那么俗气而已。

像许多表里不一的中国人一样，红霞也是有一张纯朴的脸，举止端庄，驯良守时，富有正义感，平时尽可能地不哗众取宠，很值得信任的样子。但在内心她是无比骄傲的一个人，许多人不在她眼里，她觉得她骨子里的优雅和高贵是芸芸众生无法比拟的。

把她概括到中年妇女里面去，她是真的没法接受。

　　红霞所在的单位，是一个国营大型公司，制造电子产品和集成电路，是朝阳型的企业，很有发展前景，被列入国家企业500强的行列。国家领导人也曾多次到企业视察，照片和题词制成了巨大的灯箱挂在公司总部最醒目的位置上，让人一看就觉得分外提气，同时，整齐划一的办公设备，以及身着制服的企业职工，无一不显得与时俱进，斗志昂扬，这一番蒸蒸日上的景象，简直就是那些朝不保夕的夕阳企业眼里的海市蜃楼。

　　这就是华林公司的背景资料，而拾红霞便是公司的联勤部长——基本上就是总务工作，具体而琐碎。大公司的好处是高福利，以便稳住人心，同时树立企业形象又已成为当今的时尚，红霞是巧媳妇掉进了米缸里，可以尽情施展。但是话又说回来，大有大的难处，她算是掉到事堆里面去了。

　　每年从2月份给大伙张罗着过一个肥年开始，她就连喘息的机会都没有，等大伙过完正月十五来上班以后，她就得按照月份牌，3月份种树，一种树就想到育人，那么就得落实给以公司名称命名的希望小学的义捐，5月组织歌咏比赛，6月发麦当劳的套餐票，7月组织党员上井冈山重走革命路，当然这是另一种形式的公费旅游，但总还是有意义的，8月拥军优属，复转军人也得给他们找个地方吃一顿，9月老干部的秧歌队和腰鼓队要到市里参加比赛，嫌演出服不好看就不穿，跟孩子一样，10月份就不用说了，怎么爱国都不过分……其间还有无数烦心的事，计划生育、干部疗养、华林公司两年一度的运动会，还要给国标舞训练班请教员，等等，总之红霞已经完全变成一个管家婆的形象了。

　　也就是在两周前，一个电影摄制组要到公司来拍外景，这是一部伟人片，因为华林公司有一代伟人留下的足迹。对于这样的事公司不热衷，但也绝不能反对，宣传部门的态度当然是和公司高层保持一致，所以这种吃力不讨好的事又落到了红霞头上，红霞拿着个电喇叭调动群众演员，喊破了嗓子，头发立起来不说，还得站在人群里跟着哭，跟着笑，跟着频频点头和激动不已，后来听说这些镜头又被无情地剪掉了。

一个人的变化实在是太不可思议了。

如果时光倒流，拾红霞并不是一个铁姑娘队队长的形象。她的父亲是当地驻军的高官，自出生起她就没住过楼房，而是独门独院的一间连着一间的大平房。她家的院子里长着夹竹桃，还有小叶榕，树下有石桌石凳，就像现在小区的街心花园一样。值得一提的是她家的厕所，大得装 10 个坑都有富余。总之当年显贵身份的标志就是大而无当。

那时的美也是不加修饰，甚至是不自觉的。小时候红霞是个漂亮的女孩儿，穿白衬衣、背带裙，她在八一中学读书，课余时间去音乐学院老师的家里学习大提琴，军区大院里经常看见她体轻如燕的身影，后面跟着一个警卫员帮她扛着琴。

这在当时已经是非常不同凡响。

八一中学还有一个相貌英俊的男孩子叫李吟啸，是市委书记的儿子，他品行端正，学习也非常之好，和拾红霞一起，是全校师生公认的金童玉女。

长大成人以后，红霞的父亲想办法让李吟啸当了兵，而李书记把红霞安排在市歌舞团拉琴，当时的腐败也就是这个水平。

最终两个人结了婚，也是水到渠成的事。

李吟啸在部队绝不是少爷兵，虽说他小时候也是养尊处优，但他目光远大，能审时度势，更可贵的是他勇于吃苦，重活累活不在话下，还立过两次三等功。即便是在最艰苦的环境里，他都没有放弃读书和看报，他关心国家大事，每周都写读书笔记，很快就被提升为连队的副指导员。

然而，官至副连级，就一动不动了，这对于有宏远志向的李吟啸来说，根本就是大学生只拿到了小孩子的算术题，除了失落还有点哭笑不得。

李吟啸忍耐了很长一段时间，他一如既往地工作和学习，吃苦在先，享受在后，隐姓埋名地给家庭有困难的战士寄钱。可他发现他身边提起来的干部大都是工农子弟，文化程度不高，工作能力也很有限，无非就是比他听话一点儿，不像他那样遇事总有自己的见解。这样，他就觉得是部队领导对干部子弟本身就有偏见。

有多大的树，就有多大的荫。当初李吟啸靠红霞父亲的关系当兵，他自己并不以为然，因为他太相信自己的能力了，但是现在，他真希望自己的部队属于老岳父管辖，至少不会受这种窝囊气。但这是不可能的，为了能干技术兵种，他那一批兵是全国分配的，红霞父亲的手不可能伸这么长。

那段时间，李吟啸给拾红霞写信都是诉说心中的苦闷，拾红霞就在信中说，不管你当不当官，我爱的都是你这个人。他们几乎每天都写信，不知不觉加深了感情。

李吟啸内心里有一个时限，到了这个时限以后，他的位置还是没有要动的意思，于是他以汇报思想为名主动找领导谈话，大意是，以他的能力和才干，他是可以挑更重的担子的，但是如果领导没有这方面的考虑，他也可以转业。

领导当时什么都没说。

不久，复员转业的名单下来了，李吟啸的名字也在上面，这让他感到非常意外，本来是一句负气的话，想不到别人并没有把他当作栋梁之材。

这次就完全不是失落而是一个重大的打击，李吟啸回到父亲统领的城市不见得特别开心，但拾红霞倒是挺高兴的，毕竟减少了许许多多的相思之苦。李吟啸被分配到市人事局，由于他的聪明和能干，工作很快就上手了。

聚积在李吟啸心头的乌云渐渐散去，但生活中的矛盾慢慢突显出来。李吟啸关心政治，对于瞬息万变的官场风云有着一种天然的领受能力，也是他最为津津乐道的事，谁是谁的人，谁和谁不和，谁又比谁棋高一招，而谁的后台最硬……总之这一切他了然于胸，可以在明确的风向下认清自己的位置，他觉得在这方面，他父亲都没有他敏锐。同时他仍然关心国家大事，任何一种新的提法，都有着深刻的内涵。

李吟啸还管得住自己的嘴，他知道这些话是不能随便乱说的，一个是将犯作为一个人事干部的大忌，再一个是会被人怀疑自己有野心，自然也不是很好的为官之道。

回到家里，饭桌上、床笫间倒是可以尽情地说这些事，可是拾红霞又完全不感兴趣，不要说省市领导，就是中央领导她除了主席总理以外，其他人还经常搞错，她的话题在李吟啸眼里都是最微不足道的。

拾红霞有一个闺房密友叫成荒原，也是军队子女，也是八一中学的，她可真对得起她这个男性名字，头发短得要紧，简直就是个分头，衣服也非常中性，昏暗无比的颜色，自来旧，完全不讲究样式，好像是顺手抓来的一样，脚上永远不分季节地穿一双球鞋，不知是什么意思。荒原长大之后在电信局工作，电信局是好单位，自然是干部子女聚集的地方，消息来源五花八门，她的性格也是快人快语，不拿自己当外人。

早在八一中学的时候，李吟啸就没拿正眼看过成荒原，觉得她男不男女不女的，放在男人堆里也不会有人犯错误。可是从部队回来之后，他发现自己和荒原挺谈得来的。荒原因为没结婚，而李吟啸在部队时红霞又总是一个人，荒原就总跑到红霞这儿来玩，后来干脆长在红霞家里了。李吟啸转业回来之后，荒原有段时间没来，但很快故态复萌。

荒原也很关心国家大事，对于党在不同历史时期的方针政策，不仅如数家珍，还有自己的见地，加上她所处的特殊位置，几乎天天都有新鲜事。每次和李吟啸聊起来，他们总能互相佐证，互相补充。

而荒原的见地，又让吟啸觉得这个女人具备独到的眼光。

有时候他们越聊越起劲儿，拾红霞干脆打着哈欠到里屋睡觉去了，由着他们撒着欢地聊，心想，这些事跟咱们有关系吗？！

有一次红霞对吟啸说："我觉得做人还是要脚踏实地。"

吟啸说："头脑清醒不等于不脚踏实地，总不能一脑子糨糊吧。"

"我就一脑子糨糊。"

"所以你充其量也就是一个匠人。"

"我是不如你。"

"你胸中压根就没竹子，怎么画竹子呢？"

"问题是胸有成竹也未必能当官，我看当官也就是撞大运。"

"幼稚。"

两个人说不到一块，也就不说了。李吟啸觉得爱情实在是太短暂的东西，短暂得令他怀疑和拾红霞之间到底有没有过爱情。当年在部队，可能分离还帮助了他们，爱情的的确确是起到了作用。可是两个人真正在一起了，反而没什么话题了，红霞讲他们团里的事，自己乐得哈哈大笑，吟啸一点反应也没有。

李吟啸在人事部门工作，这个信息估计是以光的速度传播开去。部队里新一轮的复员转业军人，不管与他的交情深浅，都来找他安排或调整关于工作方面的问题。吟啸是个有胸怀的人，只要找到他的人，他都帮助他们解决各种问题，极得人心。

照说，他真的是适合当大官，他身上具备一切当大官的要素，譬如对事物的宏观把握，在大事件来临的时候能够处变不惊，拿出最佳的解决方案，也就是常人所说的有急才，说话做事极其有条理，能够切中要害，同时从善如流，助人为乐。可是他的命中独独就没有官运，这在他今后的人生道路上一步步得到了验证。

李吟啸很快就当上了处长，而且是局里最年轻的处长，可谓春风得意，可这远远不是他的人生目标。

一天，李吟啸下班回家，默不作声地喝闷酒，红霞问他："你这是怎么了？"

"没怎么。"

红霞也就不问了，隔了一会儿，吟啸自己说道："原先部队里的人，又有转业的来找我安排工作。"

"那就安排呗。"

"无意间说到一件事，让我心里特别憋闷。"

"什么事？"

"其实我提出转业的那段时间，部队已经决定保送我上军校，名单都报上去了。"

红霞愣住了，老半天才说："回来了也挺好。"

这显然不是李吟啸需要的态度，什么叫也挺好，太不好了，如果上了军校，那前途才是不可估量的。哪像在地方工作，干得好是你爸爸给你搭好了台子，戏当然好唱，干得不好，那话就更不好听了。李吟啸恨自己当时为什么就没熬住，保送上军校的人最重要的是素质，伸手要官、要待遇就说明了自己的素质有问题，军队当然也就无情地请你滚蛋。他真恨不得红霞骂他一顿他心里才好受。

这件事他也告诉了荒原，荒原开口就说："你真他妈的傻×。"

荒原又说："你还想当官呢，当官就得有内线，得有人给你通风报信儿，什么连队的文书啊、干部部门的干事啊，都得跟人家有私交，人家就会告诉你，领导对你有什么看法，是否决定培养你，最近来了哪所军校的名额，名单里有谁，什么时候报上去。你就是一聋子和瞎子，太傻了你。"

故事才刚刚开始，就要被各种各样的回忆打断，这也是没有办法的事。一个穿着黑色长裙演出服的拉大提琴的姑娘，怎么就变成了拿着电喇叭登高一呼应者如云的拍摄群众场面的总指挥？这个过程本身就是不容忽视的。

而且一直住在深宅大院里的女孩，又做了市委书记家的儿媳妇，怎么现在住进了临街的最为拥挤的小巷里？过着与《七十二家房客》完全没有区别的生活，这到底是怎么回事？

许多年来，拾红霞都保持着不跟邻居打招呼的习惯，总是没有表情地来去匆匆，她并不是瞧不起人或者对谁有意见，第一，在人情世故上她天生就不是一个周到的人；第二，福禄里对她来说永远有一种陌生感，尽管一开始搬到这儿来时，她还充满了新鲜和好奇，这样拥挤的地方住了这样多的人，楼房简易得像纸糊的，几乎不隔音，隔壁人家剪指甲的声音都能听见。到了后来，她在这里生下了女儿妙妙，再艰苦的生活里也有些许温馨吧，可她好像总也找不到感觉，不是不甘心，也不是痛心疾首地觉得这里苦，关键是她不属于这里，就像欧洲移植到亚洲来的植物，你可以仍然很茂盛，但你寂寞。

福禄里，穷人聚集的地方，渴望一定会变成地名。

只要离开了公司，红霞就不再是不停地说话，不停地办事的那个她了，她完全换了一个人，沉默寡言。

她在阁楼上有一间不足 9 平方米的小房间，那才是真正属于她自己的地方。窗台上养着几盆粗生粗长的花，例如万年青、紫罗兰之类，不好看但能带来生气。房间里有个书架，上面放着她平常爱读的书和报纸杂志，窗下是一张写字台，一侧是体积不太大当然质量也很一般的一套音响，两只黑色柜式的音响喇叭倚墙而立，音乐碟很多，盛满了一只大纸盒。墙上挂着一帧木刻画片，是大提琴手马友友拉琴的姿态，线条倒是蛮潇洒的。

房间的中央有一张帆布的折叠椅，上面靠着跟随红霞多年的大提琴，被擦拭得一尘不染，泛着暗红色的漆光。

生活是很现实的，红霞在这里并不是关起门来孤芳自赏，或者重温春逝的伤感，她在这里是要教几个学生的，所得收入补贴家用。至今她才懂得感谢她的母亲，如果不是母亲当年强迫她打好了扎实的基本功，她又怎么可能在这个金钱万能、物欲横流的社会上以薄技养家糊口，减轻沉重的生活负担呢？！

本来她的第一个学生应该是妙妙的，可这孩子很怪，不知像谁，她喜欢跆拳道和爵士鼓，所以她参加了跆拳道训练班，还要伸手跟红霞要钱。现在什么不要钱？厕所、问路、群众演员、掩口费——不要把你看到的东西说出来……总之，一切的一切。

有时，红霞也会问自己，白天和夜晚，哪个她是真正的她？

可能都是吧。

平稳和优越的日子，好像总也不能给人留下太深的印象，遥想当年，红霞唯一的感觉就是平淡无奇，并且很快，好日子就像华彩乐章之后的琴谱，戛然而止。

记得是一次到外地去演出，回来之后，用钥匙打开家门，荒原和吟啸睡在大床上。

红霞当时都傻了，以为自己撞入了电影故事。还是吟啸提醒她说："你还站在这儿干什么？总得让我们穿上衣服吧。"红霞居然小声地说了一句"对不起"，便退出去了。

在大街上走了老半天，她才反应过来发生了什么事。

事后，吟啸也做了自我批评，他说是因为喝酒才发生了不该发生的事，你知道酒这个东西，那真是酒逢知己千杯少，夜晚、美酒、兴致，何况荒原也不是很丑，脱了衣服也还是很白净柔软的，搂不住火儿也是可以原谅的。

"你说这是劝人的话嘛？"红霞当然不能就这么算了，她是一个内心很硬气的人，真不知道这种性格是帮了她还是害了她。

她搬到外屋沙发上睡觉，一天也不说一句话。

李吟啸到底还是公子哥，在其他事情上没显现出来，全在这种问题上积着呢，他倒先不耐烦了："我都已经认错了，你还要我怎么样？"

"我不要你怎么样，我要离婚。"

"我说了我和荒原不是蓄谋已久，充其量也就是一个河边湿鞋枪走火，你别把我往那头推啊。"

"这么说你还有理了？！你以前在部队当兵，我一个人在家，又在文艺团体，我怎么没湿鞋和走火啊。"

"你这是什么意思？难道你也得折腾出事来才肯罢休吗？这是什么逻辑？！"

拾红霞越吵越恼火，铁了心地要离婚，她父亲恨不得毙了李吟啸这小狗日的，母亲咬牙切齿要告到人事局去，让这家伙从此仕途没戏。红霞道："那也不必，只有我知道他是一个官迷，不想害他。再说这也不是什么好事，何必嚷嚷的到处都是，就说感情不和离了算了。"母亲道："都什么时候了你还替他说话，我是吞不下这口气，怎么说你也是高干子女。"

金童玉女就这样分手了，有时候，王子和公主的诗意生活也不像人们想象的那么好。

这后来发生了一件事，是许多人包括红霞自己都没有想到的。

和红霞一个乐队里的另一个乐手，吹双簧管的宝山，是一个头发自来卷、永远是大男孩模样的小伙子。有一天晚上，他老婆突然来找红霞，神态是大军压境般的沉重，她说知道红霞离婚的消息，她已经一个礼拜没睡着觉了。

红霞看着她颇为不解，心想，是我离婚，凭什么你睡不着觉啊？

宝山的老婆说，宝山一直暗恋着拾红霞，红霞和吟啸结婚的时候，他绝望极了，下了决心终身不娶，后来他老婆追他，他不肯，他老婆说："你给我一个说得过去的理由，我也就心死了。"宝山是个老实人，万般纠缠之后，便把这个秘密说出来了。他老婆说："你这不是瞎掰吗？你喜欢人家，人家都不知道，你当和尚当得冤不冤？！再说了，人家是门当户对，金玉良缘，不说你这是癞蛤蟆想吃天鹅肉，至少也是自作多情吧。我还喜欢电影明星呢，总不能为了一个画报上的人就不嫁了吧？不过你是这么痴情的人，倒是也让我挺心动的。"

宝山说道："问题红霞是活生生的，就生活在我的身边，而且平常一点架子也没有，对人和气，又没有鬼心眼，我也不见得要得到她，每天能看到她就知足了。"

宝山的老婆说，宝山当年走火入魔，大白天的，人好好地说梦话，看着真让人着急。她如果不是可怜他，何至于倾注了全部情感，为的是焐热这颗石头一般的心。现在两个人刚刚过上安稳的日子，红霞离婚的消息就不胫而走，宝山倒也没说什么，只是时不时茶饭不思，唉声叹气。

红霞说："你们过你们的，我怎么会掺和到你们的生活中去呢？"

宝山的老婆说："我要的就是你这句话。"

午夜梦回，红霞重温宝山说的那些痴情的话，尤其是被一个妒火中烧的女人语无伦次地说出来，显得那么真实可信。不知不觉，竟是别有一番滋味在心头，因为这些话，即便是在新婚蜜月里，李吟啸也从来没有说过，在感情的道路上，红霞的经历十分简单，她是大家眼中李吟啸的新娘，而李吟啸也是她第一个男朋友，两个人没有什么不合适的地方，也就顺理成章地结婚了。

她真不知道爱一个人还能爱到宝山这种程度，这太让人新奇和感动了。

而李吟啸的公子哥气，并不表现在好逸恶劳或者颐指气使上，他也不是玩世不恭，但先天的条件决定了他对所有的东西都是点到即止，绝不可能全情投入，即便是对他心目中神圣不可侵犯的功名心，他也缺乏耐心，而人生的绝大部分时间其实都是在等待中度过的。

并且，他对于自己身边的人是一点也不宽容的，在他苦闷的时候，他希望红霞理解和支持他，在他需要一个谈话对手的时候，他就觉得红霞没有思想和见地，在衣食无忧的情况下更显得一无是处。

具体到宝山这个人，红霞对他还真没有什么坏印象。他是一个腼腆的人，不善言辞，让人感觉他很安静，业务上也不在人后。红霞想起，每回外出演出，宝山总是不动声色地帮她拿琴，而且没有任何非分之想。团里很多男生，常常会不拘小节吃女生豆腐，开点过头玩笑什么的，或者动手动脚，但是宝山不是这样的人，首先他对女人都很尊重。

第二天在排练场，宝山从红霞面前走过，她的脸唰地一下红了，幸亏她一直半低着头调弦，并没有被人注意。

排练开始了，几个小节之后，指挥说："双簧管，你吹的是什么调？"

宝山说："A调。"

全场哄堂大笑，指挥说："从昨天下午开始就改降B了，你到底怎么回事？"

宝山大窘。

拾红霞离婚以后，又搬回了父母亲的独门独院。这一天的晚上，保姆对红霞说有人找，红霞一看，来人竟是宝山。宝山说："我也没有什么事，怕你心里闷，就来陪陪你。"

"家里也没事吗？"

"没事。"

　　两个人说了一会子闲话，宝山是个知趣的人，耽搁得差不多就走了。打这以后，隔三岔五地来看红霞，也就是说说话，没有什么实质性的交谈，既不提红霞的伤心事，也不急于表白自己。有时下班以后，红霞反正不必赶着回家，总是最后一个出排练场，宝山就在大门口等她，送她回家。

　　红霞早就想好了，只要宝山开口说出什么话来，她是一定会让他死了这条心的。可是宝山什么都不说，只是一心陪她度过生命中最低潮的日子，都会过去的，他最多只会这么说，很不在意的样子，这就让红霞十分感动。她突然觉得，所谓爱情，其实就是不动声色的关怀。青山固然秀美，毕竟只能遥望和欣赏，溪水才是长久能伴在你身边的，就看你要什么了，或许她需要的就是这么一点点。

　　宝山越是好，红霞越是不忍心拆散他的家庭，他老婆无论是一个什么样的人，她爱宝山总没错，她守护好自己的家庭也没错。红霞心想，自己离了婚，再把别人的家庭搅散，未免也太自私了，而当时自私是很可耻的行为。

　　可是人的情感是很难控制的，离婚之后的红霞，整个人都特别灰暗，以前她还有个贴心的朋友荒原，现在友谊和爱情一块被葬送了，事实上，从那以后，她就再也没有见过荒原。内心十分孤寂的时候，她才能够感受到宝山给他的关爱是多么宝贵。有几天，宝山没来看她，也没有在团里的大门口等她，有人说，是宝山的老婆病了，宝山也只能守着他老婆。红霞知道以后，觉得宝山没错，但自己的心里还是有些莫名的失落。

　　第二天在排练场，休息 10 分钟之后，她发现自己的琴弦上夹着一张字条，远望像一只白色的蝴蝶，上面只有三个字：你好吗？

不知为什么，普普通通的三个字，让红霞的鼻子发酸。

红霞知道，这样下去后果不堪设想，她决定把自己处理掉，这样天下太平。

团部有一个行政助理叫徐行，因为没有业务在团里不怎么吃香，听说他的家庭条件比较困难，长相又显老，三十好几了解决不了个人问题，不仅别人爱拿他取笑，他自己也觉得矮人一头。

拾红霞考虑了三天，她觉得徐行这个人还算老实、本分，不管怎么说写着一手好字，说明他内秀，如果他不嫌自己离过婚，她有什么资格挑三拣四？最后红霞自己去了团部办公室，屋子里没有外人，只有徐行在整理艺术档案，他平常都管红霞叫小拾，他说："小拾，有什么事吗？"

红霞用公事公办的口气说："徐助理，你考虑一下我的情况，如果愿意的话，我想跟你结婚。"

这句话对徐行来说简直是晴天霹雳。

当然这是久旱遇甘霖的那种晴天霹雳，徐行不敢相信这样的好事会落在自己头上，是的，拾红霞同志是结过婚，可是她如果不是离了婚，还会有别人什么事呢？！特别是你徐行，要条件没条件，要长相没长相，贫穷人家的孩子，如果不是拾红霞同志的情绪低落，就是再离几次婚也轮不上你徐行啊。

每一个社会阶段都是等级森严的，持平等观念的人实在是误解太深，或者太把自己当回事了。人和人不一样，徐行的家在外地，虽是沿海大城市，可是水泥森林、江滩美景以及夜猫子眨眼一般的霓虹灯跟他或者他的家庭有什么关系？他家住在福禄里，简直就跟荣华富贵高官厚禄搭不上边，住着清一色的蚁民。他的父亲在照相馆工作，母亲有癔症，对周遭的世界充满怀疑，买个菜她要骂，便宜了贵了她都有话说，倒个垃圾她也骂，每时每刻都能挑出别人的毛病来。两个妹妹住是住在家里，但是自己顾自己自私得要命，交饭钱大月小月不一样，护肤品别人不能碰。每次徐行回家探亲，说句老实话住三天就烦了，巴掌大的一块地方，吵吵嚷嚷的日子怎么过？

有时他真庆幸自己分配工作时去了外地，而且也从来没想过要杀回老家去，他就想在外地成个家，自己过自己的，至少清静。

拾红霞的父亲是当地军方最高首长之一，家里配有红旗牌小轿车，徐行还从来没坐过小轿车呢，有权力的生活他想象不出会是一个什么样子。红霞本人的条件也很不错，不过她不会有什么生理缺陷吧？要不然怎么可能下嫁给他这样的人呢？徐行想。

不过，即便是有任何情况发生，这样的诱惑对于徐行来说，都是没法抵挡的。

等到徐行从一片纷乱的思绪中回过神来，才发现办公室里只有他一个人。

婚礼非常的简朴，红霞和徐行登记之后，就一块回红霞家吃了顿饭，也就算是一家人了。在这之前，红霞的父亲找他谈过一次话，中心意思是希望他能对红霞的一生负责任，并且提出由红霞家出钱把他在外地的父母接来参加他们的婚礼，看看他们的新房，一番好意都被徐行婉言谢绝了。

红霞结婚前夕，宝山来找过她，他们就站在院子里，宝山涨红着脸质问红霞："你这么着急结婚干吗？不结婚你会死吗？！"这一回宝山是相当失态的，红霞低着头不说话，宝山最后说："你太让我失望了！"红霞想说，我这么做完全是为了你好。不过最终她什么也没说。

宝山走了，从此两人形同陌路。

生活中的许多事是怕什么，来什么。

不到一年的时间，徐行已经很适应小家庭的生活了，他们就住在红霞家的院子里，反正房子多的是，家中保姆和警卫员一应俱全，可以说是万事不愁，他可尝到了饭来张口、衣来伸手的日子了。最重要的是他还坐过了小汽车，当然红旗牌是首长的专车，不可能让他随便乱坐，是有一次北京战友文工团来演《长征组歌》，他和红霞陪红霞的父母去观摩，就是坐小汽车去的。那种感觉很奇妙，内心有一种不可思议的狂喜。

军区礼堂的座位，他们被安排在第4排，徐行回头一看，团里的许多人包括团长都坐在15排以后，他都有点得意忘形了。

徐行总算知道了，高官都是和蔼可亲的，红霞的父母对他挺不错的，也没有什么架子，徐行跟红霞出双入对地上班，一切风平浪静。

可是很快，徐行家的信件就像雪片一样地飞来，原来他父亲得了急性青光眼，治疗不当又转成慢性的了，这样他便不能再当照相师傅，因为他看也看不清，照出来的人模糊一片，只好回家吃劳保，可他是个做惯事的人，猛地一闲下来肯定是很难受的，而且眼睛不好就谈不上安度晚年，看不清东西他急啊，越急病就越难好，加之老伴病态的唠叨，他的视力很快就下降到仅有光感。

这下子日子还怎么过？徐行的妈妈和妹妹一个劲来信叫他调回老家工作，把那个即将土崩瓦解的家撑起来，徐行拖得实在不能拖了，便跟红霞商量。红霞并没有意识到问题的严重性，她说："那我就跟你一块调过去吧。"徐行心里暗暗叫苦，心想：我的姑奶奶，你是没过过那种人间地狱的日子！可这是自己家的事，不管也得管，徐行真是哑巴吃黄连，有苦说不出。

红霞心里是另有苦衷，就是她跟宝山的关系怎么也处不好。两个人虽然没有联系了，但是宝山瘦了很多，而且神情总是很忧郁，又听说他一直想调到外团去。不管怎么说，他的痴情还是很让红霞感动，慢慢地，红霞也感到了一种情感的煎熬。红霞觉得如果是自己调走，也不失为一个根治问题的良策。

多少年以后，红霞都觉得可笑，自己当年怎么会这么讲风格？现在的人，男女老少都算上，连免费避孕套都抢，何况世间难寻的爱，死都不会让给别人。

红霞的父母知道了这个情况，也觉得红霞应该跟徐行一道担起大家庭的担子。在这样的情况下，徐行也不敢说自己决心贪图享受，一定得留下来，心里面对他的家庭和父母包括妹妹只有恨。

红霞的父亲通过自己的关系在沿海大城市为小两口找工作，隔了一段时间便有了回应。徐行在音乐学院仍然做行政工作，红霞要想进文艺团体就比较困难，因为大城市的大团总是很热门的单位，红霞的父亲毕竟不是在当地担任要职，隔着一层关系，人家给不给你面子两可，这样红霞就只能改行去了华林公司的前身无线电六厂的团委工作。

徐行和拾红霞来到福禄里的第一天，他们提着行李风尘仆仆地走进家门，红霞便看到许多家用物品在自己的眼前飞来飞去，原来徐行的父母正在吵架，徐行的父亲因为烦躁抓到手边的任何东西都扔过来。徐行只有一个妹妹在家，对着镜子卷头发卷，就像什么事都没发生一样。

徐行妈见到徐行，并没有跑过来抱着他哭，也没有半点久别重逢的喜悦，而是说："徐行你回来的正好，你看你爸爸有多不讲理，我去买菜没人扶他上厕所，一回来就跟我大发脾气。"说到这儿徐行妈又转向徐行爸："难道你眼瞎心也瞎吗？我不买菜你吃什么？再说了，你眼睛出问题又不是我害的……"

徐行爸骂道："你少说废话，你到楼下买菜要花三个钟头吗？"

徐行妈道："我碰上街坊邻居的总得跟人家说几句话吧。"

徐行爸道："你那是几句吗？你不知道家里还有个病人吗？！再说你掺和人家的家事还少啊，自己过不好，也想别人天天吵架？！"

徐行妈急了："当犯人还有放风的时候呢，我为什么不能出去走走，你要憋死我啊！"

徐行爸道："你放心吧，我比你先死！赶紧去给我拿裤子，我尿裤子了。"说完这话，他就脱裤子，红霞当即就傻了眼，哪有一进门就看老公公脱裤子的？徐行吓得一个箭步冲上去喊道："爸，家里还有外人呢。"边说边抱住老爸的腰，阻止他的裤子滑落下去。

当晚，徐行和红霞便草草住下了，红霞跟徐行的妹妹睡床上，徐行睡地下，腾出阁楼间是后来的事。

收拾完东西，到新单位报了到，徐行的妈妈便跟两个人正式谈话，她说："饭钱你们也不必交给我，你们的口味我也不知道，你们吃你们的，自己开伙。"红霞听得直发愣，看着徐行，徐行忙道："妈，咱们就一块吃吧，我们交饭钱，你做什么我们就吃什么，保准不挑……"徐行妈打断他的话："开始都这么说，后来全炒崩了，不如一开始就分开，谁也别怨谁。"她后来还说了好多其他的事，红霞全没听，光吃饭这件事就把她给镇住了。

简陋楼房的厨房间是公共的，从此红霞进入了烧饭大军。

不过红霞心想，人心都是肉长的，只要自己做得好，冷酷的家庭关系一定会得到改善。每天下班以后买菜，她总要买些好吃的，做好之后送到公公婆婆面前，公公的脏衣服她也主动拿去洗，反正家务事她都是抢着干的，还给公公念报纸。对此，她认为徐行最应该对她感恩戴德，没想到说风凉话的恰恰是徐行，他阴不阴阳不阳地说："我劝你还是悠着点吧，我们家的人都是客气当福气，你揽的活儿以后就全是你的活儿，推也推不掉，还落埋怨。"

红霞说："那没人买水果我总得买吧，买了总不能到厕所去吃吧？！"

徐行说："我的意见是不买也不吃，或者买一个，在下班的路上吃。"

红霞吃惊道："这可是你家，怎么我为你的家人着想你还有意见？！"

但是事实证明徐行说的是对的，自打红霞买了两次水果，全家补充维生素的任务就落到了她的头上，有时公公婆婆还会提醒她："红霞，买点水晶梨吧，那种梨好吃。"

吃饭方面，他们也隔三岔五地不开伙，叫红霞做多点菜送过来。星期天，红霞就只能是洗衣服，因为除了自己的之外，还有公公婆婆的，好大一堆，洗不完似的。徐行的两个妹妹也不是省油的灯，背地里跟红霞借钱，也不多借，十几块，几十块，这样也就不还了。

渐渐地，红霞的形象就变成，下班之后的她，小拉车上放着沉重的煤气罐，另一只手挎着菜篮子，快步如飞，一路小跑地回到家，扎上围裙就开始干活儿，跟这个城市里的任何一个家庭妇女都没有区别。

有一天红霞感冒发高烧，下班回家就倒在床上了，徐行下班回来，看见红霞病得不轻，他母亲问也不问，自顾自地在跟他父亲和妹妹吃面条，徐行看不下去，说道："妈，你给红霞熬点白粥吧。"徐行妈说："又关我事？说好了分开吃饭，就是这个意思，你心痛媳妇没错，也用不着这么恶声恶气的。"

徐行当即火道："我可以说红霞就是累病的！你给她熬点粥怎么了？还用我说？她平时是怎么对你们的？！你们都听好了，我会跟她搬出去住，永不回来。我是一个自私的人，这你们也知道。"说完出门给红霞买了一碗粥、一包榨菜。

这以后徐行的家人有所收敛，但也没维持多久，等红霞的病好了，生活又恢复了原来的样子。

红霞有时候会非常迷茫，她也不知道该怎么做才好。在单位里，别人不愿意做的事，吃力不讨好的事都推到她头上，有一次就有第二次，越好说话事越多。回到家里，她尽心尽力地对徐行的家人，她希望找到一家人的那种感觉，毕竟在这个城市里她是没有亲人的，而给父母写信她又只能报喜不报忧，结果不要说徐行的家人，就连徐行都对她意见挺大。徐行跟他妈妈吵完架不久，又跟红霞大吵一架，他嫌红霞花钱大手大脚，何况又没花在我们自己头上，大部分打了水漂儿了。红霞说："我花的是我的工资，孝敬的是你的父母，而且又没跟你要钱。"徐行说："那也不行，这样会影响我的生活水平，我就不愿意。"

两口子总有好的时候，好起来，徐行也好言相劝，他说："红霞，我其实更喜欢拉大提琴的你和在家当大小姐的你，什么事也不管，还那么温柔和气，你看看你现在都变成什么样子了？"红霞说："这能怨我吗？"徐行说："我们家条件是不好，可你也用不着大包圆，说一句不好听的话，我太了解我们家的人了，他们也不会说你好的。"

谁说不是呢？徐行家的邻居都在徐伯母的面前夸红霞，说她能干，心好，里里外外一把手，特别是有一次，福禄里第一次开进来小汽车，原来是红霞的爸爸到这边来开会，顺便看看女儿过得怎么样，他的老战友自然要开车送他来。这样，街坊四邻便知道了红霞还是大官的女儿，对她的溢美之词更是层出不穷，徐行妈只是撇撇嘴。

那段时间，还有一件重要的事情要提一下，就是在红霞怀着妙妙的时候，她在单位里突然接到一封信。

信是荒原写的，她在信里非常诚恳地说，这辈子她最对不起的人就是红霞，由于她是一个率性而为的人，喝多了酒什么都敢做，现在后悔也来不及了。其实她跟吟啸也只是谈得来，说不上有多么深厚的感情，所以他们虽然还有来往，但是吟啸已经跟一个电视台的主持人结婚了。

她说，本来她是不想写这封信的，也不奢望红霞会原谅她，但她知道了红霞调走了的消息，离乡背井还要担起别人家的生活重担，她觉得心里实在是太过意不去了，祸是她闯下的，受罪的人却是拾红霞，所以她必须写这封信表示她的忏悔。

荒原没有说她是怎么知道红霞的地址的，红霞推测可能是自己的父亲跟其他的老干部提过，传到荒原父亲那里也未可知。

妙妙那时候已经有胎动了，红霞就觉得婚姻实在不是什么可靠的东西，是一系列错位造成的结果，所谓的爱情，里面充满着荒谬。

拾红霞当然不会给荒原回信，到底有多恨她其实已经不重要了，只是她不愿意再面对这个人，这个毁了她家庭的人。她也因此而不相信友谊，这些东西和欲望相比都是不堪一击的，不值得多么看重。

　　就这样，荒原的信断断续续来过好几封，红霞根本不会回应，也终于像夏季里的最后一场雨，止住了。

　　在这之后，灾难就降临了，红霞突然接到家里的电报，说有急事速归。红霞知道，不出大事，家里是不会这么做的，她和徐行坐火车奔回家去，才知道父亲已经脑出血死亡，家中布置了灵台。红霞问她妈妈这到底是怎么回事，她妈妈不说话只是哭，后来又说是开了好几天的会，可能是太累了，家人也说不出个所以然来，只说发现他时，人已经过去了，倒在他办公的书房里，人还端坐在写字台前，只是头已经歪到一边。医院说，首长忙，累，日积月累总会出事的。

　　参天大树，轰然倒塌。事先连一点儿先兆也没有。

　　红霞始终没办法相信，父亲就这样去了。在她的心目中，父亲是强大无比的，像巨人一样，能够指挥千军万马，是力量的象征，永远也不会倒下。当初她离开家的时候，什么也没多想，一心是去解决徐行家的问题，父亲还鼓励她对生活要保持积极的态度，尤其是碰到困难的时候，这些话还音犹在耳，人却阴阳两界了，你叫她怎么相信眼前发生的一切都是真的？

　　红霞心里很难过，坚持一个人守灵，夜深人静的时候陪爸爸说说话。她爸爸一直是很疼她的，这一点只有她心里最清楚。她想做的事，父亲就是心里不愿意，嘴上也不会说出来。她觉得父亲临走时，肯定很想跟她说点什么，他想说什么呢？

　　徐行是这样一个人，他的内心其实是蛮冷酷的，不知是不是从小的贫穷和丝毫感觉不到生活中的温馨所造成的，后来他几乎一直在与这种阴影做斗争，可是斗争来斗争去，他也还是认为人与人之间没有所谓的感情，只不过有利益和需要而已。

　　为什么人在困难的时候就有爱情，千篇一律的能同患难，就是不能同享乐？！就是因为那根本就不是爱情，只不过是合力之中的男女对困难的恐惧而已。

　　至于婚姻，那就更可笑了，那完全是环境下的产物，如果他和拾红霞一直生活在深宅大院，或许幸福的感觉可以维持得长一些，甚至一辈子风平浪静。但是移植到杂乱无章一片混乱同时经济又十分拮据的日子里，他就觉得毫无幸福可言。他爱拾红霞吗？他们毕竟不是轰轰烈烈地爱过才结婚的。可是他不爱她吗？他又说不出来她做错了什么。

　　是的，他的出身卑微，但这一点也不妨碍他不喜欢甚至讨厌自己的老婆具备极其吃苦耐劳的精神，他不喜欢女人的手粗得像一号砂纸，可以用来打磨家具，他也不喜欢劳动妇女身上的那股味，说白了就是伙房和家务事混合在一起的那种味道，勤劳毕竟是美德而不是美感，在这个问题上他是十分敏感的。

　　而且，他总觉得拾红霞并不是心甘情愿这么做，她觉得她有责任，千万别跟我提什么责任，责任也是相对的，与你不相干的事你就不用负责，否则就是莫名其妙。或许，她更看重的是她自己的救世主的形象，她要成为这个家庭的顶梁柱，而且别人越夸她，她就越热爱这个角色，并且下决心把这个角色演得好上加好。

　　徐行觉得拾红霞也不爱他，她为什么突然提出要跟他结婚，这至今还是个谜。就算他不追究这件事，至少在结婚之后，尤其是回到他的家里收拾残局，她简直就是一个精神上的自大狂，她尊重过他吗？她在什么事情上问过他的意见？她希望知道他的感受吗？

过去只能说她没有条件表现自己，现在她可找到自己的舞台了。

家里的那些琐事就不用说了，怎么劝她，她都是正义和善良的化身，相形之下他就像小丑一样。但不管怎么说，他还能体谅她的苦心，可是在房子的问题上，他是无论如何不能原谅她的。

这件事的起因是，红霞由于工作积极，位置提得比较快，虽然都不是什么大权在握、人见人想的职位，但也属于一定的级别，这样在分房子的问题上，就高不就低，自然是无线电六厂按照她的职务解决，音乐学院这边就不考虑了。分房子，历来都是各个单位的难题，红霞好不容易分到两间一套的房子，旧是旧一点儿，地段还可以，徐行打的如意算盘是换到父母家的附近，他和红霞搬出去住，同时也可照顾家里。

这个决定本来是合情合理的，但是首先遭到了父母的反对。父亲意见最大，他说他眼睛坏了性子就急，徐行妈一是靠不住，二是见他屎尿在身也看得下去，几天不洗不换也看得下去，只有红霞会来帮他，照顾他，同时他发脾气红霞会忍他；徐行妈也觉得红霞不会跟她斤斤计较，干吗要放走她？除此之外，徐行有一个不常回家的妹妹得知了这一情况之后，每天缠着红霞，要借这套房子结婚，她说，就是因为没房子，谈两个对象都吹了，自己一把岁数还挤在单位的集体宿舍里，说是可以找一个有房子的，可有房子的男人那还不是千挑万选，也轮不着一个氮肥厂的女工啊。

红霞一时被他们说软了心，也就答应了房子先让徐行的妹妹结婚用，将来怎么办以后再慢慢想办法。

晚上徐行下班回家，一听说这事就窜儿了，他说："拾红霞，你以为你是谁呀？你以为你能救人于水深火热之中？你还是先救救你自己吧！"当时，红霞并没有理解这句话的真正含义，后来她才渐渐琢磨出味来。

徐行没有在家吃晚饭，他一个人到外面的小饭馆，要了一瓶啤酒，半斤饺子，气势汹汹地边吃边喝，心想，拾红霞真是太不把自己放在眼里了，这么大的事，她至少也该跟他商量商量。他们长时间挤在家里，日子怎么过？！住在家里，工资是月月光，也不知都花哪儿去了，两个人一点积蓄也没有。对家人不是不能好，但是人与人之间的关系复杂得很，就拿父母亲来说，身体虽然不算最好，至少还有 20 年好活，你真的确定你能忍 20 年吗？能这么任劳任怨当牛做马 20 年吗？如果不能，现在就要有点距离，先安顿好自己的生活，有节制地帮助他们才不失为一个成年人的成熟举动。还有他妹妹，他也不是不想她好，但是占房子这么大的事，她能说出来就证明她是一个自私自利的人，对于这种人，你拿出多少她都不会领情，那你又有什么必要这么做呢？！

而他们自己，日子已经过得争吵频繁，毫无生气，性生活也只能偷偷摸摸来那么一下，憋死不能出声，以前是做完了就埋怨，现在是还没做就没情绪了……

退一万步说，就是把房子让出来，这种话也该让他徐行来说，自己的男人即便位置不高，面子就更得给足，这是不言而喻的。只有拾红霞是一点常识都没有的人，徐行觉得跟她在一起生活空前的累。

此外，徐行始终都承认自己是一个势利小人，真的，可以说现在，拾红霞身上仅有的一点吸引他的神秘感和耀眼的光环都已随着她父亲的过世而渐渐远去。

这天晚上，徐行在氮肥厂的妹妹上夜班不在家，不知道为了房子的事情哥哥和嫂子闹得不可开交，当然她很快就知道不配合的人是她哥哥，于是在一个大白天，冲到音乐学院徐行的办公室大吵大闹，搞得其他办公室的人都来观战，以为徐行在外面搞大了别的女孩的肚子，后来知道是兄妹，感觉胃口白被吊起来了一回，不好玩，也就散了。

这事让徐行晦气透了。

还是回到现实生活中来吧。

庸常的日子决不会因为庸常而放慢脚步，人在瞬间老去。转眼拾红霞已经成为她最不愿意承认的中年妇女，妙妙都已经上初中一年级了。

像以往的任何一天一样，红霞在上班时间准时来到办公室，她看了看工作安排，全天除了大会小会之外，还有公安局的人要来调查公司外国专家的确切背景，以保证没有恐怖分子潜入我国，同时要落实"洪水无情人有情"的具体的捐钱捐物的计划。

这时，她看见桌上的一摞全公司适婚育龄职员的计划生育表格，才想起来这些表格也要按照上级规定的时间交上去，信手一翻，只见一张表格上写着"有病"两个字，定睛一看，是一张空白表格，上面只写着有病二字，至于其他表格，也是相当放肆的，譬如表格上的问题：请问你采用什么方式避孕？在什么时间使用？就有人写着个人隐私，恕不外传，还有人的回答是上半夜吃药，下半夜戴帽。这些人到底是怎么回事？计划生育是我们国家的基本国策，理应严肃对待，在这种问题上玩个性，红霞心里很不以为然。

当然这些表格不能就这么交上去，还得做耐心细致的思想工作，要让这些同志认真填表也不是一件容易的事。

　　翻看着这些表格，印刷体的黑字：初婚、再婚、上环、安全套……这些字的反复出现，突然就让红霞的内心翻腾起来，而且是压抑已久的一种情愫，它们像倾泻的山洪一样奔涌而出，连红霞自己都吃了一惊。

　　徐行已经很长时间碰都不碰她了，尽管他们还睡在一张床上，但是通常徐行会背对着她，或者用被子把自己裹严，像婴儿一样熟睡。

　　他们一开始结婚时，徐行很热情，可能是他晚婚的原因，几乎每天晚上都要，而且有的时候一个晚上两次，搞得红霞都有点招架不住，心中暗想，李吟啸从来没有过此番豪情，他其实就是随心所欲，骨子里并非风流公子，做这种事也是有一搭没一搭，或者说官瘾大的人就不可能儿女情长？反正拾红霞也搞不清，就是觉得徐行性欲过于旺盛了，就怕时间久了不协调。

　　等他们搬进了徐行家，开始还行，因为条件有限，也只能偶尔为之，但随着争吵的次数增多，做这件事的次数也就越来越少，直到徐行说："拾红霞，你救救你自己吧！"那之后徐行足足三个月没理她，好像是在用这种行为制裁她似的。

　　而现在，他们至少有三年不在一起了。她是一个正常的女人，不可能没有这方面的需要，而且她很适中，既非冷淡或亢奋，但同时她又是一个传统的女人，从来没干过挑逗男人的事，哪怕这个男人是自己的丈夫，在这方面，可以说她是极其刻板的，而且她也习惯了徐行主动进攻的方式，也就是说，徐行若没有表示需要，这件事就做不成了。

　　记得有一天晚上，她鼓足了极大的勇气，慢慢地把脚伸到徐行的那一边，在他的小腿肚子上来回摩擦了两下，徐行突然回过头来一本正经地说："你干什么?"见她愣住了，又说："有什么事吗?"

"没事。"

"没事就好好睡觉。"

她也知道应该好好睡觉，第二天又是战斗的一天，但是这个晚上，她失眠了。

对于徐行，她也说不出什么来，他每天按时上下班，工作之余没有什么特殊的爱好，也就是看看报纸和电视，晚上极少外出，就是出去，10点钟以前也一定会回来。有一点他是出奇的好，那就是陪妙妙做功课，如果妙妙早做完，就跟妙妙玩一会儿，应该说他是一个好父亲。

拾红霞觉得自己越来越干渴，越来越需要性爱的滋润，可徐行就像根本不知道夫妻之间还有这回事似的，每天过着十分规律有序的生活，丝毫不理睬她的感受。

有一个晚上，她也是背对着徐行，忍不住哭了起来，因为说不出才无比的伤心，而且内心寂寞得像沙漠一样，她的隐泣声惊动了徐行，徐行在黑暗中说："你怎么了?"红霞带着哭腔说："你能抱抱我吗?"徐行那边就一点动静也没有了，就像是电话断了线一样，任何反应也没有，再后来就传来徐行细微的打鼾的声音。

这个晚上，她吃了有生以来的第一片安定。

不美满的生活也得过下去，红霞生性不是风骚的女人，像飞个媚眼或者打情骂俏的事她也不在行，出门在外也就谈不上自我调剂，唯一可行的是在单位拼命地工作，万事操劳，回到家也有干不尽的家务，总之把自己安排得满满的，以至于倒在床上已是不省人事，瞬间昏睡过去。

人一琐碎，再难优雅，以前的那个不食人间烟火的文艺女孩，现在已经是历练风行，整个一个风风火火闯九州的形象。

这时的她，肯于吃苦耐劳已经不是好强，而是身体和内心的需要，也只有这么做她才能重新达到一种平衡，不至于让自己的身心备受煎熬。但是红霞不知道，她的许多做法已经让她和徐行之间的距离越拉越远。

并且，她的理想主义的行为方式也在事实面前碰得粉碎，一切尽如徐行所说，首先，是她自己的生活出现这样严重的危机，先救救你自己吧，真是这么回事，目前她的心力交瘁必须用更深重的心力交瘁来治疗。

其次，她终于对徐行的父母失去了耐心，不管他们感不感谢她，她都已经十分疲累。时间是最好的老师，它让她看清了自己：并没有自己想象的那么无私和高尚，骨子里也不是什么任劳任怨的人。徐行这样对她，徐行的父母也没说她半个好，他们和徐行有说有笑照样是一家人，而她做的任何事都是应该的。

人都是很普通的，对她来说也是一样。红霞心想，自己也是图回报的，没人感谢她，没人关爱她，她不是做不下去了吗？！

同时她也是会抱怨的，凭什么她当牛做马还要受徐行的冷淡，凭什么他们家一儿两女，都不愿意尽心尽力地对待父母，而她作为一个外人就必须冲锋陷阵？！

在认清这个现实之后，她也开始挂脸色了。正如徐行所说，许多事是她做开的，那就永远变成了她的事，虽然她不能不做，但是绝不可能和颜悦色了。有时候把饭锅、脸盆放的声音响一些，不出奇啊。奇怪的是婆婆不但没有当面撕破脸来跟她吵，还主动把饭做上，只等她回来炒菜而已。徐行开电车的妹妹嫁出去以后，楼上的小阁楼就属于红霞了，理由是她要教学生挣钱补家用，她也真的是每个月交到婆婆手上一些钱，为的是心安理得的少干点儿家务，婆婆也就默认了。

事实上她对徐行的父母到底有多深的感情？在他们并不见得多么感恩戴德的情况下，她还不是厌倦了，或许换上她自己的母亲会好一些，当然假设是毫无意义的。

福禄里的家她是越来越懒得回了，有时会故意晚一点儿回去，如果是长假期，她觉得在家待着就一定会疯掉。利用一个五一假，她带妙妙上了黄山，徐行当然是不去的，如果是十一，她也是单独带妙妙去张家界。有的长假期实在没事，红霞就代人在单位值班，以不用在家待着为准绳。

想起徐行一开始警告过她的那些话，现在想来没有一句是不对的，更加千真万确的是，她就是不应该把自己分到的房子让给徐行氮肥厂的妹妹结婚，他妹妹和妹夫是在那里结了婚，生了孩子，后来妹夫辞职做生意去了，发得不清不楚之后，先让妹妹跳出氮肥厂，自己开了个美容店，然后他们在外面小区里买了商品房，这旧房子应该还给红霞了吧？不，悄声不响地租给别人收租金。

这件事本来他们对红霞瞒得滴水不漏，过去不发财不来看父母，现在发了财更是不露面，省得家里人像狗皮膏药一样的在身上粘着。

起因是红霞单位里的一个退休工人，也是多年前跟红霞分在一栋楼里，知道红霞让房子给妹妹结婚这件事，无意间碰到红霞，便多嘴对她说，你妹妹早就不在那住了，房子租给别人，有时是三陪小姐，还是注意点好，省得万一闹出什么事来大家不好。

红霞一听，头都大了，根本不相信会有这么离谱的事，当天下了班，家也没回直奔老房子，三陪倒是没碰着，是一个剃着青皮的大半小子开的门，他说他在这儿看着货。红霞问道：什么货？那人想了想不肯说，红霞把他扒拉到一边，推门进屋，见满满两房子装箱打包好的电脑，看来人家租这里是当仓库了，租金肯定也高。

憋了一肚子的气，红霞像一个炸药包似的，几乎是冒着白烟回到了家，劈头就跟徐行说这事。徐行在音乐学院待久了，遇事比较有涵养，静静地听她把话说完，淡然道："有什么大惊小怪的，这事我早就知道了。"

"那你为什么不跟我说？"红霞更火了。

"跟你说有什么用？"

"咱们把房子要回来啊！"

"人家连面都不露，就像在白区工作一样，你知道她家住在哪儿吗？你知道她的美容店开在哪条街上？你去跟谁要房子？！"

红霞愣在那里，半句话也说不出来。

生活的这一仗，人情世故的这一仗，红霞是彻底打输了。这一天的晚上，红霞晚饭也没吃，一个人在小阁楼上生闷气。她拿出香烟来，一根接一根地抽着，否定自己当然是很痛苦的，但是她不怨别人，也怨不得别人，一开始她就不应该这么不负责任地对待自己的婚姻，而且这么做对徐行也不是负责的态度。在这个问题上她不自私吗？她想在宝山的问题上显得不自私，那就一定会得罪自己和徐行，这种没有基础的婚姻必然也是这样的结局。

也许是当年过于年轻了，也许她对生活的理解也太浅白简单了，总之，为什么人只有面对不可救药的残局时才会自省和反思呢？！

无惊无险，又到了下班的时间，今天是星期五，红霞不用急着回家，因为徐行开电车的妹妹一家人会过来，这个妹夫喜欢烧菜，她只要给他们的孩子买点玩具或者衣服什么的就皆大欢喜。

钱是个好东西，红霞许诺等孩子上了学，她送给他一台电脑，这样，她跟开电车的妹妹就亲如一家了。

婆婆对她也过得去，因为每个月在她唯一的儿子徐行那里是拿不到一点零花钱的，而红霞按月给钱，手面也比较宽。尤其她还能教大提琴，那可是按小时算钱，现在全中国能按小时拿钱的人也属稀有，再者，华林公司的效益也是稳步上升的，这样奖金和福利就有保障，每个月拿到手里的钱，徐行是不好比的。

所以白天，红霞在家里不能说威风八面，也还是受到尊重的。徐行在清水衙门，根本充不了英雄好汉，就连妙妙都知道，学校春游，参加跆拳道的费用，同学过生日送小礼品，还有她每个月的零花钱都得手板向上管妈妈要。

当然晚上，她就过得很不好，因为女人的确是需要有人疼、有人爱的。

并不是一定要做什么，不做她也不会死，可是她长时间生活在一个无比冷漠的磁场里，她简直要发疯了。有时她忍不住说，你就不能说点什么吗？徐行说，有什么好说的？她知道徐行也不是一天就变成这个样子的，在这个飞速发展的社会里当小职员，挣的那点工资数都不用数，一目了然，他肯定是不会愉快的。成功男人的两件宝贝，香车美人，哪一样他能沾上边？可是这能怪谁呢？红霞想，这一切又不是我造成的，我也没嫌弃你，不仅不嫌弃，还想方设法挣钱减轻你的担子，就算老婆的手是左手摸右手，总还是手吧，总可以摸一摸吧。

拾红霞第一次觉得她的生活状态未必比三陪小姐好，至少她们是越夜越美丽，而她是越夜越寂寞，她都有点害怕夜晚了。

这个想法不仅是让她自己吃了一惊，更感到心境的悲凉。

的确，在钱的问题上，徐行其实是非常自卑的。当今社会，谁不想跟钱做好朋友？这也是有钱人朋友多的具体体现。他没钱，又没有才华，谁还能跟他怎么样呢？像音乐学院那些妙龄女学生，找他办事的时候就徐老师长徐老师短，真正闹起风流事来，还不是呼呼地往年轻教授身上贴，往那些给影视剧写音乐都写疯了的作曲家身上贴，有谁会多看他一眼呢？！

有一个女学生办出国，到他办公室来，总是先甜甜蜜蜜的一笑，让他三魂丢了七魄，为她跑事腿都跑细了，人家去了法国以后，连封信都没给他写，当他是苦力。徐行心想，如果他有钱，就不会甘心当小公务员，不当小人物，这些人敢对他这样吗？

他对自己连同这个世界是失望透了，就算别人是过客，毕竟风光过，住华屋，开宝马，左怀右抱的不是美女就是天仙；而自己只是一个看客，只能看着别人尽情表演，这是最让一个男人受不了的折磨。

自己过不好，就得折磨别人，就像太监对有私情的主子或宫女，比慈禧太后还要歹毒一样。可是现在世道变了，作风问题这个词已是过了时辰的旧钱币，早已废弃不用，尤其是别有洞天的大学校园，对这类事的处理原则是民不举，官不究，就是民举了，学院也没有哪个官儿愿意究，都是劝其回家关上门自行解决，不像某些行政机关，这种事能讲一两年。

他现在最看不顺眼的就是拾红霞了。他们根本就不是一类人，永远也想不到一块去，加之有些积怨，而且他觉得拾红霞太自以为是，这种与生俱来的毛病让他厌恶透了。种种的不和谐让他觉得便宜没好货，白捡的东西会是好的？！自己当初不是昏了头，断然不会答应这件婚事，徐行甚至有点上当受骗的感觉。

可是现在再搞清楚当初是怎么回事已经没有意义了，所以他决不追究，查出来自己是替代品，还不是自讨没趣。从他一直找不到对象开始，到被拾红霞拿来凑数，加上越过越没指望的日子，他认定拾红霞就是他命里的灾星。

他当然知道拾红霞需要什么，他开发了她，怎么会不知道她的需要？但是看着她饱受煎熬他就是有一种愉快，否则他生活中是一点愉快也没有了。

现代人谁不变态？可以说每个人都是变态狂。

他当然不会跟她大吵，更不会有暴力倾向，那样的日子没法过，她就很可能走掉。她是这个家的经济支柱，这谁心里都明白。家庭是最具潜力的哑铃，只有举着它的人才知道它的重量，从这个角度说，拾红霞是不能走的，他也不想让她走，但他也不能在所有的事情上都甘拜下风，也可以说这是他最后的尊严。

徐行的内心，是任何人都进不去的，他甚至觉得自己有时都在门外徘徊，这真是一种没有方位的沉沦。拾红霞当然更不知道他在想什么，他到底是怎样的一个人，她还在竭力地挽救自己其实已经灭亡了的婚姻。

有时候，女人的可悲是不可救药的。

下班之后的拾红霞，径自去了心理咨询诊疗室，她几乎每周都去。高速的现代生活本身就是病原体，不需要太长的时间，约见心理医生的现象就会像吃饭睡觉逛街一样寻常，因为犯病是早晚的事。

红霞的心理咨询师是一个脸上没有血色的女人，她一点妆都不化，自然短发，说话的声音不高，非常的耐心和温和，给人职业化的感觉。因为她的年纪不大，大约三十冒头，姓周，红霞便管她叫小周。红霞对小周的信任来源于她了解了红霞的概况之后，建议让自己的大师兄为红霞专诊，理由是心理治疗的分类很细，而她的大师兄是这方面的专家。红霞说："那你是哪方面的专家？"小周说："我还不是专家，但是我专攻变态心理学。"红霞想了想，虽然有点不对症，但是自己的问题无论如何不可能对一个男人开口，于是她说："还是你为我诊疗吧。"内心里，她对小周的实事求是的工作态度很以为然。

按照约定的时间，红霞走进诊疗室的门，小周已经在那里等她了。

诊疗室里并非一片洁白，小周也不穿白大褂，只是一身整洁的休闲装，看上去轻松、舒服的样子。室内很像咖啡厅的一隅，桌上铺着绿白相间的格子台布，一套白底蓝花的茶具，精巧的壶里飘荡出龙井的清香。

拾红霞觉得，这里比她的家强多了。不过她按小时收的学琴费，也要按小时付给小周，这当然是两回事。

小周说："这个月的例假正常吗？"

"量很少……不会突然闭经吧？"

"不会的，你还很年轻，不会发生这样的事。"

"最近睡觉总是做梦。"

"都梦见什么了？"

"乱七八糟的片段，互相也接不上。"

"什么片段？"

"……还是算了吧。"

"如实地说出来，这很重要。"

"记得最清楚的是公公婆婆站在大街的中间骂我，骂得昏天黑地，我也不知道为什么我也不反驳，只是低着头站在那里……还有就是……"

"就是什么……"

"我跟一个莫名其妙的人做那件事，很明确的是我受虐待，可是居然我有了快感……就是在梦境里，你不会觉得我很下流吧？"

"不，这很正常，因为这些都是你生活中压力最大的方面。"

"我不是一个色情狂，可我现在觉得我根本不是一个女人。"

"有一句话我一直想问你，他会不会在外面有人了？"

"我觉得不会，我觉得他如果在外面有人可能会变得正常一点。"

"那他就没有需要吗？"

"可能是自慰吧，有时候半夜突然惊醒，好像感到他那边有动静……"

"……我觉得他更应该来找我看病。"

"他是不会到这种地方来的，我也不会告诉他我来这里。"

"我觉得你们的隔膜是不是太深了？我指的是，包括结婚在内的许多事，你们不沟通，心里就会有很多积怨……你说他从来也没打过你，现在吵架也很少，尤其他对女儿非常好，我想，是不是你关心他关心得不够……"

"我几乎承担了全部的家务，还要怎么关心他？"

"干家务不等于关心，比如煲点汤给他喝，问问他在单位有没有烦心的事，分享他的喜怒哀乐，壮阳的补酒也可以喝一点。"

"我想他会骂我神经病的……"

"换一个瓶子装酒，就说是降血脂的。"

"我已经没有心情这么做了，也许离婚是唯一的出路。"

"你真的想离婚吗？如果你已经决定离婚我想你就不会这么痛苦了。"

拾红霞觉得鼻子一阵发酸："是的，我并不爱他，可是真的很想跟他好好过日子……因为跟他结婚的时候太年轻，太不负责任……这样对他也是不公平的，而且以前在心里总是不把他当一回事，凡事自己说了算，使生活出现了许多无法弥补的漏洞。现在年纪这么大了，哪还会有什么爱情从天而降，只要日子过得下去，我愿意认命，而且，我做了那么多，拼老命撑起这个家，难道就一点也感动不了他吗？"

"这些话你为什么不对他说出来呢？"

"提过，他根本不想听……他说，伤疤很难看，难道还要揭开来看吗？！"

世界进入了电子时代，华林公司的生意也是节节攀升，如日中天，尤其是与国际接轨这件事做得有声有色，无论是专家指导还是合作项目，外国人来的人数和密度都在增加，为此，华林公司专门买了几栋江边的房子，环境一流，给外国专家或大项目的外国首席执行官住，简称专家村。

至于房子的装修，都是严格按照鬼佬本人的意思确定方案的，因为日本人和美国人的审美习惯就有极大的不同。

这一天，外国专家的翻译来找红霞，说比利时籍的专家冲他大发雷霆，因为他去了专家村看他正在装修的房子，墙纸完全不是他指定的色版，而且上面还开满了鲜花，他还以为走错了楼层，但是很遗憾，这就是他在中国的家，这样的墙纸很闹，会影响他的情绪，间接干扰他工作，他说，你们中国人又要加入 WTO，又要花很多的时间签很正规的合同，为什么又不按照合同执行呢？他说他永远也搞不清楚中国人到底是怎么回事。

红霞在公司的形象，基本上是不具编号的消防队员，她第一时间赶到专家村，看见装修工人戴着报纸叠的帽子，一边吹着口哨一边施工，红霞知道跟他们说也没用，气道："把你们负责设计和出图的人叫来。"装修工人见她来者不善，赶紧去找人了。这时红霞才瞪大眼睛看墙纸，说句老实话，墙纸还真不错，香槟色的底，上面是突起的暗花，显得柔和、富贵，还隐隐约约有一种贴心贴肉的感觉。红霞心想，我要是有了房子装修的话，一定用这种墙纸，就这么定了。

什么东西都是这样，一眼看不上，一辈子看不上，看上了，就不会忘。

不过房子的事，最让她伤心，不提也罢。

正想着，进来了一个年轻人，是个男孩子，穿袋袋裤，扎一条马尾，表情酷酷的，一看就是美院毕业还不知天高地厚的家伙，"谁找我？"他进门就问。

拾红霞跟他说墙纸的事，他说："那个比利时人又不懂装修，他指定的颜色，包括墙纸、家具和装潢，全部是撞色的，搞出来像一个洞穴。不要以为外国人就一定比中国人审美观好，太不是这么回事了。这么跟你说吧，我就是室内装修系毕业的，学了四年，我挑的这些颜色还参照了不少他们本国的设计，做了大量的功课。"

拾红霞说："可是这房子毕竟是人家住，合同也是这么订的，你随心所欲就是不对，我们也说服不了他。"

"那你说怎么办？"

"拆掉换上他指定的颜色。"

"你不是说真的吧？这种墙纸很贵的，我们就是想跟你们这样正规的客户长期合作，所以亏钱下血本也要搞得像样板房一样，这也是我们老板的意思。"

"我理解你的心情，但是说到天上去也得换。"

两个人吵不出结果，男孩子打手机给他的老板，像迷路的孩子找妈妈一样。

等老板来到装修现场，拾红霞傻了，来人是成荒原。她样子没怎么变，还是那么的有气势，以前，她不管穿得多没品位，多性别不详，那种气势总是有的，并且早已成为她的个性和招牌。和以前完全不同的是她现在一身的名牌，手提包是路易威登的，也是因为这个品牌假冒的太多红霞才认识的。

拾红霞扔下一句话："看来我不但要换墙纸，而且还要换装修公司。"说完，头也不回地走了。

晚上，拾红霞去了她自己的小屋，以往教学生她是很耐心和认真的，但今晚她有些心不在焉，任由学生在她的眼皮子底下拉锯杀鸡，可她充耳不闻。她点上一支烟，旧恨新仇也一并被点燃。如果不是她最好的朋友也是最沉重的十字架成荒原，她怎么会落到今天这个地步呢？李吟啸就是有再多的缺点，也不会像徐行这样对待她，她觉得徐行对她有阶级仇恨，他对待有钱有势的人就像对待酒一样爱恨交加，先是不计后果的巴结，醉了以后就破口大骂，内心永远是一种失衡状态。

拾红霞心想，成荒原也不知道什么时候跑到这个城市里来的，不过这些年，往沿海大城市迁徙早已蔚然成风，像她这种不甘寂寞的人自然不落人后，但无论如何，拾红霞铁心炒掉成荒原的装修公司，反正她是有正当理由的，她才不会因为成荒原以前给她写过几封忏悔信就原谅她，她再也不会那么好心了，否则她也不会成为无房户！

她想，成荒原可能会答应无条件换墙纸，那她就没有理由换掉成荒原的公司，如果她坚持违约在先，中止合同，成荒原可能会跟她对簿公堂，甚至把她们之间的江湖恩怨公布于众，但即便是这样，她也要跟成荒原血战到底。

这个晚上，徐行又是那个死样子。拾红霞本来是非常需要一个倾诉对象的，也不介意把这些陈糠烂芝麻说与徐行听，但她一看他那副不阴不阳的样子，就什么也不想说了。当然她也可以去找小周谈，想到每一句话都得花钱才能批发出去，也只能按下不表。朋友，不是你满腔热忱就能交到的，成荒原至少教会了她不要相信任何人。所以，这个晚上，拾红霞在小屋里听音乐碟，都是她最喜欢的曲子，忧伤完了再忧伤，欢快完了再欢快，整整听了一夜。

第二天上班，刚刚处理完手头急办的公务，成荒原果然就出现在她的办公室门口。

"你来干吗？"她冷冷地说。

成荒原道："我来看看你，真的不知道你们单位改名了。"

"我有什么好看的？又不是没见过。"

"还生我的气吗？"

"没有气能生 20 年，我只不过是公事公办。"

"红霞，你怎么办都可以，换墙纸、换公司随你的便，我一点不介意。我来，就真的是为了看看你。"

红霞忽然悲从中来，没错，她是恨荒原，可是她是她的同类，她是她的朋友，这就是事实。她在这个城市里生活了那么多年，可是这个城市，华林公司，福禄里，包括徐行的家都没有真正接纳过她，她没有朋友，妙妙还太小，她永远有一种一个人的感觉，就像生活在异国他乡一样，她始终都不能摆脱掉陌生感。荒原说，真的是为了看看你，仿佛就是她等了20年的一句话，逝水流云，也还是她们两个人彼此懂得和知道。

相逢一笑泯恩仇，现代人没有隔夜仇，岂有陈年恨？！何况是为了区区一个不成器的李吟啸。

荒原还是红霞的领袖，她带红霞去了一家格调别致的酒吧，玻璃门，却是黑檀木包边镶框，将厚重的玻璃格成几大块，门把手是竖着的一只通体碧绿的玉如意，摸上去沁凉而不粘手。

推门而入，迎面便是一堵墙一般厚的石壁，锈色斑斑，上面按左右联刻着粗壮的魏碑：天下太平已久，江湖无事多年。横批"嵩山论剑"，当然也就是酒吧的名字。酒吧里面的光线很稳，让人感到安全和舒适。红霞欣赏了一下整体装修，道："只是这里一把剑也没有。"荒原道："大概是取胸中有剑的意思吧。"

红霞觉得自己到这种地方来有点滑稽，应该说她从来就不是什么江湖中人。

荒原仿佛看穿她的心思，笑道："人本身就是江湖，没有什么是或者不是。"

这种会心实在让红霞感到久违和温暖，从来都是这样，她是纯良，荒原是剔透。过去以为，荒原这样的人通街都是，现在才知道荒原是少而又少的那种人。

荒原给红霞叫了咖喱鸡饭，红霞脱口道："还记得我爱吃鸡？"

"以前在一起的时候，真不知道谁是谁的影子。"

"现在怎么样，你好吗？"

"好什么好，发财不发财都不会开心，你说好不好？"

"那是你对生活的期待值太高了。"

"我结过一次婚，后来又离了，孤身一人来到这个城市，活是活得下去的，但是回不回家，生不生病，有什么心事，是问都没一个人问的。有时我就会想，挣钱到底是为了什么？如果总是活得不在状态上。"

"我看你一身的名牌，以为你红尘滚滚地活着呢。"

"穿给别人看的，还像以前那样怎么拉得到生意？这是当今社会的度量衡，人活到最后都是为别人，就这么一回事。"不难看出，荒原身上那种颓败的气息，她没有变，永远的不合时宜，不管她是卓尔不群还是顺应潮流。

两个人吃了一会饭，又喝了一些扎啤，浓浓的麦香扑面而来，让人在片刻的沉醉中脱离实际。红霞心想，脱离实际，真好。

荒原不经意道："你现在怎么样？过得好吗？"

在几秒钟之间，红霞犹豫了一下，还是说："挺好的。"内心深处，坐在她对面的这个人也还是她的对手，其实最知心的人就是你最潜在的对手，难免暗中较量，何况对于她们来说，有些事是拿不起、放不下的。

荒原从来都有一双透视眼："真的挺好吗？"

红霞突然光火道："是不是我不好你就称心如意了？"

荒原笑道："你怎么这么敏感？我又没说什么。"

"你是没说什么，可你的表情什么都说了。我原本是一个简单的人，只想过梦一样的生活，可是你把我的梦击碎了，事实上你也没跟李吟啸好，你说这算什么呢？！荒原，你这个人太随心所欲了，你和李吟啸从骨子里都是只为自己着想的人，明明知道两个人不是一回事，还要这么干。当然，内心孤独和寂寞是最好的理由，可是这之后呢，还不是一切照旧。而你们随心所欲的结果就是改变了我。"

"我当然没有什么可申辩的，这些话你早该说出来。"

说出来有什么用，红霞心想，生活中的难题，不是说痛快话就可以解决的，多么不如意的境况都得面对，等你明白其中的艰辛，一切已成为过去。

但是很快，红霞就意识到自己失态了，她真的不想让荒原知道她过得很不好，谁希望自己在生活中永远是个失败者？所以她尽可能调整好自己的情绪，不动声色道："我现在是变得琐碎、具体、庸俗，在单位也就是一个大抹布的角色，好在我先生对我不错，挺体贴的，我们有一个女儿。"

"现在还拉琴吗？"

"当然，有时带几个学生，还可以赚点钱。"红霞故意轻描淡写地说，但语音背后充满着自豪，的确她的家庭地位也是不容忽视的，这是她唯一值得骄傲的地方了。

荒原沉默了好一会儿，眼睛望着窗外的远方，半晌回过神来，对红霞说道："红霞，你过得好，我真是从心里感到安慰，你爸爸在九泉之下也可以放心了……"

红霞不快道："我过得好不好，跟我爸爸有什么关系？"

"你妈妈没告诉你吗？"

"告诉我什么？"

"你爸临终前只说了一句话。"

"什么？他说了什么？"

"他说，我们红霞，窝囊……你想，他这么一个行伍出身的人，见惯了金戈铁马，大起大落，可是他来开会看到你生活的环境不好，更重要的是那一家人的冷漠，这种冷漠不是冷眼相向，而是从来不关爱你。因为你的形象就是被许许多多的家务包围，从他见到你的那一刻起，你就没有停过，一直在忙乎……所以他误会你了，觉得你过得不好……他生病肯定是累的，肯定是积劳成疾，但他最放心不下的还是你。对于一个老军人来说，窝囊才是最要他命的事。"

红霞木然地坐着，像被人用板砖猛拍了一下，面色苍白，却没有激烈的情绪波动，她的心像堤坝一样，被突然涨起的潮水一次次冲撞着……她父亲来看她那会儿，她还只是一忙忙碌碌的小妇人，她还以为可以凭借自己的勤劳和善良找到受人尊重的幸福生活……可是父亲走过了一生，他其实早已经看到她的结局了。

这天晚上，红霞对徐行说："我们离婚吧。"

徐行表现得很平静："为什么？"

"不为什么，你也知道我们过得并不好。"

"我觉得很好，我也没做错什么。"

"你都对，是我做错了行不行？"

"你错了吗？你错在什么地方？"

"都错了，从一开始就完全彻底的错了。"

"反正我是不会同意离婚的。"

"为什么？为什么我们非得捆在一块过？"

"现在生活压力这么大，家庭负担又重，小的要上学，老的要看病，难道你想逃避责任吗？你不是最爱讲责任，那你就负起责任来。我这个人是经得起检查的，我又没有包二奶。不是有什么人等着娶你吧？！"

"你不要这么无聊好不好？我现在是比漂白粉还清白。"

"我觉得我们两个人半夜三更在这里比清白才是真正的无聊！"徐行说完这句话，倒头就睡，再也不理拾红霞了。

拾红霞觉得自己简直就是自讨没趣。

她再一次向生活妥协了，毕竟，父亲已经故去，她也只有真的过得好，才能够告慰父亲的亡灵，而且徐行不同意离婚，虽然他说得很功利，但总不至于跟她恩断义绝吧？如果恩断义绝他又何必留住她呢？无论出于什么原因，不肯离婚就是对她的肯定，甚至可以说这个家根本离不开她，这种感觉让红霞的内心很失落。

所以红霞就听信了心理咨询师小周的话，她买了三鞭壮阳酒，倒在茅台的瓶子里号称降血脂的药酒，只是徐行喝了跟没喝一样。

拾红霞后来又跟荒原见了几面，当然不能每次都在饭店和酒吧泡着，荒原带她去了她住的地方。

是一个高档住宅小区，环境优雅，绿色植物像进过理发馆一样，被修剪得整整齐齐，还泛着发蜡一般的亮色，红砖的小路在草地的怀里曲曲弯弯，跟福禄里完全是两个生存空间，这让红霞的内心难免有些怅然。

荒原住的是三房一厅的公寓，布置得独具艺术气质，大量运用玻璃和镜子，让人觉得如入迷宫，根本就是当下里世道人心的绝妙写照。

"参观一下吧。"荒原这样说，一边把钥匙扔进一只水晶青蛙的嘴巴里。

拾红霞在屋里走了一圈，仿佛若干个自己从四面八方走来。在主卧房的卫生间里，红霞看见两只牙刷头挨头的，亲密地靠在一起，另有一个日本产的电动剃须刀。这一切对一个单身女人来说算不得什么，只是，显然她也是过着口是心非的日子，她们坦陈心迹的年龄已经过去，都是各有隐情，不提也罢的人了。

更让她感到沧桑的是，荒原无意间提到李吟啸，她说："……又是官至副局长就再也不动窝了，走了许多关系没有用，等他爸爸离位，他也调了几个单位，还是不行，下海经商也没赚到钱……"

红霞叹道："他就是太看重这些东西了，其实日子过得和睦比什么都重要。"

"好像是不太和睦吧……他又离婚了，在远离都市的地方买了一个废弃的农场，种菜种果树。他晒得很黑，农民的打扮，但还是心高气盛，谁都不在他眼里。我去看他的时候，他带我巡山，指点他的地盘。他住的农舍的上方升着一面五星红旗，拉线装着一只大喇叭里放着《大悲咒》，他仍然觉得自己是出世的先行者，壮举将被有识之士效仿……我不知道说什么好，可能每个人终归是一个个体，跟任何人都没有关系。"

"就他一个人吗？"

"有一个很崇拜他的女孩子跟着他，不漂亮，很干练的一个人，好像是他下海时的秘书吧。"

她们再讲他时，已经波澜不惊，像说一个不相干的人的故事。

【作者简介】

张欣，当代作家。生于北京，江苏海门人。1969 年应征入伍，曾任卫生员、护士、文工团创作员。1984 年转业。1990 年毕业于北京大学作家班。现任广州市文艺创作研究院专业作家。著有《浮华背后》《深喉》《终极底牌》《千万与春住》等，其中部分被改编为影视作品。被誉为"当代都市小说之独流"。

桃花水

蒋子龙

　　午后，在黄土高原特有的蓝天骄阳下，面包车沿着五百里无定河岸缓缓爬行。深陷于巨壑、断涧之中的无定河，在广漠的崐塬上兜兜转转，时而河面被冰雪覆盖，时而满河冰凌……不知从哪儿开始，无定河悄然跃升到地面，没有陡峭危深的河岸，也没有细润漫平的河滩，一片大水就在道边，浮浮漾漾，缓缓而下。深冬季节竟没有一丝冰凌，也算是奇观。

　　有人一声惊呼，面包车上的人都调头窗外，诧异、赞叹、大呼小叫，要求停车，亲近一下无定河。这时车内响起一声尽量压低音量的断喝："安静！先别下车！"发声者竟然是平时极少说话、经常用相机挡住眼睛和嘴巴的祝教授。大家顺着他的镜头望去，在面包车的右前方，确有一幅奇异的画面：

　　在大道与高塬之间有块不大的三角地，三角地中央兀突突立着一盘石碾子，上无遮盖，下无水泥碾道，两个半大小子和一个比他们略小一些的姑娘，在说说笑笑地推着碾子碾米，一个老太太就着旁边的土坡将碾好的面子过箩。土坡实际上是三角地最长的那条边，是一条从河边大道通向塬上的土道。在老太太的上方坐着一位少妇，头发绾在脑后，深绛色的斜襟短袄，右手托着一管细杆烟袋，烟袋嘴儿没有含在嘴里，而是顶着腮边，定定地望着无定河，像是在看，又像什么都没看见，是出神，却带着几分落寞。她一动不动像尊雕像，背后的夕阳反射出满天红光，越衬得她沉静秀异，神韵天然。

车内不免有人轻声议论起来：

"啊，好美哟！"

"你是说人，还是风景？"

"景美人更美，这黄土窝里难得见到这么漂亮的小媳妇！"

"外行，米脂的婆姨绥德的汉，就离这儿不远，历来出美女。"

"她手里那杆烟袋太美了，抽烟的女人都是有个性、敢爱敢恨的角色……"

"祝教授自己不吸烟倒喜欢抽烟的女人？"

"这你就不懂了，抽烟的女人媚而不俗。有高人说，男人抽烟是馋，女人抽烟是醉。"

……

祝教授一声不吭，摇下车窗，按了许多次快门之后才让大家下车。十来位艺术家下车后大多都奔向左侧看河，尤其是画家和摄影家，对风景的兴趣最炽烈。而编辑、记者、作家们则在河边拍完照就转到右侧，他们对在没有村庄的大道边、凭空出现的碾米一家人充满好奇。

少妇早已起身，用簸箕从地上的口袋里舀出黍米，倒在碾盘的中间，又把碾子边上已经碾好的黏面用簸箕收起来，倒进老人的细罗里。她深腰高臀，身姿轻盈，由于天不冷，薄薄的冬装裹不住健硕又不失柔美的曲线。一看便知这是那种能承担生活压力的俏女子。

与陌生女子、特别是漂亮女子交流，是年轻艺术家的强项，一直默默地从各种角度为这碾米一家人拍照的祝教授，从别人和少妇的对话中，大致知道了这一家人的情况：

快过年了，碾点黏米做油糕。从坡道上去走十来分钟，是这位少妇的家，其实是娘家，村名叫清水湾。罗面的老人是她的母亲，推碾子的两个少年中略高一点的是她哥的儿子，另一个是她的孩子，已经14岁，那个女孩12岁，是她的女儿，孩子们都放寒假了……现场晚婚晚育乃至不育的艺术家们一阵咋呼："你这么年轻孩子都这么大了！"

其中有些人的艳羡还真是发自内心的。

这群人是北京组织的文化下乡活动中的一个采风小分队，眼看天色将晚，领队便招呼大家赶快上车，于是纷纷道别。一直没有作声的老太太忽然大声说："你们留下吧，明天早上吃油糕。"

领队感谢了老人的美意，并解释说晚上市里还安排了活动。大家都陆续上车了，只剩下祝教授最后一个走到少妇跟前，问道："从你们这儿到市里还有多远？"

少妇似乎才注意到他，随随便便地穿着一件很好的酡色外套，面容清癯，却赫然一头乱发，眼神离离即即，看她的时候却很专注。好像搞艺术的这般神头鬼脸的人很多，便缓缓答道："你们坐车也就一个多小时。"

"好，我晚上来给你送照片。"

少妇似乎并没有被吓一跳，或许觉得艺术家精神上有毛病的也不少。她眼眸幽深，内心稳定，只是看着他没有出声，不知该不该相信他的话。祝教授冲她点点头，没有被拒绝似乎已经觉得很欣慰了，转身快步登车。

教授一上来，面包车里就像炸了锅，大家相处快一周了，正好熟悉到可以相互开玩笑，特别是带点荤腥的玩笑：

"教授，你是糊弄人家，还是晚上真的回到这无定河边上演《西厢记》？"

"祝教授这是学雷锋，这家人太孤单了，老太太盛情挽留，也是为了她的女儿。她们碾的那个黏面子就是做油糕的，是过年才吃的好东西，可见老人是真心想留我们。"

"祝教授要小心点，别让她丈夫撞见被暴打一顿……"

祝教授终于忍不住接茬儿了："诸位，请口下留德，别再拿这件事八卦了，我一个半大老头子无所谓，不要毁了人家清誉。我只是想给她塑像，因为泥在宾馆里，必须再回来一趟。"

"塑个像，太棒了，可作永久纪念！"

话题老是岔不开，祝教授计上心头："这样吧，我跟你们打个赌，我出个字谜，在到达宾馆之前，你们只要有一个人猜对了，我晚上就不回来了，雇个司机来给送照片，我答应人家的事不能食言。如果你们猜不对，今后在任何场合都不能再谈论今天的奇遇。敢不敢应这个赌？"

领队赞叹："祝教授果然才思不凡，这个赌打得好，想来不是一般的字谜，大家不敢应赌也算输。"

一年轻气盛的高级记者不服，高声应战："这个赌打了，我不信这么多才子才女还猜不出一个谜语。但是有一条，你不能瞎编，最后谜底揭开，得合情合理、有根有据。"

"那是当然，这个字谜是当代一位很有才华的作家给我出的，他是为八大山人立传的，一本难得的好书。你们准备好了，我可以出题了吗？"

"请出题。"

"刘邦大笑，刘备大哭，打一字。"

霎时，面包车里安静下来，都在脑筋急转弯，谁都想率先破谜。憋了好一阵子，却无人憋出门道，甚至越想越摸不着头绪，觉得此谜好难猜。有人开始跟邻座交流破解之道，渐渐全车人都加入了讨论，希望靠集体智慧猜破此谜，你一嘴他一嘴，反而越说越复杂，好像离谜底也越来越远……祝教授乐不得换来难得的清静，低头专心检查自己相机和手机里的照片。

车进榆林市，很快就要到宾馆了，大家急于想知道谜底，只得宣布认输，请祝教授讲出答案。祝教授不慌不忙地收好自己的相机和手机，一板一眼地说道："刘邦一生中最开心的一次大笑，是项羽死，他要真正当皇帝了。刘备最痛心疾首的一次号啕大哭，是关羽死。项羽简称或自称'羽'，关羽简称或自称也是'羽'，'死'在字面上也叫'卒'，象棋里小卒子的'卒'。'羽死'惹得二刘一笑一哭，'羽死'就是'羽卒'，上面一个'羽'，下面一个'卒'，是什么字？"

"翠！"

"对了，诸位请记住你们的承诺。"

有人恍然大悟，有人抱怨这太难了，但又不能说是胡编的……这个话题一直到进了宾馆下了车还在议论，还在回味。

祝教授下车后请当地的面包车司机帮忙包了一辆出租车，他先去照相馆洗照片，然后跟大家一起吃晚饭，饭后向领队请了假，回房间提上那一坨雕塑用泥，坐出租车去照相馆取了照片，然后直奔清水湾。车行没多远，他忽然大叫一声，才想起来下午忘记询问少妇一家人的姓名了，怎么去找？好在司机认识清水湾，并告诉他村里没有几户人家，你只要认识本人，就很容易找到。

于是他放下心来，拿出照片一张张地挑选，效果太差的放到一边，自己需要的留下，放进外套口袋，剩下的都送给少妇一家人，有老人的，有孩子的，他们会高兴的……

晚上九点多钟，老娘喜欢的省台电视剧播完了，捅醒了在一旁打盹儿的老爹，并催促着三个孩子上炕睡觉……

少妇自己这一晚上却有些心神不宁，主要是那个乱头发教授临走前扔下的那句要给送照片来的话。如果他真来，就得到大道边去接一下，不然这塬上一片黑灯瞎火，他往哪儿去找？如果他就是随便一说，这寒冬腊月的晚上，她一个人站在土坡上，岂不是冒傻气？犹豫再三，她还是穿上大衣，裹好围巾，拿着手电筒出了屋门。

快到年底了，崾塬上的夜格外黑、格外静，却没有风，也不是很冷。无定河都没有结冰，还能冷到哪儿去？世道变，天道也变，她记得小时候天一凉就天天刮黄风，进九后再砸开无定河的冰，有二尺厚，那时候的冬天才像冬天，就像诗里说的，北方的冬天不是一个季节，而是一种占领、一种霸道……仗着路熟，她打开手电筒顺着坡道缓缓往下走，竟觉得一个人在这漆黑的旷野里走一走也很舒服，特别是现在用不着担心会受到野兽、强盗之类的伤害。塬上甚至连人都越来越少了。

她的眼睛渐渐适应了黑暗，看见远处青黑的夜色中有一条淡淡的白色长带，那就是满天星光投射下的无定河。黄土高原上的夜晚，不管初一、十五，繁星总是这么贼亮贼亮的。为了让来人远远地就能看到，她没有去河边，而是站在高坡上，手电的光柱指向从榆林来的方向。四野一片寂静，大道上没有一辆车，眼看就到年根底下了，跑车的人谁不往家里跑啊？

她蓦地想到了自己的丈夫，还有几天就是他当她的丈夫的最后期限，他会不会回来？这已经是他第四个春节没有回来过年了，她甚至连恨都恨不起来了……她希望自己能这样，有时也相信自己已经达到了这个境界，跟别人也总是这么说。其实她的心里恨丈夫，已经恨出了一个洞，这个洞至今并未长好。好在过了这个年就一了百了啦！

时间真是一盘细磨，慢慢把人的心磨出了茧子，天大的事也都不怎么在乎了。细想起来也不能全怪他，自己当初如果跟他一块儿出去打工，他可能就不会找别的女人，就像自己的嫂子，大哥去哪里就跟到哪里，把孩子和地都扔给老人。她也试过，实在忍受不了那种外出打工的生活，吃不像吃，住不像住，最主要的是没有自由和尊严，被呼来唤去，谁都可以指使你、呵斥你，累个七死八活，说不要就炒你，说不给钱就可以真不给，甚至连工厂也是说黄就黄……

那时她的两个孩子还小，舍不得丢下，结果却把丈夫丢了。也怪现在的男女关系太乱了，男女一乱，家就乱了，家一乱就把女人毁了……她的脑子里胡思乱想，却没有影响她看到从市里来的方向，真的出现了一对车灯，向着这边越驶越近，她赶紧移步下坡迎上去。

车速减慢，在她脚边停下来，乱发教授慌忙从车里钻出来，声音里带着异乎寻常的感动："不好意思，还害得你在这儿等候，冻坏了吧？"他伸出双手似乎要给少妇暖暖手，或者只是想握握手，却半截又缩回来反身打开车门，"快上车，里面暖和。"

少妇迟疑着，她以为对方把照片交给她不就可以返回了吗？

祝教授可能明白了少妇的意思，解释说："我想到你家给你塑个像，只是打草稿，不会占用你太长的时间。方便不方便？"

少妇虽然还不完全明白"打草稿塑像"的意思，却不好拒绝他想到她家里去的要求，何况自己的母亲下午邀请在先。于是她上了车，引导着爬坡上塬，来到自家院门前，她下车打开院门，让车开进院子，然后将乱发贵客或者说是不速之客让进屋里。她也想让司机进屋，司机却坚持在车里等候。

刚才女儿一个人出去了，老太太自然不放心；妈妈出去了，孩子们更不会睡觉，听到汽车进院的引擎声，都从里屋跑出来。少妇将客人引进自己和女儿睡的房间，祝教授从兜子里掏出照片放到炕上。拍照片是祝教授专业的一部分，相机又好，照片自然拍得很好，而且人人有份，个个神态自然生动。大人孩子抢着看，一阵惊讶，一阵欢笑。

祝教授拿出一张自己的名片递给少妇："我叫祝冰，是中国工艺美大的教师，搞雕塑的，还没有请教你的芳名？"

少妇一边低头看着祝冰的名片，一边答道："我叫孙秀禾。"

祝冰反客为主，把墙边的杌凳搬到屋子中间光线最好的地方，让孙秀禾脱掉大衣，只穿一件藕荷色的斜襟薄棉袄，身子微微向左侧着坐下，他嘴里叨咕着："你的这个侧面美极了！"

随后他自己也脱掉外套，里面只穿着衬衣，外套一件毛背心。他将大炕对面的桌子移到孙秀禾对面，把塑泥放到桌上，眼睛像刻刀一样在孙秀禾的脸上死死地盯了一会儿，两只手倏然变得像魔术师一样灵巧有力，那坨泥在他的手里既柔软又坚硬，软到随着他的手指任意变化着形状，凡经他捏出来的形状就硬到绝不扭塌。他的眼睛甚至常常不看手中的泥，只盯着孙秀禾的脸，十分专注，且锋利无比，仿佛能看到她的骨头缝里去。也有柔情脉脉的时候，饱含着迷恋，甚至是崇拜。却又不是那种色眯眯的、猥亵的，孙秀禾也就没有顾虑地随他看个够。

屋子里安静下来，老人和孩子们不再看照片，而是围在祝冰身边看那塑像，首先是孙秀禾的儿子嚷起来："像，像妈妈！"

其他孩子连同老太太也都随声附和："是像，还真像！"

老人说完强行把孩子们都赶到自己的屋里去睡觉，然后又给祝冰和女儿各端来一碗枣茶，并随手替他们关好了屋门。祝冰的工作却停了下来，反复地看看塑像，再看看孙秀禾，他显然是遇到了困难。

他脱掉毛背心，只穿一件衬衣，回手端起那碗枣茶一饮而尽，放下碗看着孙秀禾眼睛说："小孙，我能摸摸你的头吗？"

说完他使劲在衬衣上把两只手擦干净，不等孙秀禾反应过来就走到她的近前，双手捧住了她头颅的两侧，由上到下，又由下到上，随后是耳朵、脖子、脸、眼睛，甚至嘴唇……他的手时而轻柔，时而有力。她极紧张，却又不是没有一点舒服的感觉，她害怕和厌恶自己这种紧张又受用的感觉，从小到大，还从来没有人这样摸过她。她越来越感到祝冰的手指上带着火、带着电，火烫烫要把她烧化了、击倒了。她呼吸慌乱，双颊发热，胸部膨胀……偷偷地抬起眼睑瞄一下祝冰，原来他是闭着双眼在摸，她却感觉不到他是在瞎摸，他的手上就像也长着眼睛。他没有像自己说的只摸她的头，顺势又摸了她的双肩、双臂，甚至捏弄了她的每一根手指……

他睁开眼回到塑像跟前，不说话，也不再看她，注意力全部集中在塑像上，拧着眉头，眼瞳强力收缩，闪出一股兴奋和冲动，仿佛把她也忘了一样。过了好一阵子，他停下手，抬起头，端详着塑像，自言自语又像说给孙秀禾听："行了，今天就到这儿，回去再细加工。"

孙秀禾早就忍不住走过来看那塑像，心里一阵惊喜，眼睛火辣辣地燃烧起来……这个乱发教授真不是白当的，这么一会儿的工夫就重新塑造了一个孙秀禾。她太喜欢这个塑像了，这是自己，似乎又比自己更好，好在哪里她一时还想不明白，是比自己更漂亮、更有精神？

祝冰移开凳子，让孙秀禾站到刚才坐的地方，身体仍然微微向左侧一点，不再提出申请就动手摸了她的腰、屁股、两条秀腿，然后从兜子里拿出个硬壳大本子，飞速地用笔画出她的站姿，随后又拍了照片，才长出一口气。一眼看见孙秀禾没有动的那碗早已冰凉的枣茶，端起来一仰脖子灌下去，擦擦嘴角冲着孙秀禾笑了："以后我还会麻烦你，能不能告诉我你的电话？"

两个人交换了电话，加了微信，祝冰开始收拾东西，把自己的零碎儿全放进随身带的大兜子，穿上毛背心和外套，从口袋里掏出一个信封递到孙秀禾手里："这个信封里有一张卡，信封上的数字就是密码，里面还有10万元多一点，这不是你让我塑像的报酬，是给孩子过年的红包。"

孙秀禾吃一惊，没想到这个乱毛还有这一手，坚决不要，但她更没想到的是祝冰手劲极大，摁住了她的手："别跟我争，不要吵醒老人和孩子。"他强把卡塞进炕上的被垛下面，然后用自己的围巾裹好塑像，小心翼翼地抱在怀里，轻轻出了房门，并反身将孙秀禾推回屋里，轻声却很强横地说："外边冷，你不许出来！"

这个祝冰简直就是疯子，他不听你说话，也不管你心里是怎么想的，来一阵风，走一阵风，等孙秀禾反应过来，从被垛底下翻出那张卡，披上大衣追出门，只看到汽车尾灯顺着坡道渐渐消失在塬下。

她站在院门前，呆呆地望着黑乎乎的远处……

老娘不知什么时候也出来了，或许她老人家根本就没睡，一直在听着这边屋的动静，天底下只有娘最清楚女儿这些年心里的苦。老人轻轻地在女儿身后说："外边冷，回屋吧。"

孙秀禾顺从地回身进院，并随手锁好院门。

这一夜，孙秀禾还能睡得着吗？

孤寂沉郁了许多年的少妇之心，被这个疯子教授的出现搅乱了，脑子里涌出一堆问号：他到底想干什么？他为什么非要给她留下那张卡？是认为农村人穷，瞧不起她？这让她的心里很不自在。其实她真不想要他的钱，而想要那个塑像。可她张不开口，实际上也没容她开口，那个疯子抱着塑像就跑了。他在她的身上又摸又捏，分明是占自己的便宜，可她当时无法抗拒，甚至还产生了一种说不出口的异乎寻常的刺激和感动，事后想起来还觉得脸红耳热，心里怦怦乱跳……

她几次拿起手机，有一股强烈的冲动想给他打电话，问个明白，可她又怕自己说不出口，有些话在电话里也说不明白。他如果还在出租车上，当着司机能说什么呢？如果已经回到宾馆，说不定已经休息了，人家刚走电话就追过去，也不太合适……麻烦，孙秀禾陷入一种从来没有过的心慌意乱、顾虑重重、犹犹豫豫、拿不起又放不下的境地。

早晨，天一放亮，她穿戴齐整，跟老娘打了声招呼，戴上头盔，骑着电动车直奔榆林市，她怕去晚了采风小分队的人走了。就这样等她赶到宾馆，艺术家们已经上了面包车，正要出发。她在面包车跟前下了车，从前到后扫视着车里，却发现祝冰并不在车上。

面包车上的人本来就喜欢跟她搭讪，看到她一大早从乡下赶来，惊异而充满好奇，有人抢先告诉她，祝教授有紧急任务赶回北京，刚走不一会儿，去机场了。

她愣在原地。

有人喜欢多嘴，问她："你找他有事吗？"

废话！这么着急地跑来怎会没事，可有事能告诉大伙吗？

她沉默了一会儿才答道："昨天祝教授有东西落在我家了。"

面包车里有人笑着说，"八成是他的魂儿丢在清水湾了。"

车上的人开始小声嘀咕："老祝可能闯祸了，这叫惹火烧身，他到底是北京真有急事，还是吓得赶快逃了……"

领队提醒道："大家别忘了昨天对祝教授的承诺。"

孙秀禾知道是自己给祝冰惹麻烦了，这些人脑瓜本来就比别人转得快、想得多，自己一个乡下女子昨天刚认识，今天一大早就追到城里来，也难怪人家会多想。

面包车载着艺术家们的玩笑声和怀疑的眼光开走了，一遇到这种事人们一般都不往好处想，他们肯定在不怀好意地揣度祝冰和她昨天晚上到底发生了什么事情……她心里猛地也上来一股狠劲，索性一不做，二不休，把电动车存在宾馆，到门口拦了辆出租车，向机场追去。

她追到机场，看见祝冰正排队办理登机手续，怀里抱着个裹得严严实实的东西，旁人一看就会认为是珍贵的瓷器或其他怕磕怕碰的宝贝。他用脚踢着跟前四个轱辘的行李箱，缓缓向前移动。孙秀禾看他这么爱惜自己的塑像，心里泛起一波暖意，站在远处定定地看了他一会儿，才走到他身边，伸出双手要从祝冰怀里接过塑像。祝冰嗖地往旁边一躲，刚要厉声喝问，看清是她，十分惊讶："你怎么来了？"

孙秀禾笑笑："给你送行啊，要走了也不打个招呼。"

祝冰没想到还要向她辞行，解释说："今天早上临时决定的，太急了。"

孙秀禾要替他抱着塑像，他却让她帮着推箱子，不肯将塑像撒手，外行人不懂得这个塑像对他的意义，他怕万一摔了。

她说："我替你抱一会儿都不行？"

他竟实话实说："我自己抱着心里踏实，不敢也舍不得让别人抱。"

"我是别人吗？自打昨天晚上塑好了我还没有碰过，你总得让我抱抱自己吧？"

祝冰这才把塑像交给她，让她到旁边的空椅子上坐着等候。他托运了箱子，领了登机牌，才来到她身边坐下。她腾出一只手，伸到外套里面的口袋里掏出那张卡，还没容她开口，祝冰眼快手疾夺过来又掖回到她里面的口袋里，完全不在意触碰了人家的胸。

孙秀禾不敢挣脱、推让，脸却红了，毕竟候机厅里人很多。

她轻声说："我不要你的钱，我不是你的模特。"

"模特？模特一节课只有几十块钱，我带着学生上写生课，四节课整整半天，才给模特两三百块钱。你怎么会是模特？你是女神，黄土高原的女神，我的艺术女神！"

"满嘴胡说，当教授就是这么哄人的？"

祝冰并无半点油嘴滑舌之相："我接了一个项目，憋了好几个月就是找不到感觉，昨天一见到你脑子轰然开窍，灵感终于降临，昨晚回到宾馆创作欲望像火一样烧个不止，各种想法和细节源源不断地从脑子里冒出来，我一夜没合眼，边写边画，直到天亮。你说你不是来拯救我的灵感女神吗？"

这个疯子说着兴奋起来，眼睛里迸射出奇异的火花，一只胳膊伸过来搂住她的肩，不顾众目睽睽在她的脸上亲了一口。

孙秀禾僵着不敢动，努力保持神色自然。

祝冰继续说："你怎么老提那张卡，那不叫钱，再说我要钱也没有用，当时我就想给你点东西，表达我的心意，可我身上没有什么好东西，就那一张卡。要过年了嘛，给自己和孩子买点喜欢的东西，从今天起，恐怕三个月内我都得在创作室里工作，没有工夫给你买年礼。"

"可我不想要钱，想要这个你给我做的塑像。"

"这个塑像我回去还要处理，不然会裂。再说我抱回去还有大用，今后的三个月内我一刻也离不开她，现在你明白我为什么说你是我的艺术女神了吧？这个工程完成后我本来想自己留着，放在书房的桌子上，天天看着，时时给我以灵感。如果你想要就给你，我还想给你雕一个大理石的全身像……没关系，我是搞雕塑的，你想要什么样的像我都给你塑。"

她不自觉跟他说话变得随便起来、自然起来，盯着他的眼睛不让他躲闪："你说话算话？"

"当然，我是跟石头、金属打交道的，虚一点儿都不行。"

"你到底接了个什么项目？"

"还没开始，不敢说。中途如果卡壳需要女神垂顾，我再请你去。"

祝冰的航班早就开始登机了，广播里喊着他的名字催促他快点登机，他站起来从孙秀禾怀里接过塑像，非常小心地放到椅子上，然后在大庭广众之下很绅士地拥抱了孙秀禾，并在她脑门上亲了一下，然后在耳边嘱咐道："回去的路上要小心，有的路段上有冰。"

孙秀禾："你到家后发个信息来。"

"那是一定。"祝冰边说边快步走向登机口。

她看着他，眼神茫然，心也茫乱。

她打车回到市里，顺便用祝冰的卡买了一大包老人、孩子以及家里过年所需的东西，绑在电动车的后架上，正准备出发，收到了祝冰的微信："我已落地，勿念。你到家了吗？"

她回复："有人接吗，是您太太去接的吧？我还在路上，到家再复。"发完微信她又觉得不妥，平白无故怎么会想到人家的太太呢？

祝冰的回复又来了："秀禾放心，学生接我，我的太太十几年前就带着女儿去美国了。"

她很高兴他称她"秀禾"，显得亲切。但他又何必表明自己的太太不在身边呢？她没有再回复，保留这个回复的机会到家后再写，却一路上都在猜想祝冰的生活状态，十几年来难道是他一个人在生活吗？对于一个大学教授来说这有点不可想象……

她回到家，老娘已经做好了午饭，她从车上把年货解下来搬到屋里，大人孩子一阵忙活，欢欢喜喜，立刻有了要过年的样子。自打早晨她就没有吃东西，却并不觉得饿，进屋先给祝冰发微信："我到家了，母亲做了油糕，可惜没有让您和您的朋友们尝到。"

一下午她都把手机带在身上，却没有接到祝冰的微信。到晚上，忍不住找了个理由又给他发了一条微信："还忘了跟您说声谢谢，谢谢您给的过年大红包，今天路过市里，给老人和孩子买了点年货。"

他如果再不回复，两个人的关系或许就到此为止了。

祝冰果然没有回复。

晚上 10 点多钟，她在女儿身边躺下准备睡了，心里却空落落的似有所失。她问自己失去了什么？祝冰没有给你任何许诺，他当众抱你、亲你，以他的年龄和身份并无什么不得体，不过是城里知识分子的一种礼节，也可以说是逢场作戏，是你自己想多了。别忘了自己只是一个被农民工抛弃的农家女，千万别被城里人、特别是大教授的随口恭维迷惑了，他不过是看你长得好看，拿你当回模特。这是他有眼光，你自小就是埌上最漂亮的丫头。其实这也算不了什么，他在城里，特别是在大学里，年轻漂亮的女孩子不知见过多少，在农村突然见到一个顺眼的，半真半假、好听的话一大堆，千万别太当真，想歪了……也是由于昨晚没有睡好，她这样一数落自己，竟真的很快就睡着了。

尽管已经睡着了，手机一有动静，秀禾还是赶紧坐起来，屏幕上显示快 12 点了，是祝冰的微信："女神，我刚从创作室回到家，今天开头很顺利，这应该感激你这位女神，你占据了我整个人，满脑子都是你，极为端丽的五官位置，温婉循循，一切都在我心里活起来，何况旁边还摆着你的塑像做样板，创作起来得心应手，一气贯下来。只是有点累，我要先洗个澡。"

这个疯子竟是从机场直接去创作室，一直工作到现在。孙秀禾想象不出他进入创作状态时的样子，心无旁骛，精神高度集中是肯定的，去洗个澡也要告诉人家……她写道："您太辛苦了。请您以后别再叫我女神，叫得我很不好意思，我就是一个农妇。"

过了很长时间祝冰才回信："秀禾，你就是我心里的女神，女神是不能随便乱封乱叫的，我是由衷的。我也喜欢自己的这种心态，这对我的创作有好处。你最大的特点是美得真实，我不需要那种没有人间烟火气的漂亮。你如果愿意，有空时也可以跟我讲讲你的经历，你的家庭、丈夫、孩子，我看你的气质、谈吐，至少是上过中学了。"

"高考时大意，将准考证忘在课桌里，下午耽误了近一个小时才进考场，题没有做完。落榜后就回家务农了。"

"生命的意义很丰富，不必死认一条路。我在你们那一带跑了不少地方，有些很好的古堡都空了，甚至有的镇都没有多少人了，年轻人似乎大都出去了，你没有出去是不是有什么想法？连我都觉得那些古堡、古镇都空了，太可惜，我还想在古堡上做点文章。"

"我也出去过，但没待几个月就跑回来了，我不喜欢打工的环境和精神上的压抑，再说打工的活，也不比在塬上种地轻松多少。比较起来我还是更喜欢在家里种地，天高气爽，自由自在，由于地多人少，维持生活很容易。"

"好，终于碰到一个喜欢农村的知音。我就是农村人，至今做梦还都是梦到童年时老家的样子，我想退休后找个农村或有荒地的山区，盖两间房子，种几亩地，优哉游哉。"

"真的吗？您能塌得下腰、吃得了农村的苦？"

"我是在农村长大的，对农村对土地有种天然的感情，现在的工作说到底不过就是个石匠，有时候还当铜匠、铁匠，都不是省力气的活儿。至于苦不苦，全在个人的感受，以后若有机会我会证实给你看。"

"我也喜欢我们这个地方，有人说，在我们这儿当个牛、当个羊都是快活的，犁地有犁地的歌，拉车有拉车的歌，所以羊肉不膻，有奇香，您再来的时候一定让您尝一尝。"

"你的歌一定唱得很好了？"

"好不好不敢说，自小在民歌中长大，陕北人哪有不会唱民歌的。"

"好好好，我一定会找机会听到你唱歌的，那将是一种幸运、一种大享受！现在的年轻人喜欢农村的不多，你能喜欢自己的家乡这太好了，难怪叫秀禾！汉光武帝刘秀出生那年，他的父亲刘钦看到自家麦地里有一棵麦子长出九个麦穗，于是他给儿子取名'秀'——'嘉禾之瑞'。你就是陕北黄土高原上的嘉禾！我没动脑子脱口叫你女神，看来是叫对了。"

祝冰的话让孙秀禾心里很受用："您真不愧是大教授，这个名字我叫了三十多年，没人给我解释过，我自己也没有这样想过。"

"你看这样好不好，为了奖励你难得的对家乡的热爱，今年放假你们一家人可以到北京来玩，开我的车随意去你们想去的地方，全部费用都不用你们操心。"

"谢谢您的好意，我出不去，这个年我将非常忙，三十要回婆婆家一趟，如果我丈夫回来就利用放假这几天把婚离了。如果他还不回来，一过年我就得到县法院起诉他，强制离婚……"她突然打住，不知自己是怎么回事，竟跟人家说起这些家丑。

"你的婚姻出了什么问题？"

"前年我知道丈夫在外打工又有了别的女人，我提出离婚，一直对我不错的婆婆给我跪下了，不让我离婚。我提出一个条件，他必须离开外边的女人，回家跟我一起种地，若真是一门心思地想跟我过好日子，我可以考虑不离婚。他父母几次三番地去信催，甚至还派人去叫，他都没有回来，还跟外边的女人有了孩子。即便是为了外边那个女人和孩子，这个婚是离也得离，不离也得离。我给定的最后期限就是今年年底，他回来就协议离婚，不回来我就通过法院打官司离婚！"

隔了好一会儿，祝冰的微信才发过来："对不起秀禾，惹你谈起这种令人不快的事。但我要感谢你告诉我这些，现在我知道你身上那种沉毅清肃的风致是怎样形成的了。那天初见，你很特别，可以叫卓然而立，也可以说是孤独，一下子打动了我。孤独是心灵的深刻和敏感造成的，只有优秀的人才能在孤独中发现自己。"

不等孙秀禾回复，祝冰的微信又发过来了："西方一个知名的哲学家说过，婚姻是一种必要的苦恼。生活中充满悖论，你失去一个，说不定还得到一个；得到一个也许还会失去一个。当今世道，西方人找不到上帝，东方人找不到神仙，各行其道，大主意自己拿，自己主宰自己的生活。"

"前两年我很绝望，觉得活着一点意思没有，完全是老人和孩子使我撑下来。"

"大可不必，所谓绝望就是心死，心绝路才绝。有什么念头，就有什么命运，变换心境，就是变换生命。你肯定知道林青霞，一个优秀的演员，却情路坎坷，婚姻失败，陷于困境时圣严法师用八个字开导她：面对，接受，处理，放下。她放下后焕然一新，风华依旧，写了许多很漂亮的文章，展现了她的另一种才华，更重要的是，证明了优秀的女人具有强大的自我修复的能力。"

"我放下了，但两边的家庭、老人和孩子放不下。他是我高中同学，各方面都很一般，我喜欢的男孩子考上大学走了，我们不可能有结果，便接受了他。看中的是他很老实，可以踏踏实实地跟我种地过日子。不想他一出去见了点世面，人就变得那么快。"

"你因高考失误，竟在婚姻上退而求其次，这就叫凑合，为什么要委屈自己？而对方自卑的老实，是靠不住的，那是没有条件不老实，一旦有了机会自卑者反而更容易膨胀，要在另一个女人面前当大丈夫，这是一般规律。爱情的本质是分享，相互分享喜怒哀乐，当不但不能分享，甚至一方感到痛苦委屈时，就不能再继续委屈下去。情知不是伴，何必要相随？从我看到的你的状态，以及刚才你讲述此事的语气，可见你器识大度，自尊不允许你死缠乱打，这就是黄土高原上女神的境界！"

孙秀禾感到一种被理解的欣慰和感动，从来没有人跟她说过这样的话，都是劝她忍，等待那个或许她从来就没有爱过、高看过的男人回头。他们总是说，男人在外边野够了自然会回家的，农村人都抱着"宁拆十座庙不毁一桩婚"的观念，其实堡子上的庙一解放就都被拆了，光剩下违约毁婚了……

她忽然想到自己耽误祝冰的时间太长了，要说这个人的精力也真是好，在农村五十多岁就是老头了，看看他，一夜没睡，又长途奔波，回到北京不休息直接工作到深夜。她赶紧写道：

"谢谢您对我的开导，时间太晚了，今天您也太累了，赶紧休息吧，等您有空时再聊。"

"现在已是凌晨，时间不是太晚，而是太早。但我们确实都该休息了，既然是睡觉就道一声晚安！"

"晚安！"——临睡前有个人跟她互道晚安，这让她的心里温暖，还有一种别致的感觉。

　　自此以后，每天晚上无论多晚，两人都要互通微信，或者通个电话。话题越来越广泛，几乎无所不谈，也越来越深入，她自然也问到自己最关心的祝冰和他太太的关系，这复杂微妙的问题若通过微信说清楚得写多长？他只有在电话里告诉她：只是因为两人都忙，没有时间离婚，而且特别讨厌在中国离婚的麻烦，被逼着要回答许多问题，两个人又都还没有再婚的打算，婚离不离的无所谓。或许等他再去美国时，两人到拉斯维加斯去办离婚手续，花 30 美元，几分钟就可拿到离婚证。

　　祝冰在讲述他的婚姻状况时跟讲笑话一样，常常逗得孙秀禾忍不住想笑。他妻子是画家，爱干净，最忍受不了他工作后一身脏兮兮的，回家往床上一躺像死狗一样。她最初爱他的才华，其实他的才华就在一双手上。他也非常爱妻子，喜欢给她按摩，为她摸骨，一开始她很享受。后来有了孩子，不管她处于什么状态，他的疯劲一上来就要又摸又捏，特别是创作遇到困惑时，拿自己的妻子当骷髅那样摸，让她受不了。他最早也是学绘画的，小时候在乱葬岗子捡了个骷髅头，用河沟里的水洗干净，就藏在自己的被子里，没事就摸那个骷髅，晚上搂着骷髅睡，一遍遍地在纸上、河滩的沙子上画那个骷髅……

　　后来他的妻子送女儿到美国读书，就没有再回来。失去妻子的前几年他非常痛苦，家庭是天性和文化的妥协，他很后悔当初不懂得妥协。刚结婚时无论是他们自己认为、还是在别人看来都是完美的结合，其实哪有完美的结合？只有在结合中双方趋向和谐，慢慢找到各自属于自己的完美。可惜他们错过了机会，走到了反面。

　　孙秀禾听到这儿禁不住想，竟然连祝冰这样的教授家庭也是走着走着就散了！农民的家在散，城里人的家也在散，有彻底散的，有名存实散的，有正在散和准备要散的，家庭散伙似乎成了一种时尚……她险些脱口而出，我喜欢被你摸的感觉。话到嘴边改口道："您为什么要摸骷髅，摸人的骨头？"

他说："人都是骨头撑着肉，只有摸了骨骼和筋肉的形状和结构，对一个人的形体样貌才有把握。"

她还关心他一个人怎么生活："您每天吃饭怎么办？"

"现在最不成问题的就是吃饭，吃饭有两个目的，一是为了生存，填饱肚子才能活着、工作；二是为了快乐。家里有厨房，学校有食堂，大街上有饭店，这两个目的都太容易就能得到满足。"

……

每天晚上两人的通信或通话，成了她最期盼、最快乐的事情。每晚一过 10 点她就处于一种焦灼、饥渴的状态，等待着他的信息。有时过了 12 点还没有他的信息，她禁不住一遍遍发微信甚至打电话，而他的工作不告一段落是不开手机的，他错过了通信的时间不是因创作大顺，就是创作不顺。他强烈地活在自己的创作情绪中，也感染着她跟着一起兴奋、快乐或担忧。两个人通信或通话，不知不觉也变得越来越无话不谈，且情意绵绵……

渐渐地，她认同了他的工作规律和作息习惯，也开始试着接受他的精神世界。她敏感的心灵随着命运的安排开始活跃起来，自己都觉得与现在的状态相比，前几年简直就好像是假装在活着。就这样，自然而然地，她发现自己真的喜欢上了祝冰。

她虽然生了两个孩子，却根本没有真正恋爱过，上高三时有时与班长偷偷摸摸地传达情意，无法与眼前对祝冰的依恋相比，不要说一天接不到他的信息会发疯，他的信息就是来得晚一点她都觉得受不了。后来她要求每到晚上 11 点，就是工作没结束也要打开手机。一旦听到他那些恭维的昏话，就羞怯欢恋，情致旖旎。

他有时甜言蜜语，有时胡言乱语，光是对她的称呼，一会儿秀秀，一会儿禾禾，一会儿小禾，甚至小丫头、小姑娘……她有时竟被这些亲昵的称呼弄得魄荡神迷。或许女人就需要这样被自己喜欢的人溺爱，宠赞。她相信祝冰这样跟她亲昵，也是他自己感情的需要。当每晚跟他通完话再躺下来，她神思如醉，内心畅满。

有一天她终于忍不住说出了口："我想你！你知道吗？"

"将心比心，我怎么会不知道？我也想你，所幸我可以天天看着你，把对你的思念融进作品。"

"这都怪你，天天说好听的哄着我。"

"说得不错，但不是我哄你，而是我让你认识了自己。一旦你明白如何去聆听自己，欣赏和爱自己，你也就能爱上别人。归根到底，你生命中所发生的一切，都是你自己吸引过来的。那天你不坐在道边举着烟袋出神，后边的一切都不会发生。"

"女人抽烟是不是很丑？那是我娘的烟袋，我有时累了、烦了，也会抽上几口。"

"有一种女人抽烟，益增其美，你就属于这样的女人，显得更成熟、更智慧。你不见好莱坞电影里的许多美人都拿着烟，不是为了抽，是为了美。"

"什么话从您嘴里说出来总是味道不一样，但我们不会有结果的。"

"那不一定，我是可以给你结果的，就看你的决定。再说生命的意义并不在于结果，而在于活着的每一个过程。每个人最终的结果都是死亡，所以人活着总要有点意思。说穿了，人生就是经历，当一个有意思的人，有意思地活着，做点有意思的事，这本身就很有意义。"

他的话像绕口令，却让她大脑开窍。

就这样两个人天天有说不完的话，情意越来越浓，孙秀禾觉得上一辈子就认识他了，他像她的情人又像她的父亲，哄着她、宠着她……

很快到了农历三月，塬上桃花开了，横山的冰雪融化，无定河的桃花水下来了，塬上的春耕春种也开始了，祝冰要来看她。

桃花汛期中的无定河，比冬季宽阔了许多，河水浑浊而湍急，河岸边的花木郁郁葱葱，一派北方的暖春气象。祝冰开着自己的大众吉普，在灿烂的阳光下，远远就看到秀禾站在他们当初见面的道边等候。他将车驶近后在路边停住，推门下车，定定地望着秀禾桃花般姣好的面容，幽深而含笑的双眸，然后就扑过去，两个人熟悉得像久别的夫妻一样紧紧抱住，急切地相互寻找着对方的唇。

孙秀禾没想到自己一点准备没有，竟会这么自然顺畅地就走到了这一步。待他们的想念和焦渴得到暂时的满足后才松开对方，祝冰为她拉开车门，两人上车后拐上进村的坡道，直接开进了秀禾家的院子。爹娘下地了，孩子们还没放学，家里很清静。

祝冰打开后车门，车座上、座位下放满了箱子、盒子、兜子……他先把箱子拿下来，就在院子里打开，里面有两个硬纸盒子，打开盒子里面塞满泡沫塑料保护着两尊孙秀禾的塑像，一尊就是那个泥塑，另一尊是大理石的全身雕像。丰姿慧美，又卓然入妙，跟她完全是一个模子刻出来的，隽洁秀异，风致端凝，又多了一种雍容、幽淑的气度。她一时目瞪口呆，欣喜异常，转头在他脸上亲了一口。

　　然后分别把两尊雕像抱到屋里，一尊放到自己屋里，一尊摆到爹娘屋里的迎面桌上。祝冰拉着她的手双双坐到炕沿上，直视她的眼睛，怎么想就怎么说，他希望她相信、其实也知道她会信任他：

　　"秀秀，跟你说一件严肃的事。口北建了个北方博物馆，很堂皇，藏品也多，应该是北方最大的博物馆了。去年他们找到我，在博物馆大院的中央、主楼的前面立一尊塑像。我憋了几个月不知要塑个什么，几个月前看到你的那一瞬间我骤然开悟，既年轻漂亮，又要有历史感、有深挚沉静的母亲风韵。后来爱上你就更好了，这也是我的一个梦想，将自己爱人的形象借助大理石而不朽，永远矗立于人世间，供人们敬仰、膜拜！"

　　"这是好事，为什么总不跟我明说？"

　　"以前不敢跟你说明，怕你不同意，这毕竟使用了你的肖像权，如果你不同意我还要在面部做些改动，改得在像与不像之间。可我不想改，我就想以你的面貌立一个'大地之母'。基座80厘米，塑像3.8米高，形神卓荦，仪态端静，既风神绰约，又满身散发着母亲的光辉。我给雕像定名为《大地之母》，你们这里有句老话不就是'千年老根黄土里埋'嘛！当初因大陆板块移动，非洲的猴子从树上落到地面上，才渐渐成为人类，大地就是人类的母亲，我雕塑的就是黄土高原上的母亲，从内心到外表都很美，又年轻有活力，充满力量。无论是博物馆的人还是学校雕塑系的师生，看了完成的雕像后无不惊艳，一致通过。我自己也觉得这是我投入感情和心力最多的作品，是自己的得意之作。"

　　孙秀禾就是先被他的智慧和精神的强大所征服，渐渐才爱上他的，她没有明确表示同意和感激，却搂住他的脖子一阵亲吻。自从这次见到祝冰后她像换了一个人，老想贴在他身上，跟他亲近不够。祝冰今天穿了一件样式极少见的夹克，头面也收拾得干干净净，显得很年轻，她越看越喜欢，原以为自己已经枯竭的心灵又滋润起来，甚至像无定河的桃花汛一样开始奔涌、激荡。

祝冰继续说："后天塑像揭幕，我想请你跟我一起去参加揭幕式，揭幕式一结束，我们两个一块儿回来种地，行不行？"

孙秀禾有点顾虑："我不会给你丢面子吧？"

这回是他搂住了她，在她耳边轻声说："你只会给我增光，那天整个博物馆里所有人的眼光都将盯着你。所以我给你买了墨镜，参加揭幕式的时候，只让人们看到你女神的风采，不让他们看清你的全部面目。如果你摘了墨镜，一定会引起轰动，走到哪里都被围观。这个塑像以及创作过程，将成为一段佳话流传开来，也是我们感情的见证。"

他想了想又说："我的学生会称呼你师娘、师母，他们不是开玩笑，是尊敬，你大大方方地接受就是了。"

祝冰说完起身走出去，把车上的兜子、盒子都拿进来："我给你买了两身衣服，试试看合不合身？"

一身是休闲装，乳白色的紧身上衣，黑色高腰宽松裤，孙秀禾穿上以后整个屋子都亮堂起来，突出了她健美有致的腰身，真率天然，了无矫饰，越发显得轻盈灵秀，窈窕娟娟。秀禾对着镜子，泪光盈盈，幸福感从心里往外溢："真想不到你还会买女人的衣服。"

"我哪里会买衣服，但我知道你的身高、三围，让服务员多拿几件，我来选。"说着他从兜子里拿出第二套衣服，是正装，准备参加揭幕式穿的。宝蓝色的直领衬衣和长裤，外面是浅棕色质地精良的薄大衣，肩上一系淡紫色的长纱，飘在襟前。他让她坐在炕沿上，耷拉着两只脚，他从纸盒子里拿出一双精美的深蓝近黑的半高跟皮鞋，却不给她试鞋，先捏她的秀足，从脚跟、脚掌到一个个脚趾，秀禾的身子都被他捏酥了，心里欢喜不尽地随他摆弄。他一边捏着一边说："以前我没有摸过你的脚，但看上去你的脚不大，我还有点奇怪，在农村少见有这么秀气的一双脚。"

她秋波盈盈："小时候娘总是给我做小鞋，说女孩子别让脚随便长，长个大蹄子，人没到脚先到，难看死了。让我穿小鞋，挤着点儿。"

"老太太有这般见识，难怪生出你这么漂亮的女儿。我买的大了半号，不知合适不合适。站起来，到外面走走看。"

孙秀禾自己都觉得整个人被抬起来了，她到衣柜的大镜子前，前后左右看个没完，祝冰又拿出迪奥的太阳镜给她戴上，往她身上喷了同一牌子的香水，后退两步反复地打量着，惊奇自己努力的效果，面前的美人神姿艳发，如云出岫。他情不自禁地赞叹："太好了，活脱脱一位高贵女神的范儿出来了！"

他将自己的左臂弯伸到秀禾面前："是挎着我的胳膊，还是让我拉着你的手，咱们到外面走一圈试试感觉。"

秀禾选择了挎着他的胳膊。这样的衣服和鞋一穿，胸自然前挺，腰塌下去，头就扬起来了，双双走出院子，正碰上刚从地里回来的两位老人和放了学的孩子们，大家吓一跳赶紧让开路。

祝冰向他们点头打招呼，秀禾故意不吭声，挎紧祝冰的胳膊向河边走去。她越走感到越舒服，胳膊也挎得越紧，紧紧依偎着祝冰，悄声说："这要让你花不少钱，怎么好意思，你给我的卡里的钱还没怎么花呢。"

"为你花钱我心里高兴，没有比这个钱花得更值了。等春种完了，闲下来，你跟我一块儿回北京，要好好买几件适合你的衣服。女人，特别是像你这样有身材有容貌的女人，如果不穿着适合自己的衣服，不把自己的特长穿出来，就是一种悲哀。"

当他们走到河边再返回来的时候，院子前面站着一群看新鲜的村里人，孙秀禾松开祝冰的胳膊，摘掉墨镜，一双儿女大声喊着妈妈扑过来，她哈哈大笑弯腰将他们搂在怀里。

她的娘抹着眼角进屋做饭去了，女儿不知有多少年没有这么开心地笑过了。她的老伴则在里屋看着女儿的塑像闷头不语，他不知道，女儿的心被这个人搅和活泛了到底是福还是祸？刚离婚就这么张扬，好像多臭美似的，可这个城里人靠谱吗？年纪是不是也有点大？

老太太知道他的心思，走进来低声嘱咐道："你给我打起精神来，在贵人面前不许带相。"

农村历来是把姑爷看作"贵客"的。

"这个人只要让我女儿高兴，我就认他！再说他不是比前边的那个窝囊废强百倍吗？"

老头嘴里哼哼两声，算是答应。

中午吃面条，简单省事，图个吉利。老太太昨天都准备好了，只剩下打卤、切菜码、烧水煮面，这就简单多了。很快热气腾腾的喜面捞出来上了桌子，这也确是一顿喜气洋洋的午餐，卤里全是羊肉丁，真材实料，香气盈盈。

家里增加了一个祝冰，气氛跟往常就完全不一样，首先孩子们打心眼里感到新奇，闹闹嚷嚷。秀禾换上了那一身休闲装，看着格外的清爽喜悦。

祝冰大口吃完面条，对着两位老人宣布："老人家，吃过饭我跟秀禾就得出发，后天上午参加口北的一个庆典活动。最晚大后天我们回来。回来后我就不走了，跟着一块儿种地，等春耕春种完了再说。农闲时二老也可以跟着秀禾到北京休息一段时间，我北京的房子够住的。"

老头抬起头，第一次正眼看着他，似乎没明白他的意思。

祝冰笑了："大叔，我是石匠，还是有点力气的，您看到禾禾的塑像了吧，我是用一整块大理石雕成这样，没点力气行吗？我是河北阜平人，太行山脚下，小时候种过地。"

老头似乎笑了一下，点点头。孩子一听说祝冰再回来就不走了，兴奋起来，希望他用泥也给自己捏个像……

饭后，祝冰从汽车的后备厢里拿出个大箱子，提到孙秀禾的屋里，对老太太说："大娘，这里边是我的衣服和杂物，回来用的，就不带着了。"

两个人一块儿上了汽车，老太太特意走到祝冰那一侧，对他说："路上千万要小心，高兴就在外边多玩儿几天，别惦记种地的事，地是种不完的。"

祝冰答应着，起动了汽车，顺坡缓缓而下。

【作者简介】

　　蒋子龙，男，1941年生于河北沧州。1962年开始发表作品，曾以《乔厂长上任记》《赤橙黄绿青蓝紫》等多次获全国优秀短篇和中篇小说奖。著有长篇小说《蛇神》《子午流注》《人气》《空洞》《农民帝国》及中短篇小说集和

散文集多部。2010 年由人民文学出版社出版了 14 卷本的
《蒋子龙文集》。曾任天津作家协会主席和中国作家协会副
主席。

王不见王

杨少衡

1

据我们所知，刚开始时王文章总说"五百年前是一家"，甜言蜜语跟王均套近乎，热切得就像恨不得再成一家。可惜彼王不是此王，人家王均有定力，洞若观火，始终对王文章之流保持高度警惕，予以有效钳制。

王均初到任时，有一天在大会场开会，会间她在台上侧身，指指台下第一排偏中位置的一个男子，低声问坐在身旁的县长娄士宗："那位是谁？"娄说明："林耀，建设局局长。"王均点头，忽然举手轻拍，命坐在另一侧、正在念稿的县委副书记陈冬木暂停片刻。场上大小官员一时惊讶，不知女书记忽然有何见教。当时大家除了知道她是目前本县老大，名字比较中性不像通常女名，但是长相宜人外，其他的都不甚了解。这时就听王均点名，要台下第一排林耀局长站起来。林耀没料到竟是自己中了头奖，急忙听命起立，站得笔直，却不知道究竟是哪里长得好，忽然就给领导看中了。王均也不说话，伸出手，拿食指与中指比个夹东西的动作。众人诧异，随即一起恍然大悟：原来是指抽烟。那时林耀右手持一支笔，左手夹一支烟，正一边做记录，一边吞云吐雾。

林耀顿时红脸，像是业余小偷被抓了现行。他赶紧把香烟扔在会议桌下边地上，拿鞋尖踩灭。而后王均比了比，示意他坐下，命陈冬木继续。

那时场上很安静。

说起来，林耀这个头奖中得有点冤：室内公共场所禁止吸烟早已归为常识，本会场却由于某个特殊历史原因属于另类，其时场上星星点点，各角落有若干轻烟隐然升腾，此起彼伏，并非只有林耀一个人在抽。虽然吸烟有害健康，毕竟还有相当比例烟民在为国家烟草税做贡献。这些烟民会犯烟瘾，时候到了就跟鸦片鬼一样直打哈欠。开会听报告长时间保持注意力集中不容易，有时难免感觉疲劳，这时候来支烟可以提神，有助于认真学习会议精神。这么说是不是歪理？无论如何，显然人家王均书记并不认同。林耀倒霉在于所掌管单位比较重要，开会位置靠前，让王均一眼盯住，用两根指头夹起来修整一番，以警示场上其他烟民。其实林耀胆敢公然于领导鼻子底下抽烟，也属事出有因：那时候可不仅台下若干下属抽烟学习重要精神，主席台上领导也有，就在县长娄士宗身边，离王均不过两个位置。该领导面前有位牌，身材瘦长，就是王文章。距离如此之近，无须侧身观察，烟味肯定已经对王均有所骚扰，她不会不知道身边这位"五百年前是一家"正在干啥。但是她做视而不见状，没有命王文章当众站起来，因为人家毕竟是常务副县长，在党政两套班子里都有名字，排位仅次于陈冬木，应当得到足够尊重，给他留点面子。这个时候活该林耀被当众收拾，那其实也是做给王文章看的。林耀把香烟往地上一丢，王文章手上那支烟忽也不翼而飞，不知道去了哪里。

会后，王文章表扬王均，说王书记堪比当年林则徐，举重若轻。林则徐钦差大人虎门销烟声势浩大，使尽九牛二虎之力。王均书记会场禁烟没多说话，只盯住一个人，用了两根手指头。

王均询问："王副像是有点看法？"

王文章表示并无看法，百分之百拥护。他还借机做了点说明，称多年前本县人大即已制定、颁布公共场所禁烟规定。当时他就下决心响应号召，公文包里塞满戒烟糖。后来发现不行，糖比尼古丁还有杀伤力，为防止血糖过高，不得已继续"吸毒"。本来也还注意点影响，尽量低调，找个没人的旮旯，背地里用力猛抽几口，依依不舍赶紧扔掉，叫作"秒吸"，偷偷摸摸，做贼心虚。没料时来运转，遇上了张书记。张书记在王书记之前，掌握本县大政近一届。这位领导烟瘾不一般，他在台上做报告时，台子左边放茶杯，右边放烟灰缸，一口水一口烟，喝水抽烟两不耽误，从容不迫，公共非公共场所无差别，全县大同。张书记任上烟民们感觉特别宽松，特别有尊严，老大抽，大家跟着抽，主席台上互相扔烟，自由自在，其乐融融，没有谁敢来干涉。所谓"上有所好，下必甚焉"，第一把手就是这么厉害，率领本县成为禁烟另类。岂料好景不长，张书记忽然出事了，虽然出的事与抽烟没有直接关系，毕竟造成了本县香烟环境历史性改变。现在王均来当书记，会场上林耀那些人吞云吐雾，主要还是习惯驱动，下意识而已，并不是有意冒犯领导，他们没那个胆子。

王均说："抽烟不是问题，是非才是问题。"

"当然。明白。"

女书记是非观念很强，什么对，什么不对，眼睛里有条线。她敢拉下脸，时候到了绝不含糊，难得的亦能掌握分寸，让人不容小视。该书记来历比较特殊，"五百年前一家"私下调侃，把她称为"伞兵"也就是"空降兵"，指其从外边下到本县任职。事实上由于干部交流力度大，加上任职回避制度要求，如今县区一级党政主官基本都是外地人，从本地成长起来的很少，因而所谓"空降"概念普遍适用，不同的只是降落高度有所区别。有的书记县长是从邻近县区提过来的，那是低空跳伞，有的是从市直下来，可以算是中空，最厉害的是高空跳伞，也就是从省里直接下到县里任职，这种领导自高处而来，见过大世面，非王文章一类井底之蛙可比。从省里下来的人当然也有区别，其中来自几大部门的尤其厉害，因为素质、历练与环境有别。王均下来前是省纪委一个处长，那个地方哪有等闲之辈？王还有基层工作经历，曾在省城城区一个街道办事处当过书记，后来成为区纪委书记，再到省纪委，此刻派来本县掌管一方，级别上是平级调动，明摆着是重视、培养，来日方长，未来不可限量，本县肯定只是她履历记录的一个小站点而已。以她这种来历，特别是在前任书记出事后从省纪委直下本县，不说所谓"有点事"的官员心里害怕，自认为"没啥事"的也不敢乱来。

"禁烟"事件过后没几天，女书记下乡调研，去了岭脚镇，刚刚开始看点，陈冬木突然来电话，报告了一起意外事件：本县北岗乡发生一场车祸，一辆卡车在一条乡际公路陡坡处倾覆，摔到沟底，车上人员非死即伤，目前已确认死亡4人，送院抢救7人，其中 3 名垂危。事件发生后，当地政府与相关部门迅速展开救援并立即向县里报告，分管安全的谢副县长正召集应急局等部门人员赶往北岗乡。这种规模的事故，按规定必须立刻报知书记、县长，亦须报告市里。当天王均下乡，县长到市里开会，副书记陈冬木看家，得知情况后陈亲自给王均打电话，询问可有什么指示。

王均了解情况："伤员送县医院抢救吗？"

北岗乡与县城距离较远，交通比较差，现场救援人员担心时间和伤情不允许，先把伤员就近送到北岗卫生院抢救，视情况与需要再考虑转院。县政府已命卫健委通知县医院做相应准备。

王均要陈冬木做好调度，此刻最重要的是救命，想尽一切办法保住伤员性命。事故情况按规定该怎么上报就赶紧上报。她还交代："有什么变化及时告诉我。"

"明白。"

接电话时，王均一行在岭脚镇区附近察看蔬菜基地，那里有大片塑料大棚，当地书记、镇长陪同王均视察。王均放下手机后扭头看了一眼，指着大棚区背后那片大山问了一句："这个方向往哪里？"

那座山就是北岗，土话称"北岭"。岭脚镇位于北岗山前低岭丘陵地带，北岗乡则在山那边。准确说不需要翻过山，眼睛所见，低山部分属岭脚，高处那些地盘就归入北岗乡地界了。

"近在咫尺啊，"王均下了决心，"去。"

她决定临时调整日程，立刻前往北岗，亲自探望伤员，督促救治。随同调研的县委办主任吴平赶紧劝说，称北岗看近实远，"望山跑死马"，加上路不好，车跑不快，挺费时间。车祸死人这种事，谢副县长赶去处置足够了，不需要第一把手亲自到场。王书记百忙之中，打打电话，提提要求就已经非常重视。

王均笑笑："打电话有你就足够了。"

她执意前往，说走就走，吴平哪里拦得住。一行人离开岭脚不久，新消息再次传到：送北岗卫生院救治的 3 名垂危者中，有一人已经不治。这位伤员不幸离世也造成本次事故不幸升级，以死亡 5 人进入了"较大安全事故"范围。

那一段路果然难走，曲折而坎坷，路面破损严重，呈所谓"畸肩"状，好比人的肩膀一高一低。这条路"畸"点相同，都是下行侧低破，上行侧略好。驾驶员说这是大车运石头压坏的。北岗石头好，以往运石头，这条路上全是运石大卡车，下山是满载，重车，上山是空车，来来去去，那一侧路面就给压"畸"了。采石叫停后卡车少了，路也没钱修了。驾驶员本人出自北岗，了解情况，路况熟悉，技术也过硬，"畸肩"难不倒，全程四十来分钟完成。他们突然到达乡卫生院时，现场人员个个措手不及，这是因为动身前王均特意交代不许提前通知，保证当地人员专心于救援，不需要分心筹划如何接待不期而至的王均一行。这么考虑貌似有道理，其实不合常规，县委书记驾到，哪有不提前通知的？但是人家王均就这样，或许是想趁众人对她了解尚少之际，来一次突然袭击，看看下边这些人在突发事件中表现如何。

没料到他们撞进了一场吵闹。吵闹发生于卫生院门诊楼一楼，挂号室对门的一间办公室里，该室房门紧闭。王均一行匆匆到达时，在挂号室了解车祸伤员此刻何在，值班人员指着走廊后边，报称都在手术室。一行人赶紧转身往那边走，突然一旁屋子传出怒骂，还有人大喝："快去！猪啊！"一行人诧异之际，紧闭的房门突然打开，一个人从里边踉跄而出，显然是被从后边推了一把，后边那个人可厉害，他不光推，还抬起一条腿，似乎要加踢一脚，只是动作没有完成，戛然而止。

有一两秒意外静场，然后是一声招呼，非常惊讶："王书记！"

竟是王文章，他非常及时地把一条长腿收了回去。被推出门挡在他前边差点挨一脚的那个人是郑光辉，本乡乡长，此刻满脸尴尬。

王均问："怎么啦？"

王文章笑笑："王书记亲临现场，真快！"

他立刻命郑光辉赶紧带路，随同王均去手术室慰问伤员。

王均问："情况怎么样？"

王文章报告说，重伤的3人中走了一个，另两个目前还撑着，情况依然危急。乡卫生院抢救条件不足，却又担心伤员死在运送路上。他考虑不能再等，得搏一下。已经命救护车紧急出动，送两个重伤号到县医院，医生随行护送，随时处理紧急状况。其他伤员生命无忧，就在乡里治疗观察。

"王书记有什么指示？"他问。

王均说："你安排。"

他们匆匆去了手术室。手术室外急救通道上，救护车已经到位，警示灯闪烁。乡卫生院院长和医生们以及若干乡干部都在那里忙碌。一听来的这位竟是本县新任女书记，大家一时很紧张。王均说："别慌，做你们该做的。"

她在那里待了半个来小时，慰问伤员，听取汇报，提出若干要求，而后离开。王文章一直紧随左右，直到把王均送上轿车。

上车后，王均才问了一句："怎么是王副呢？"

陈冬木曾明确报告由谢副县长前来应急，怎么忽然变成王副县长了？王文章虽是常务副县长，此时还应由分管安全的县领导出场才是。另一个疑问是王文章怎会如此神速。王均从近在咫尺的岭脚镇赶来尚需一点时间，王文章怎么可能比王均还快？不仅提前到，指挥安排之余，还能把郑光辉叫到房间里闭门谈话，怒骂，又推又踢，如此了得。难道他搭了架直升机？

吴平立刻打电话，一问明白了：此刻谢副和他那队人马还在路上，正在爬北岗山呢。王文章跑到现场发号施令应是自行应急介入，就好比王均自己从岭脚跑到北岗。作为常务副县长，本县排名第四的领导，听到出事消息特意赶来了解并现场指挥救援也属正常，不算越权。至于王文章从哪里搭的"直升机"，吴平提出一个合理解释：王文章是北岗人，其母住在乡下老家，今天是周六，估计是昨晚回家探母，住了一夜，今晨听到消息便就近赶了过来。

王均问："'嘎林内'是什么？"

吴平张口结舌，不知道王均问个啥。王均提到了刚才王文章与郑光辉在屋子里吵，她听到了一连串"嘎林内"，那是讲啥呢？吴平"啊"一声，明白了，连说那是土话、粗话，不太好听的，骂人的。

"不是骂猪的？"

王文章在房间里骂猪，那应当也属骂人，把郑光辉骂为猪。至于"嘎林内"的准确意思，还真不好直接对王均翻译。吴平拐弯抹角解说，土话"林"即"你"，"内"则是"娘"，"嘎"其实就是"干"。是啊，就是那个意思。

王均一撇嘴："该去刷刷牙。"

那意思是嘴臭，净粗话。

她还问了一个问题："这里有个'游客服务中心'？"

"有的，"吴平回答，"在建重点项目。"

"有多远？"

吴平答不出来，前排驾驶员替主任回答："还有五公里多。"

"知道路吗？"

"知道。"

"去看看。"

王均怎么会提起这么一个中心？主要是刚才郑光辉汇报，出车祸的卡车是游客服务中心工地运输车，死伤的都是工地民工。卡车载石头到工地，返程是空车，民工下班，图方便，爬上卡车跟着下山。货车车斗载人是违规的，司机可能还属疲劳驾驶，结果在陡坡上反应失当，摔了，司机本人也丧了生。

王均要去游客服务中心，并非拟勘查车祸现场，确定事故原因，这种工作归专业人员，即便是县委书记也未必能干。王均想看的只是工地，以对该服务中心有个大体印象，之所以想去留个印象，与车祸无关，另有缘故。

他们在那条路上走了近半个小时。路很窄，路面更差，有众多陡坡，若干地段已经被施工车辆碾出深深的车辙。翻过一个山坡，眼前突然开阔，一片工地赫然展现在前方半山坡上，这就是在建中的游客服务中心，属于本地"莲花山风景区"。工地范围不小，包括在建的一座大楼及其附属设施，还有一个大广场。大楼还在脚手架包围中，看上去有三层左右。大楼周边地形高高低低，有各种施工车辆在工地上穿梭。

按照王均的要求，驾驶员在坡顶停车，没有直接开进工地。王均下车，站在山头上观看工地。吴平紧随。

王均问："怎么会在这里搞这个项目？"

吴平有些支吾："是，那个，张拍的板。"

"总指挥是王文章？"

"是，是的。"

在建中的项目颇具规模，大楼及其附属设施加上广场出现在这一片山地间，某种程度上可称气势不凡，问题却也显而易见：号称游客服务中心，而游客在哪里？谁来让本中心提供服务？即便"莲花山景区"内容无限丰富，就目前而言，不说四面八方的游客拥在曲折难行的北岗乡际"畸肩"路上通行困难，仅从乡集到工地车辙遍布的这五公里路，就接连几个陡峭地段令人印象无比深刻，复制刚刚发生的"较大安全事故"无不条件充分。有哪些浑身是胆的游客敢来一试身手？交通状况所限，此间一座宏伟壮观的游客服务中心岂不是注定成为摆设？巨大投资岂不是注定去打水漂？

王均表情严肃，但是没有公开发表意见。看过工地后，一行人动身离开，再经北岗公路，回到了岭脚镇，继续她在该镇的调研活动。

两天后，王均在办公室接到王文章电话，后者请求王均安排个时间，想向她汇报一些工作。王均说："来吧。"

王文章是特意来做解释的。原来他母亲早在半年前就被他接到县城，帮助管他儿子。王那天去北岗不是因私探亲，是专程察看游客服务中心工地。该工地近期施工进度不太理想，他很不放心。他在周五晚间到北岗，第二天上午叫了郑光辉一起上山，本来也打算把乡书记叫上，不巧那位回县城，不在下边，只抓住一个郑光辉。刚到半路，忽然听到车祸消息，王文章临时改变行程，带着郑去了卫生院。

"跟王书记不期而遇，哈。"王文章打哈哈。

"遇得挺突然。"王均忽然问一句，"那个郑光辉还行吧？"

这回王文章可没拿嘴"踢"人，他满口好话，夸奖郑光辉是把好手。北岗现任书记是机关出身，基层经验少，比较弱，目前该乡工作主要靠郑撑着。游客服务中心那一摊子，王文章挂总指挥，现场具体问题还是靠郑去解决。

"我听说王副对这个项目还是很上心的。"王均说。

王文章称自己是北岗人，家乡难得开建一个重点项目，当然得多关心。但是项目总指挥是前任张书记硬要他干的，以本乡本土情况熟悉好协调为理由。他本人倒是真不愿意，本乡本土，有些事情反而不好处理，叫"本地猪屎厚沙"。

王均没听明白："什么'厚'？"

是土话，俗话，所谓"厚沙"就是多沙。说的是本地猪拉的屎里尽是沙，不像外边的猪屎干净，意思是本地事情难缠。说来也真是，例如征地搬迁，游客服务中心那片工地迁了一个自然村，平了两个小山头，那山头上全是当地百姓的祖坟，干这种事哪会不挨骂？有人骂王文章是本乡人祸害本乡，"汉奸"，骂得他就像当年那个汪精卫。郑光辉也是北岗人，同样挨骂，"小汪精卫"。

"郑光辉其他方面怎么样？"王均还问。

王文章知道王均问的当然不是郑光辉颜值几分。他解释，郑光辉那个事他原本不知道。那种事一向都是你知我知，没有谁会自己说出去，就好比前任张书记"与多位女性发生不正当男女关系"，得等涉案出事才给爆出来。郑光辉乡长当了一届多，几年间换了三任书记，就是没用他，着急了，想提拔，也想调到外边条件好的乡镇任职，便利用春节拜年，请求"领导关心"，给张送软包中华烟两条，礼金四万。张出事后交代出来，郑被办案人员叫去做了认定。送钱这种事无论什么理由都不应该，还好数额不算大，是从郑妻储蓄卡上领出来拿去送的，来路还清楚，不是受贿所得。郑肯定要因此受个处分，暂时无望提拔，看起来他还经得起，目前工作依然很努力。

"当时他只找过张？"

当时郑也找过王文章，只是大家都清楚，这种事别人只能帮助说几句话，解决问题还得找老大。而且王文章不主张郑光辉离开北岗，总是让他老老实实待在那边干，郑不敢跟他多说。相求时郑也送了一条烟，没送钱，因为王不收钱，郑也不需要送。算起来，他俩属远亲，比"五百年前"还近一点。郑是王文章外婆那个村子的人，辈分更高，王文章得称他"表舅"。由于这层关系，有时候王会跟郑开开玩笑，彼此"阿猫阿狗"什么的。

显然他想对那天与郑光辉的吵闹略做解释，但是只谈阿猫阿狗，小心地不再提猪，也不谈什么"嘎林内"。这位表外甥与他表舅间的瓜葛哪会这么简单。那一天王均亲眼所见，王文章真是火大了，如果不是外边有人，王文章那一脚肯定踢到郑光辉屁股上，一点都不会客气，那可不是"外甥打灯笼——照舅"。此刻王文章一味掩饰，只说好话，轻描淡写，王均也不多问，转口了解另外一个情况。

"我记得张的案子里也有跟游客服务中心项目相关的事。"她说。

据王文章所知，游客中心工程招标时，中标单位给张送过钱，具体数额有好几种版本，准确数据多少，得等案情公布才清楚。如今一个项目特别是重点建设项目涉及方方面面，程序特别复杂。论证、立项、设计、征地拆迁、招标、施工，很多环节都牵扯利益，需要领导拍板。张本人喜欢抓权，大事都得他定，一些利益方通过各种方式，拐弯抹角重点进攻他，他自己把握不住，就出了事。不过张的事情主要出在县城城区改造的几大项目上，这头油水大。莲花山风景区游客中心项目没有多少肥肉。

"你呢？当时也有人进攻吗？"

"免不了。"

王文章称自己胆小。农家子弟，出自一条大山沟，靠早起晚睡努力读书，好不容易考上大学，成为公务员，祖坟冒青烟了。一路摸爬滚打，终于当了这么个小官，很不容易，得特别珍惜。不敢说没有半点问题，人情往来，一盒茶一条烟什么的，都有，钱绝对不碰。有人怀疑他跟早先那位张书记之间有问题，其实他跟张的主要个人往来就是扔一支烟，点一次火。张腐败是张的事，他没跑去合伙。张涉案后交代了一堆人和事，除了郑光辉等一批科级干部，班子里也有多人被叫去问，传闻纷纷，他并不在其中，不是吗？张对他不错，放手使用，主要因为他肯做事，也能做点事而已。

"也想跟王书记提个要求，要个事做，"他忽然表示，"王书记刚来不久，本来不该给书记出题目。只怕别人赶到前边了，先容我说一说可行？"

"说。"

原来是涉及"客专"项目。该项目是近年本省交通建设一大重点，设计线路经过本县。该"客专"一期工程也即东段工程两年前开工，目前已接近完工，二期也就是西段工程已经提上议事日程。本县路段属二期工程，按上级要求，沿线各县需要成立相应机构，确立负责领导，协调各方，配合建设部门做工程。王文章提出让他来管这个事，理由是这条"客专"经过本县的路段，大多位于北岗乡，他来处理比别人有利。于他本人而言，为家乡做点事也属应该。

"都是出于公心？"

王文章嘿嘿，承认也有点私心，也许能在家乡留个好名声，不能总是什么汉奸汪精卫。搞得好，也许还能有一些意外好处，比如来日有机会让儿子挤进"客专"线，当个车站售票员什么的。哈哈，开玩笑。

王均说："主动要求挑重担很好，具体还得研究。"

"主要看王书记态度。"

王均直截了当："我觉得你不必多考虑这个。"

"书记认为不合适？"

"像你自己说的，那叫什么？猪屎沙多？"

王文章干笑："哈，也是。"

王均告诉他，据她了解，前任那位张的案子尚未结案，案情可能还会发展，还可能牵扯到一些人和事。她很希望除了目前已经涉案的那几个，本县干部特别是班子里的同志不要再被牵扯，都能平安过关。但是也不能心存侥幸，如果确实有些事情，还是主动向上级交代为好，不要等人家说出来，被叫去查问才坦白，那就被动了，只怕悔之莫及。这一点，她曾经在班子里讲过，王文章想必还有印象。

王文章笑笑："感觉像是指着我说的。"

"我更希望像你自己说明的那样，什么事都没有。"

王均还强调，身为县领导，除了廉政大事，其他方面也不是不需要注意。比如文明规范，讲话做事多注意为好，也就是所谓牙刷干净。调侃也要适当，避免不良影响。例如"空降兵""跳伞""五百年前是一家"什么的，尽管并无恶意，但难免也会被人解读出其他意味，不如不讲，该严肃要严肃。实际上她也是拿这些与大家共勉，并不是指着哪一个说的。

"明白。"

都说到这种程度了，还能不明白吗？

2

王文章决意走为上。以我们观察，这个决心于他下之不易。

时下官员所谓"走为上"，常被理解为不告而别，"跑路"，潜逃。这种情况早几年不时有见，跑得远者会偷越国境，几经潜行，远赴国外藏匿，有的后来进入"红通"名单被遣返，有的则不知所终。凡此跑远路官员无不属于"有事"，且都"有大事"，涉及大案要案。王文章不属于这种，至少目前看起来不像。他并没有涉案，即便如人们怀疑与前任张某案子有牵扯，看起来似也不是扯得很深，数额不可能太巨大，与那些跑路者相比，只属小巫见大巫，否则他早给办案部门控制起来，不会放任他在县城和游客服务中心工地间晃来晃去。以他这种情况，毫无模仿"跑路"之必要。

事实上，人家王文章所谓"走为上"是另一种类型，并非不告而别，非法潜逃。他考虑的是合法途径，离开一段时间，暂避。为什么做此考虑？主要因为王均。

那时候王文章已经不讲"五百年前是一家"，因为王均有提醒，也因为事实上确与"一家"相距甚远，尽管县委班子里姓王的只有他俩。私下里王文章自嘲，叫作"王不见王"，这位女书记很厉害，好比林则徐，禁烟坚决，不容置疑，烟鬼们怎么办？只好避之唯恐不及。这当然只是调侃。王文章还自嘲有时开玩笑不够严肃，与王书记性格不合，说得就像打离婚官司的夫妻法庭陈述理由似的，实际上摆出的都是鸡毛蒜皮。关键还在于王均是女上司，女上司往往有洁癖，是非观比较清晰，王文章自知此王不是彼张，自己很难让她放心，特别是人家目光炯炯，于王文章经常如芒刺在背，这种目光下小日子不太好过，似也不容易做成事，以长远计不如先躲一躲。出于个人情况，王文章很难远走高飞、另谋高就，必须以暂离而非长久甚至永久离开为基本选择。

那时候发生了一个意外情况：刘兴玉在西藏出了事情。刘兴玉是本县县委常委、统战部长，数月前刚成为本市四位援藏干部之一，加入本省本批援藏干部队伍，去了西藏对口支援县，在那里担任县委副书记兼副县长，仅次于担任县委书记的本市另一位援藏干部。按照现行办法，刘去西藏后与本县工作脱钩，但是原职务依然保留，以利两地配合。刘进藏后工作非常努力，不料却在下乡调研时遭遇山石崩塌，刘在同车人员保护下跳车，逃生中被飞石砸中，腿部重伤，所幸被及时救出，性命无虞。由于伤情较重，养伤需要较长时间，恰逢本期援藏工作刚刚开始，为保证任务完成，本省援藏领队建议迅速更换人员，经省领导同意，本市奉命挑选接任人选。理论上说，这位继任人选应在全市范围内挑选。由于刘兴玉出自本县，其援藏后，本县上下发动，在支援项目、筹措资金上多方努力，以支持刘完成本期援藏任务，为保证这些项目资金落实到位，眼下由本县选派人员接替刘，比从其他县区挑选更为有利。这一考虑使选派范围和竞争大大缩小，被王文章视为机会。一届援藏为期三年，目前仅余两年多，算来不长，归来后有一定选择余地，回到本县相对方便，职务还有望上升。

这两年多时间里本县情况可能还会有些变化，例如王书记可能高升，换来个汪书记，虽然不能指望姓汪的就不是林则徐，毕竟王不见王还是值得期待。

问题是此王要走，也还得过彼王一关。

他找王均谈了话，请求书记支持。

王均问："感觉你很迫切，为什么？"

王文章说："机会难得。"

"你说想为家乡做点事，忽然又动心其他机会？"

王文章表示，可以先去为西藏人民做点事，回来再为家乡做点事。

他当然必须这么说。什么"王不见王"之类，只供私下调侃，实在上不了台面。

王均不含糊，表态明确：援藏很重要，任务很艰巨，有时候可能还会遇险，好比刘兴玉。王文章愿意去接手，必然反复考虑过，对困难和危险有足够思想准备，也属勇挑重担。这件事的推荐权在市里，决定权在省里，如果征求她的意见，她会支持。

从王均那里讨到这句话，王文章信心倍增。他写了一份申请报告，亲送市委主要领导，并做当面请求。他还利用开会之机到省里找够得着的上级领导做工作，请求给予支持。而后他开了一份书单，从县图书馆借来一大堆与西藏有关的书籍，关在办公室，通宵达旦阅读，恶补西藏知识，志在必得。应当说王文章争取这一机会很有利，首先是内定挑选范围限于本县，几乎去掉了百分之九十的竞争者。其次是王文章本人资历胜人一等，比刘兴玉都有资格。刘是在确定援藏后才提任县委常委的，而王是现职常务副县长，此前还当过两年副县长。以这样的资历，他不争取便罢，一旦真想去，且不要求提拔，别人很难跟他争。加上王被认为是"肯做事，能成事"，这就更其有利，把握性比较大。综合各方面因素分析，王文章此番"走为上"确实可期，眼看轮到他去"高空跳伞"了。问题是空降都是从高处往低处跳，西藏位于世界屋脊，海拔那么高，从本县前往，还不如说是坐上火箭，"嗖"的一窜直冲云端。

王文章想坐火箭也还有若干不确定因素，其中最具威胁力的还是其干净程度。王文章曾为涉案的那位张重用，令人有所存疑。该案是省纪委办的，王文章到底有没有问题，可不可以让他坐火箭，上级才能把握。

那一天王均命人通知王文章，让后者于第二天上午去岭脚镇参加一个现场会，商讨该镇防洪堤改造项目。岭脚镇镇区挨着清溪河，现有防洪堤建于 20 世纪末，当时经费紧张，项目标准较低，而作为北岗山区降水下泄主通道的清溪河夏秋水量集中，堤坝存在隐患。王均上次到岭脚调研时听到了这方面的反映，认为关乎民生和人民生命财产安全，须全力推进堤坝改造工程。那天现场会去了几大县领导，王文章虽不管水利，却因常务副县长分管财政，需要参与。

王文章给王均打了个电话，表示完全赞成改造岭脚镇区防洪堤，财政方面是县长一支笔，他协助分管，党政两位主官决定的事，他完全照办。现场会他可不可以请假呢？不凑巧他明天得到省城去一趟，是约好的事情，昨天他已经跟县长请过假了。

王均问："公事吗？"

王文章略支吾："也是准备援藏吧。"

"不是还没定吗？"

王文章忽然转口："最近岭脚那条路不太好走啊。"

"比你那个游客服务中心难走？"

"那倒不是，"王文章说，"这几天天气特别不好。"

"这不是更需要吗？"

王文章笑笑："不说了，听书记安排。"

王文章所谓"天气不好"指的是下雨，时逢雨季，近段时间本地降雨集中，气象预报明日亦有大雨。王均所谓"更需要"说的是这种时候到现场看洪水更直观，更明白堤坝改造非常需要，刻不容缓。

不料出师不顺，王文章乌鸦嘴竟一叫灵验：第二天上午，一行人被大水阻挡在岭脚镇外两公里处。

这里有一条小溪，是清溪河的支流，小溪上有一个小水电站，建有一条水坝，该水坝同时亦为过溪通道，有一条村道从水坝上通过。这条村道比北岗游客服务中心那五公里山路当然好多了，平坦，弯道亦不急促，平时车辆也不多。近日由于镇区公路改造，通行车辆暂时改走这条村道，水坝便成为车辆进出镇区的必经之路。由于连日降雨，小溪水位暴涨，此刻竟至淹没水坝。从河岸上看，只见一片大水，有一座建筑孤零零立于水中，那是电站的泄洪闸装置，下部已经被淹没。隐隐约约，还可见两道横栏在水线上下起伏，那是堤坝两侧的矮道栏。

当天上午两王同行，两辆越野车一前一后停在河岸边。王文章下了车，从后边跑到前边王均这辆车旁。

"不能过，危险，"他对王均说，"恐怕得考虑改期。"

此刻除了这条被洪水淹没的村道，再无另外通道可达岭脚镇区。从降雨情况判断，几小时内洪水只会更大，不会消退，因此坐等亦没有意义。这时还能怎么办？王均坐在车里，眼睛盯着那片大水。凭着水面上那座建筑和隐约浮现的道拦，可以大体判断堤坝走向。水虽然淹过堤坝，似乎还没涨到足以淹没越野车的车轮、车头，理论上车还可以涉水而过。问题是谁也不知道会不会车行一半突然没水熄火。且上游洪水还在下泄，情况瞬息有变。半个多小时前，娄士宗与陈冬木刚刚从这里过去，到岭脚镇打前站，当时还什么情况都没有，岂料转眼水就没过堤坝。此时冒险过河，弄不好突然更大水势来袭，没准车会给推倒，甚至会连车带人给洪水推过道栏，滚入堤下，被洪水卷得不知去向。这时还能怎么办呢？没有其他选择，只能如王文章建议，打道回府，另择吉时。明天有一位市领导到本县调研，王均需要陪同，接下来还有其他急迫工作日程，现场会少说也得推到一周之后，甚至更长时间，这于王均是个大问题。

她问驾驶员："这条河开得过去吗？"

驾驶员看看前方，再往上游看一眼，口气不太确定："应该，可以。"

"那么走。"王均下了决心。

没有什么事比水火更急迫。面对大水，尤其感觉此间防洪堤建设之重要，王均决意冒险，涉水前进。驾驶员听命发动，车刚缓慢开出，突然外边有人用力拍打车身，"砰砰砰"一阵响，急促之至。

竟是王文章。他站在一旁等王均他们掉头，不料一看这个车居然往前拱，他着急，扑上前就拍打车身。

驾驶员停了车，打开车门问："王副怎么啦？"

王文章张嘴就骂："嘎林内！你找死啊！"

驾驶员支吾道："这是，这是领导。"

王文章当然知道，没有王均下令，驾驶员哪敢擅自往水里开。这个时候他也不跟王均说，只是挡在车头前，转身朝后边招手。眨眼间，他那辆车开了过来。

"不许急，我先过，"他命王均的驾驶员，"好好看着。不行了我会退回来。如果过去了，你再跟。"

然后他上了他的车，命司机往水里开。

几分钟后他们越过了河道中线。

王均下令："跟上去。"

两部车过了河，安然无恙，人机平安。

到了岭脚镇政府，下车后王均问王文章："你就这么敢，当着我的面骂我的司机？"

王文章检讨，称自己并非胆大包天，也没骂人，只是着急了，土话随口而出。如果眼睁睁站在一边，看着女领导给洪水冲走，他没法交代，还会永远被人耻笑，一辈子抬不起头，那样的话还不如自己给冲走。

"要是王书记给冲走了，我怎么办？"他说，"我还有求于王书记呢。"

"有吗？"

他再次提到请王支持，听说最近市里将做推荐人选决定。

王均没有吭声。

现场会后，王均找娄士宗了解情况，问的是王文章请假的细节。通知王参会时，王报称拟往省城办事。他是不是真的跟县长请过假，以什么理由？

王文章主要工作在政府那头，一般事项请假直接找娄士宗即可。娄确认，王文章所报属实，说是约了一个医生，专家，要带儿子去省城看医生。当时县长不清楚王均有意让王文章参加现场会，电话里就同意他走。带儿子看医生这种事完全就是私事，怎么说"也算准备援藏"？绕个弯差不多也可以算一点：此去两年，一跑远在天边，事前有必要把后院事务安排清楚，例如给老娘买件棉袄，给老婆买包面膜，给儿子配副近视眼镜。虽都属私事，可视为预备远行。

王均还是那句话："不是还没定吗？"

几天后，王均到市里开会，市委书记和组织部部长一起找她谈话，就援藏干部继任人选正式征求她的意见。王均明确表态，建议由陈冬木去接刘兴玉。陈冬木是现任县委副书记，挑选他能体现本市对援藏工作的重视，也有利于本期援藏任务的顺利完成。

组织部部长很含蓄地提了一句："王文章好像很迫切。"

王均回答说，王文章曾找过她，当时她也曾明确表态，可以支持他去。但是现在考虑，还是推荐陈冬木更合适。

王均回到县里，立刻通知王文章到她办公室。也就几分钟，王文章赶了过来，脸上带着笑，或许认为已经心想事成。显然他一直关注着事情的进展，也有渠道打听到市领导找王均谈话的动态，不需要多久，谈话的具体情况可能也会传到他耳朵里。王均不等别人去告诉他，直接找他来，亲口相告。

王文章呆若木鸡。

"我只是表示了我的态度。如果市里决定还是你，我会服从。"王均说。

王文章干笑一声："书记这一巴掌把我拍死了。"

"你不是还坐在这里吗？"

"没戏了，"王文章不满，"王书记答应过的。"

"我改主意了。"

"为什么？"

王均问："王不见王什么意思？王容不得王？"

王文章不吭声，起身离去。

几天后，市里上报推荐人选，果然是陈冬木，王文章出局。王均作为县委书记，她的意见无疑分量独具，上级领导当然也自有把握。由于这一回王文章努力争取，动静有点大，很多人有所耳闻，且都认为十拿九稳。大家都传说这家伙志在必得，除了"恶补"西藏知识，也还努力"恶补"身体素质，"为进藏做点准备"。西藏海拔高，氧气稀薄，沿海低地的人乍一去可能会有高原反应，据说严重的挺可怕。但是有一种"红景天"可以帮助人克服高原反应，那是一种中药，可煎服，亦有以此加工而成的饮品，装进饮料瓶，好比瓶装凉茶，饮用比较方便。王文章弄来一箱这种凉茶，每饭必喝，想必他身体里的抗高原反应因子正在迅速积累，应当已经具备了一飞冲天的条件。忽然间没戏了，定的是陈冬木，此王未遂，"恶补"种种，尽属白干。

这是为什么呢？悄悄地便有些议论在县里县外传开，比较具体的猜测还是涉张，也就是跟那位前任张书记的案子牵涉了。王文章为什么急于远走高飞？所谓"王不见王"只是表面原因，及早逃避才是内在驱动。只要能够走成，即使张案终于扯到他身上，只要情节不是特别严重，办案部门不太可能跑到西藏去把他抓回来，那样的话对本省本市声誉会有影响，也必然对本期援藏任务完成造成不利。因此最大可能是暂挂，待他回来后再收拾。这就是说王文章为自己争取了两年多时间，他可以在这段时间里内外兼修，有关系跑关系，没关系找关系，待到一朝凯旋，时过境迁，问题可能变小了，过关就相对容易。王文章的如意算盘大约就是这么打的。可惜他碰上王均，上级领导当然也掌握了若干情况，该算盘终于给打翻在地，接下来自有好戏，可以拭目以待，看王文章那些事还怎么收场。

果然，不到一周时间，市委组织部干监科通知王文章前去，领导要找他谈话。王文章按要求到达，才发现谈话领导竟有两位，除了组织部一位副部长，还有一位市纪委副书记。这是一次两家联合进行的干部约谈，这种谈话通常出自市委主要领导要求，对相关干部某些问题进行了解。以组织部为主，表明问题暂时还没达到交纪委调查的程度，但是约谈与交代过程中如有新的发现，也可能非常迅速地发展成案件。

两位领导给了王文章一份单子，列有十几条他们要了解的问题。王文章必须做当面汇报，还需要写出书面说明。

王文章看了那个单子，说："有几个是老问题，以前做过说明了。"

"可以再做说明，也可以进一步补充。"领导说。

问题集中在王文章近些年负责的一些项目的立项、招标、用地、开支等方面，其中包括莲花山风景区游客服务中心项目。两位领导要求王文章谈谈该项目情况，王文章还是那三段落：前任书记拍板，总指挥硬安给他的，他本人没有利用以牟取私利。

"这个项目一直有反映。"领导说。

"我知道，"王文章说，"当时有人骂我汉奸，现在还有人骂。"

"你没觉得项目有问题吗？"

王文章沉默片刻，突然改口："我还是直说吧。"

　　或许因为正式约谈开不得玩笑，也可能因为自知真实情况摆在那里，上级总会掌握，不能总是推三推四。王文章干脆直接都搅到自己身上，承认这个项目，包括此前的"莲花山风景区"，都是他全力推上去的。起初几乎所有人都不认为项目搞得起来，包括那个张。是王文章千方百计运作，组织专家调研认证，提出建设规划，具体组织设计、争取省市项目经费支持、开展招商，一直到组织招投标，项目落地施工，所有环节都是他为主操作，他为之不遗余力。为什么？因为他是总指挥，更因为他是北岗人。总指挥表面上是张硬要他干，实际上是他跟张直接讨要，只是请张帮他做个姿态，这样接手有利避嫌减骂。他之所以力推这个项目，主要是考虑家乡条件不好，产业薄弱，百姓贫穷。北岗石材产业曾经兴旺过十几年，打石、锯石、运石、卖石，搞得山疤路破，河流污染，终因环境破坏严重被叫停。石材产业下马后，北岗百姓还能吃什么？不能都出去打工吧？他考虑还是靠山吃山，开发旅游是可行的一项，毕竟有山有水，大树参天，奇石遍地，可登山、可漂流。人文资源也丰富，例如有一座秀才楼，一家三代出秀才。有一园石牌坊，大大小小树了二十几座。

　　"是不是还有一个土匪洞？"

　　确实有。该"土匪洞"常被人拿来调侃，视为王文章忽悠瞎搞。这些人其实是不了解情况。北岗民间有句谚语"莲花山土匪洞"，莲花山说的是那儿主峰加周边山岭看上去像是观音菩萨的莲花座。那一带山岭地貌独特，有大量石洞群，只要识路，从山腰石洞钻进去，可以从山顶钻出来，还可以钻到周边山岭去。因为易守难攻，早年间曾有多股土匪盘踞，前前后后匪患闹了百年，所以才有"土匪洞"之名。在"莲花山风景区"规划里，土匪洞成为当地十大景观之一，改名为"剿匪洞"。这不是乱改，是有历史依据的。解放初，北岗一带聚集近千土匪，四处流窜，危害严重，解放军派了一个团兵力，加上县大队、区小队，民兵，在北岗剿匪三个月。由于地形复杂，土匪彪悍，仗打得很艰苦，解放军、民兵加起来牺牲了三十多位，终于彻底清除百年匪患。事后当地修了烈士墓，立了"剿匪胜利纪念碑"，现在都成了资源，既是自然，也是人文。规划风景区时，王文章提出可以借助这一资源，搞一个剿匪野战游戏项目，到时候让几组游客分别扮演土匪、剿匪部队和民兵，给他们发游戏枪，定几条规则，安排合适路径，在保证安全前提下，让他们钻进山洞，乒乒乓乓打个痛快。有人讥笑这是"王氏土匪游戏"，他认账，确实是他提出来并列入风景区旅游规划，他相信如果能办起来，该项目一定红火。还有人举报他以开发旅游为名，坑蒙拐骗偷，靠欺瞒忽悠把上级扶持资金、银行贷款和开发商资金骗到老家北岗山沟里打水漂，他认为说得对，也不对。如果继续坚持，把项目办起来，那就是一片新天地。如果项目中途下马，给搅黄了，所有努力包括金钱就打了水漂。

"你担心这个吗？"

王文章承认，前任张书记出事给带走后，他就预感游客服务中心项目可能会遇到波折，那段时间隔两天他就要抽空去工地一趟，有时是半夜三更赶个来回，催迫施工单位全速赶工。这也是想搞出既成事实。一般而言，投入越多，中止或者回头就越难。另外工程上也需要有一个段落，例如那座主楼，如果在封顶前停工，雨季一到，缺乏防护的墙体有可能被雨水渗透受损，严重的话将导致整个儿垮塌，那就前功尽弃。把封顶完成，就可以有效保护墙体，哪怕工程意外中止，东西还在那里，不会倒掉。出于这些考虑，他才拼命催促。千不该万不该，工地上居然出了事，而且是他最痛恨的车祸事故，一翻车死亡5人，列入较大安全事故，还引发更多注意和质疑。他真是气死了。郑光辉不检讨现场监管失职，反抱怨工期太紧导致大家都受不了，所以才发生事故。他听了恼怒不已，一怒之下差点拿脚去踢郑光辉。

"我对其他人很少动粗，当然更不会动手，"王文章解释，"郑光辉不一样。"

有什么不一样？还是那个说法：他俩是远亲，外甥打灯笼——照舅，阿猫阿狗从小一起长大。郑光辉还是因为王文章一再力挺，才能够一步步上来成为乡长。因为这种关系，别的可以不论，郑光辉绝对不该让工地出那种大事。

"现在主楼封顶了没有？"

"已经完成，"王文章说，"终于松了口气。"

他觉得工程中止已经迫在眉睫。新书记王均到任后，面对各种质疑之声，必定会下决心重新开展论证。既然无法继续推进，他还不如暂时避开。他相信无论请什么专家来论证，都不可能一边倒，都还会有保留意见。特别是工程投入已经那么大，谁敢一句话拿几包炸药"轰隆"炸光，背起一堆债务？最不利的情况就是烂尾两三年，待他援藏归来，时过境迁，或许就能继续修建。

"现在火箭坐不成了，"他自嘲，"红景天喝了一堆，全白干。剩下大半箱只好塞到床铺底下，人家陈冬木不要那个。"

"很遗憾？"

他觉得也好，也许莲花山工程不用再等两三年。

"你在这个项目里没有经济方面的问题吗？"

王文章说，哪怕他是个大贪、巨贪，也不会在家乡这种项目上贪半分钱。

"那么你在其他项目上怎么贪？"

王文章当即修改自己的说法，发誓迄今为止没在任何项目上贪过半分钱。

这种事能靠赌咒发誓解决吗？几天后，一组精干人员从市里悄悄进驻本县，加上本县配合人员，一起对王文章相关问题进行初查。调查人员了解的范围跨越十来年，从王当副乡长起，直到当下，王管的项目几乎都给问了个遍，整整查了十来天。

然后王均找王文章谈了一次话。王均告诉王文章，经请示市委领导同意，决定免掉王文章"莲花山风景区游客服务中心"项目总指挥一职，工程暂停，重新组织专家论证，以便做出科学决策。

王文章不吭声，好一会儿才表示："我预料到了。"

王均要求王文章正确对待。她还说，尽管有不同看法，王文章所做的大量工作和努力还是得到公认，总体尚好，骂王文章"汉奸汪精卫"绝对是定性错误。

第二条王文章也预料到了：干部群众反映王文章存在若干问题，其中收受、转送高档香烟问题比较突出。要求王本人认真整改。

王文章感叹："不如直接要求我戒了。"

"做得到吗？"

王文章摇头，称有时候人还得靠点什么，比如他得靠一支烟。

最后一条可称好消息：根据调查人员反馈，外界所反映的王文章几大问题，特别是所谓"涉张"事项，经查，暂未发现其违法违规的确凿证据。类似调查的结果通常直接报告上级，无须向相关对象反馈，但是可以跟当地主要领导通气，由其把握。鉴于王文章的情况，王均认为可以对本人有所告知。

王文章笑了："是不是出乎王书记预料？"

这话有点张狂了。

王均回答："在我预料之中。"

王文章惊讶。

"但是我需要确认。"她说。

王均不讳言，王文章确实做过不少事，所谓"肯做事，能成事"，但是针对他的举报与议论也不少。市委领导对此很重视，她也认为有必要搞清楚，所以才会有相关查核。现在确认了，看来这个王在这方面也还可以放心。王均感到高兴。

问题是机会已经不再，王文章床铺底下大半箱红景天已经用不上了。

王均提起一件事：按照上级要求，县里正在考虑成立"客专"项目配合指挥机构，需要确定负责领导。她个人意见，要王文章来承担。她记得王曾经跟她提过这件事，不过今天还需要正式征求王本人意见。如果王还愿意，她就准备按程序正式提出。

"你也可以不干。"她说。

王文章喜出望外："真的吗！"

"你说呢？"

"谢谢王书记信任！"

"但是呢？"

王文章明确："没有但是。"

"需要再表演一回，表明是我硬要你干的吗？"

"不需要了。"

3

　　"客专"是个啥？那就是一条铁路，或称高速铁路，高铁。"客专"的全称是"客运专线"，表明了这条高铁的特定性。

　　本县目前没有一寸铁路。直到被"客专"线工程设计师画上一条虚线，才一举跻身未来的全国高铁网，也进入本省的"一横"之中。本省高铁规划通俗称之"三纵三横"，"客专"属于中间那一横，其东端为本省省城，西端则穿越省界，是接入国家高铁网中一条连接几座大城市的骨干线路，本省省会将通过"客专"与它们联成一线。本县有幸为"客专"途经，完全因为地理位置：这块地盘恰属本县，你不想经过也得经过。同样的原因，这条线只能走本县的北岗乡，难以另谋高就，因为北岗在本县海拔最高，地理上属于本省中部一座山脉的余脉，而"客专"大体沿该山脉南坡而行。高铁有其缺点，没法像村道一样忽上忽下，得讲究高度坡降，当然也得考虑巨大成本。数年前"客专"规划刚刚披露，本县便有大量反映，希望此段线路南移，从本县县城至少从岭脚一带经过。经多方努力，未遂，高铁还是高高在上，唯青睐北岗。线路难以调整，只能退而求其次谋求"设站"，这一艰巨任务非王文章莫属。

　　所谓"设站"指建一个火车站。"客专"线原本规划于本市地界设一个站点，具体位置有东、西两方案，尚未最后确定。原因是本市北部三个县都属途经，三县都想争取，但是又各有想法，所谓"各怀鬼胎"，原因相同：线路只在山区一线通过，离县城都有一定距离，三个县不约而同，都想争取线路南移并于靠近县城位置设站，结果无一成功。由于本县在三县位置居中，且途经线路最长，设站理由更为充分，却因为北岗离县城太远，设站牵扯大量土地和资金投入，利用价值和性价比似乎不高，意见分歧较大。王文章从一开始就力主争取，建议千方百计让站点落在北岗，为此他列举了很多理由，其中有一条最核心的却没在其中，那就是他本人。王文章是北岗人，如果"客专"线只是途径他的家乡北岗，那么北岗人在付出土地、劳动之后，可以幸福地"看到铁路修到我家乡"，却难以获得更多利益。如果有一个车站设在北岗，情况顿时大变，必定会有一条连接车站与县城的高等级新公路作为配套项目提上议事日程，这将根本改变目前的交通状况，"畸肩"路将从此进入历史，北岗将从一个偏远闭塞之地一变而为本县铁路、公路结合的新兴交通枢纽，必定极大促进各相关产业发展，这便是全盘皆活。不说别的，王文章全力以赴的莲花山风景区及其游客服务中心，忽然就不再是"坑蒙拐骗偷"的打水漂项目，而是极富远见的产业发展措施了。

　　王文章当年就是拿"客专"线和设站作为重大利好，促成了"游客服务中心"项目的确立。当时"客专"线还在酝酿规划中，不免有人怀疑，如果到头来这条线不修，或者本地不设车站，那么王文章鼓吹谋划全得死个直挺挺，包括"游客服务中心"，当然也包括他自己。为什么王均甫一上任，王文章迫不及待就请求把"客专"事项交给他？那不仅是勇挑重担，更是救命之策。这个项目谁都可以来牵头，但是肯定没有谁会比王文章更切身，更上心，更急迫。王均改变主意，把王文章从"火箭发射场"扣住，把"客专"任务交给他，可谓看得很准。当然，如她这种有洁癖的领导，更强调委以重任之际，需要确认此人手脚基本干净。

　　王文章发表体会："女领导有两种，一种很一般，一种很厉害。

女领导一旦厉害起来，真是没有哪个男领导可比。"

下级表扬上级，可以不吝美言。王文章表扬王均是数十年里最好的第一把手，一举为本县注入了未来发展的强大动力。其实王这么表述也属自我表扬。王文章当然也自认跟王均没法比。女领导是老大，他只排名第四。女领导高屋建瓴，他满裤管泥巴。最重要的是女领导出于公心，而他私心重重。作为本地人，他自知将终老本地，如果只为自己捞取好处而不为家乡干些事情，本地人骂娘会骂进他的骨髓，让他来日躲进骨灰盒都不得安宁。眼下他在台子上，人们只能在背后骂他汉奸，一朝下台了，满街的人都会当面吐他口水，他可不想享受这种美好待遇。无论如何，他必须为家乡做点好事，留点美名。王均是省里派下来的，根本不需要考虑这个，只需多说少做平稳过渡，不必计较干过些啥，不出大事就好。时候一到，照样提拔走人，无须在意这个地方又怎么啦，谁会在这里想念或者骂娘。但是王均就是不一样，与本县干部群众同心同德，敢于面对巨大困难，不惜付出艰辛努力，任职一方造福一方，办实事办大事，绝不敷衍。本县干部群众看在眼里，铭刻在心，永不忘记。

王均问："这些话跟以前那个张书记也说过吧？"

王文章脸皮结实，面不改色："他喜欢听。"

"打包带走，去跟他说。"

这个重要指示贯彻落实不太容易。

虽然从此不再"高屋建瓴"，王文章倒也不负所望。这个人确有能力，加上有一股劲，如他自嘲，拿出当初"坑蒙拐骗偷"那些招数，加上"好工"也就是锲而不舍，不达目的誓不罢休，难题被一一破解，"客专"站点终于最后敲定，设于北岗乡，定名为"莲花山站"。这一过程中，前台上蹿下跳是王文章，后台遥控指挥是王均，后者起的作用可称巨大，不仅在于对前者的支持，还在于王均直接处理了几大审批难题。她在省直部门工作多年，上边的人头路径熟悉，知道什么事可以找谁，从省里相关部门到省领导，绿灯逐一被她打开。直到这个时候，王文章才感叹幸亏有这么大号一个"空降兵"，否则只靠一两串井底之蛙，不知还要费多少周折。

半年多后，"客专"线和车站项目开始征地搬迁，王文章奉命常驻于北岗项目指挥部，紧盯不放，没有特别重要的事项不得离开。王均自己隔三岔五上山检查督促，确保项目按计划顺利进行。

那时出了件事情：有一天下午，县统计局局长丁家声匆匆上山，面见王文章，报告了一个急迫事项："截止期马上就要到了，怎么办王副？"

王文章问："截止到哪个钟点？"

是今天下午五点半，本周最后一个工作日下班时间截止。

王文章不吭气了。

丁家声匆匆前来，牵扯到一份重要报表，涉及上年度本县GDP的确定。GDP通常称为国内生产总值，它很重要，能反映经济发展，也能表现政绩，因此也可能被造假或注水。本县在前任张书记手上，曾接连数年GDP增长排名全市第一，这得益于争取一些重点项目和招商项目接连落地，但是也有相当部分的浮夸，也就是数据水分。比如北岗乡，原先石产业产值耀眼，治理整顿后石材厂倒光了，产值数据却不能少，必须以每年百分之几增长。王均到任后发现了这个问题，提出要挤水分，把数据做实。今年年初，县统计部门按照她的要求，组织力量细致工作，提出了一组新的统计数据，比之原数据有相当比例降幅。这份新数据当即被王文章压住，命统计部门先不要拿出来。

从担任常务副县长那时起，王文章一直分管统计部门，本县GDP那些事，没有谁比王文章更心知肚明。王文章向王均做了一次个别汇报，建议慎重处理。压水分搞准数据肯定是对的，却也得防止连锁问题发生。如果按照统计部门提供的新数据，那么本县发展增速将从当年全市前列一变而为倒数第一。

王均说："这不是问题。该是多少就是多少。"

"但是也会直接影响全市统计数据。"

本县调低数据后，全市的数据也将跟着相应下调，如果幅度过大，本市在全省内的排名会因之生变。这件事不仅影响本县，还影响全市。王文章建议可由书记县长一起去向市主要领导和分管领导汇报，然后再定。

王均听进去了，与县长娄士宗一起去市里汇报了情况。市长把统计部门领导叫来一起研究，最终同意本县对数据做一定调整，但是不同意一步压到位，因为牵扯太大，产生的数字缺口难以填补，只能视情况逐步消化。根据市领导的这个意见，县统计局做了一个新的上报方案，称之为 B 方案，比之前那个大压水分的 A 方案有较大回调。因为事关重大，王文章对丁家声强调，上报该方案务必直接请示王均。王均对该方案很不满意，一直压着不让报，直到截止期临近。

丁家声上山时，公文包里放着那份 B 方案。他告诉王文章，近日曾通过各种方式多次请示，王均一直不表态。昨日王均去省城开会，临行前丁再次找她报告，她还让等。可能是想借在省城开会之机向上级领导反映，争取再压一点。问题是今天下午下班之前务必报送数据。丁家声给王均打电话，未联系上，可能因为会场不能开机。后来又发了短信，未见回复。无奈，只能上山面见王文章，请示怎么办。

王文章问："你请示过娄县长吗？"

请示过了。娄士宗说这个事只能请王均拍板。

"既然这样，干吗还找我？"

"王副分管啊。"

"我还能管过书记、县长？"

丁家声一时语塞，什么话都说不出来。

王文章问了一个问题，以丁家声的经验，此刻王均还有争取余地没有？丁家声直截了当回答："已经到了这个时候，不可能。"

"哪怕误期，到头来她还非得在你这张表上签字，是这样吗？"

"恐怕是的。"

"这好比你抓了只绿头大苍蝇，她得生吞下去，不吞还不行。是吗？"

"我哪敢啊。"

王文章叹口气，称王均那样有洁癖的领导哪会心甘情愿活吞苍蝇。与其大家合伙，逼人家女领导痛不欲生自己去生吞，不如找个消化功能更强大的人替她吞了，然后还可以帮她出一口恶气。这个人该是谁？不就是活该分管王副吗？

他在那张报表上签了字，还有"同意上报"四字。丁家声拿回报表，却不离开，手发抖，脸发白，说不出话。王文章问："你是怕王书记回来后撤你职？"

他点头。

"我来跟她报告，没你事。"

丁家声走后，王文章给王均发了一条短信，称由于王均在会场无法联络，时间不允许再等，他已经以分管领导身份签字，命统计局将"B方案"报送，特此报告。

王均怒不可遏，当晚从省城给王文章打来电话，命王文章立刻去把数据报表撤回来，待研究后另行上报。

王文章说："王书记尽管批评我，事情不好再变了。"

王均摔了电话。

如果王均坚持，这份数据当然可以设法先撤下来，但是撤回本身马上会成为一大问题，其后果可能更难承受。王均作为第一把手，对此肯定心知肚明。基于这个判断，王文章才敢擅自作主，造成既成事实，让她不得不接受了事。

王均回到县城后，王文章在第一时间前去听训。王均冷若冰霜，劈头盖脸又是一顿怒批。所谓"替女领导吞苍蝇，还帮她出一口恶气"原来是这么回事，果然一如王文章事前所预料。王文章的消化功能确实强大，当场仅虚心听取批评，绝不多做解释。王均这种厉害领导明察秋毫，她哪里会看不明白，实在无须王文章喋喋不休自我表白。他只检讨自己存有私心，从前任张开始，统计名义上由他分管，实际张本人总是亲自过问干预关键数据的确定与上报，不容他人多嘴。但是现在如果追究，张得负领导责任，王作为分管也跑不掉。张已经涉案给抓了，王还在，一旦惊动上级，王文章便首当其冲了。出于这种顾忌，王文章很希望数据水分慢慢消化掉，平稳消解，不要闹大。

"即便需要我承担责任，也希望能缓一缓，日后再追究不迟，眼下不是时候，"王文章说，"难得王书记信任支持，让我能为家乡做点事。'客专'项目进展正在节骨眼上，那比什么 A 方案和 B 方案都要紧。"

王均不吭声，明显的那股气一点也没消。

几天后，王文章在北岗接到了县政府一份传真件，就领导分工调整征求意见。他注意到统计局已经划到别的领导名下，不再由他分管。

娄士宗打电话做了说明："是王书记的意见。说是让你专心去做'客专'。"

"感谢，这是书记、县长对我的关心支持，完全拥护。"王文章表示。

事情悄然而过。王文章专注于北岗，王均时时过问，一切似乎都恢复正常，但是他们彼此清楚，这件事谁也不会忘记。

夏日里，"客专"莲花山站隆重奠基，举办了一个奠基仪式。按照"隆重简朴"要求，仪式定于上午九点进行。王均早早地，七点就亲临现场，恰巧又遇上王文章声色俱厉发飙，骂的居然还是郑光辉。

"到时候少放一颗，"他吼叫，"老子砍了你！"

王均脸一拉："又怎么啦？"

其实没什么，王文章命郑光辉安排于会场四周悬挂四串大鞭炮，准备四个人，四个打火机。刚才一检查，所准备的打火机里有一个打不了火。还有供嘉宾奠基用的八把"锅铲"也就是铲土的铲子，王文章发觉其中有一把铲口有缺损，因此怒骂。

此刻郑光辉已经接任北岗书记，表外甥对他可丝毫没有更谦恭，不同的只是当众没见抬脚。王均一到，王文章马上变脸，夸奖郑光辉总是知错就改，少了个打火机，居然把王文章口袋里那个掏去凑数。

王均没多说，即开始检查。她天不亮动身，驱车近两小时，提前赶到北岗，是因为今天的奠基仪式虽然规模不大，于本市本县却属意义不凡，本市分管副市长将出席以示重视，必须确保无误。王均察看现场，检查各种细节，包括王文章的状态。

"怎么人不人、鬼不鬼？"她不满。

王文章称已经备好一件戏服，放在指挥部里，到时候一换就成。

他所谓"戏服"即正装，西装，正式场合目前需要那个。此刻没到时候，他身上是一件夹克，也还算齐整，只是这里一斑那里一点有不少烟洞，显示资深烟民地位。王均嫌他不人不鬼，主要是他灰头土脸，头发乱，脸色发黑，表情燥。

他说："工地上待着，人就燥了。"

王均听汇报，看现场，走了一个多小时。王文章紧随，寸步不离。王均注意到他的动作有些怪异，左手总插在裤兜里，从不拿出来，却又动个不停。起初王均没太在意，后来越看越觉得刺眼，忍不住问一句："你那个手怎么啦？受伤了？"

"没有。"

他把手从裤兜里掏出来，拍一下，表明一切正常。

但是剪彩时出了意外：郑光辉的四挂鞭炮放得山响，一颗不缺全给点着，供嘉宾铲土的八把铲子把把完好，不见差错，掉链子的竟是王文章自己。他换了"戏服"，站在王均身旁，为左侧最后一位剪彩嘉宾。动剪时他用左手抓着彩条，右手持剪刀，居然两手发抖，接连几剪，没有哪刀能剪到底。一旁王均发现不对，看了他一眼，他低声喊了一句："王书记帮我。"

王均即接过他的剪刀，只一下，刀到带断，干脆利落。

简短仪式结束，送走市领导，王均看到王文章又把左手伸在裤兜里。

"到底是什么?"她眉头一皱问。

"没什么。"

"掏出来。"

王文章把东西从裤兜里掏出来。原来就是一盒烟,已经给捏成一团烟渣,一把杂碎。烟盒皮、过滤嘴、烟丝、烟纸,啥都有,就是没有一根完整的。

也许是一团烟渣够刺激,他忽然崩溃了,当众仰头,大张嘴巴,打了个漫长的哈欠,长如百年。居然还流了点口水,丑态百出。

是犯瘾了。为了准备奠基,他已经三个晚上没睡完整觉。他不怕熬夜,只要有烟。今天上午没办法克服,陪同王均抽不得烟,搞得人不人鬼不鬼,剪刀都拿不稳,瘾急了只好拿手指头在裤兜里解决,把一盒香烟一根根捏碎。

王均问:"谁有烟?"

郑光辉赶紧掏口袋。

"给他。"

没再多说话,女书记上车离去。

事后王文章调侃:经过成功举办"客专"莲花山站奠基活动,不仅本县交通和产业发展迎来历史性时刻,本县良好香烟环境也在开始恢复。

一星期后,市里考核组来到本县,一直深入到北岗工地。这个考核组考核对象仅一员,却是王文章。不久,王文章被任命为县委副书记。本县原专职副书记陈冬木援藏去了,保留本地职务,归来后肯定另有重用。因工作需要,王文章被增补为副书记,接手陈冬木原分管的那些事务。

　　自始至终，王均没跟王文章谈这件事，但是显然她是关键，没有她力荐不可能有这个安排。这位领导很公正，该批评敢拉下脸，该关心照样关心。

　　王文章升职后继续驻扎于北岗，主要任务依然是"客专"项目以及游客服务中心。后者经过了专家论证，在"客专"动工设站之后，重新上马已经没有疑义。王文章没再兼总指挥，只是一并管了起来。

　　然后有一个报信电话打到王文章手机上，消息惊人："听说搞到林则徐了！"

　　是林耀，县建设局长，曾经被王均拿两根指头夹起来示众过。他说的"林则徐"是谁？知道的就是机关里若干烟鬼，其发明专利还归王文章。当年林则徐禁烟获罪，被清朝皇帝贬到新疆。眼下王均的事与禁烟无关，一星半点火苗都没有，只涉及一些数字。数字并不是易燃品，却可能意外自燃，一旦数字像汽油一样猛烈燃烧起来，其后果非常严重。此刻这些燃烧的数字竟是本县GDP数据，涉及年初那份"B方案"。时间已经过去近一年，那些数字像是已经进了垃圾箱，谁知道竟会突然起火：有人举报本县数据不实，涉嫌造假，恰又赶上省内一起类似案件被上级查究、曝光，省领导高度重视，批示督办，省、市统计部门的联合调查组突然来到本县。

　　林耀听说事情可能会"搞到"林则徐那里，却不知道王文章才是最可能被"搞到"的那一个。如今类似调查都是所谓"问题导向"，任务只在查问题，不是来发红包。本县GDP的问题实不难查，曾经有过的一份"A方案"很能说明情况，找到那东西毫不困难。一旦问题查实，责任人必受处理。这种事的处理不同于贪污受贿，平常情况下不一定很重，撞到风头上就不好说了，严重的话会伤筋动骨掉几顶乌纱帽。具体而言，王均作为第一责任人要承担责任，王文章是分管领导，过去注水有一份，如今还一再主张不要急压，且涉嫌擅自作主，情节如此亮眼，更是跑都没处跑。

王文章骂了一句："该死。"

他把自己关在指挥部办公室里，整整待了一个上午，自称"考虑问题"，命众人不得干扰。实际上他是在里边抽烟，打主意，图谋自救。等到他出门时，那里是一屋子混沌，像是被一颗烟幕弹直接命中。

王文章直奔县城，途中给陈雄挂了一个电话。陈雄是市统计局局长，此刻与省统计局调查组一起下到本县，驻扎于县宾馆。王文章报称自己有重要情况要向调查组和陈雄报告，请陈安排时间听取。王文章自称清楚调查组刚刚进驻，工作正在有序开展。王曾分管统计，必定会被列为调查对象，可以等待调查组按既定工作安排，通知他后再来汇报。只因为近段时间他负责"客专"等重点工程，常驻于北岗，那边任务很紧，事情很多，只怕到时候调查组有请，他却给缠住了，弄不好会影响调查进展。今天恰好到县城处理一些事务，还有一点时间可以利用，这才主动联系，请求汇报。

"谁让你找我们？"陈雄很警觉，"你们王书记吗？"

王文章称自己没有跟王均报告，他也不会报告。所谓"王不见王"，王均让他守在北岗，不要到处乱跑，调查组到来这件事也还没有通知他。要是他向王均报告，那就是给自己找事了，因为他要反映举报的也包括王均一些问题。

陈雄动作迅速，随即与调查组负责人沟通，几分钟后便通知同意王文章前去。

王文章向调查组呈送了一份《情况说明》，作为书面依据，同时亦做当面口头汇报。有关"A方案""B方案"的过程被他完整介绍，只是隐掉一个细节，就是他曾建议书记县长向市领导汇报，他们也真的去汇报并得到了一些指示。说出这些无异于举报反映，相当于把责任推到上级那里，使事情扩大化、复杂化，因此王文章不谈。这是不是隐瞒真相？可以斟酌。该情况别的人或许不知道，陈雄本人非常清楚，根本无须王文章举报。是不是需要向调查组报告，怎么报告，陈雄自有把握。王文章也报告了自己擅自作主签字上报报表的过程，并不讳言如此大胆的原因就是害怕承担分管责任。王文章强调两大要点，一是此前本县数据水分，主要责任是那位出事的张，王文章作为分管领导只能听从。二是王均到任之后高度重视实化数据，"B方案"已经有所体现。未能全部压实有具体原因，非王均所能为。王文章在王均未曾同意的情况下，出于个人考虑擅自作主报送不实数据，主要责任在他本人，不在王均。

他不是自称要举报吗？这么举报算个啥？无异于见义勇为，或者不如说是投案自首。调查组最关注的其实就是所谓"举报"。为什么人家愿意在既定安排之外，先听这个王反映问题？因为他提到举报"包括王均的一些问题"，这是调查组需要的线索与要害。王文章知道怎么才能引起他们的注意，果然一语中的。

王文章还是举报了一个问题，就是王均没有针对问题做严肃处理。数据造假祸国殃民，擅自作主违反规定，都是此风不可长。但是王均只是严肃批评，没有给任何人任何处分。包括对王文章本人，也只是重新调整分工，不再让他分管统计局了事。

　　这是举报个啥？有如给领导提意见："一心工作太不注意身体了。"变相拍马而已。不同的只是王文章自我揽责加自请处分，表现得更充分。

　　王文章报告完情况，即驱车返回北岗，谁也不找，谁也不说。隔日，王均给他打了个电话，张嘴就批。

　　"谁让你那么干！"她怒气冲冲，"我不需要！"

　　"王书记不需要，王副书记需要。"王文章回答。

　　王文章需要什么？他解释：眼下他最怕王均离开本县，无论是出事还是高升。他曾突然梦到本县书记姓汪了，当即吓醒，发觉只是个梦，如释重负。他跟调查组谈的都是实情，所做的表示也都发自内心。

　　调查组在本县工作了两周时间，最终拿出一份调查报告，而后相关人员根据他们所负责任受到了相应处理，王均以负有领导责任被通报批评，而王文章受到严重警告处分。身处风口，这样的处分可算相当温和。另外还有一项众人均意料不到的结果，就是王均所希望的"压水分"竟通过这些处分得以实现。

　　王文章自嘲称，投案自首果然有助减轻处罚。处分是应该的，只要帽子还在，就可以继续做事。他自感得意的是有王均陪斩，一个小通报对王均不算什么，却可能让她无法那么快提拔走人。她在本县多留一点时间，于本县人民、"客专"等重点项目、他的家乡北岗以及他本人都是巨大福气。

　　有天中午，王均只带一个随员，突然光临北岗，事前没有通知。时值午饭饭点，王文章蓬头垢面，不人不鬼，被抓个现行：他在指挥部，身边围着几个人，一人一个饭盒，一边吃饭一边开碰头会。王文章吃饭时居然还能抽烟，一支香烟在烟灰缸上袅袅冒气，下边是满满一缸烟灰。王边吃边抽，物质精神两不误，拿尼古丁当下饭菜。他本人背心短裤拖鞋，包装得就像个包工头，身边围着的都是小工头。

王均驾到，大家一时慌了手脚，王文章赶紧招呼给王书记搬凳子上茶水，一边拿条裤子往腿上套。王均没多理睬他们，眼睛转向房间另一个角落，盯着看，离不开。

这里竟是另一个风光：有一张小桌，小桌后边坐着一个小男孩，大约十岁模样，长相清秀，满面阳光，非常招人喜欢。小男孩面前放着个饭盆，还有厚厚的一本书。他在一边吃饭一边看书，对屋子里大人的喧闹充耳不闻。

"这孩子是谁？"王均发问。

王文章招呼："小章，过来问书记好。"

男孩闻声而动，王均顿时心里一紧：小桌后边不是椅子，是一个轮椅。男孩推着轮椅滑过来，动作轻盈纯熟。他问了声："书记阿姨好！"童声清脆。

王均笑笑："好孩子真有礼貌。"

她让男孩去吃饭，好好吃，细嚼慢咽，不要光顾着看书。

这孩子是王文章的儿子，放暑假在家。王文章的妻子在银行工作，近日行里安排业务培训，去省城，儿子在家没人管，他把他带回北岗，跟他一起住指挥部。

"孩子奶奶呢？"

这段时间也在北岗老家，住在王文章大妹家中。

王均说："我要跟你谈件事。"

王均此来必有要事，因为很突然，很意外。近期北岗的几大项目进展顺利，铁路路基施工已经全线拉开，隧洞桥梁齐头并进，施工单位都是国字号大公司，本县主要是提供保障，配合处理涉及地方的各种事务。由本市和本县为主承建的"莲花山站"主体建筑、广场和配套建筑都已开建，配套公路设计方案已经通过，动工可期。"游客服务中心"主楼也开始内装修。这些情况，王文章都及时向王均汇报过，没有什么可让她不放心的，无须她突然赶来。此刻会是什么事呢？王文章赶紧命人打开会议室空调，把王均请到里边，单独谈。

很意外：王均考虑让王文章走人，离开他现在正在负责的重点项目，离开家乡北岗，也离开本县，去当"空降兵"，做一次"低空跳伞"。

这事怎么提起？明年是换届年，市里着手考虑换届干部事项，市委组织部部长通知王均，让她下周一到市里，部长要陪同市委书记跟她一起研究本县领导层人员的去留升退，让她提一个初步建议。王均考虑王文章是本地人，不能在本县当县长、书记，只能提人大常委会主任或政协主席，本县现任那两位都可以再干一届，轮到王文章至少在五年之后，从长远考虑，不如择机离开。由于前些时候统计数据不实的那个处分，目前他还不能提拔，可以考虑先平调到比较重要的县、区去，日后再谋求发展。王均想向市委建议让王文章去城中区，该区地位重要，是市机关所在地，人口与经济总量在全市排头。该区有几个重点项目要上，王文章抓项目有经验，能力强，非常适合。如果王文章去，很快就能进步，一段时间后，顺利的话可接任区长，提拔到其他县区也有可能。那就打开了大的发展空间，日后有望从县区长到书记，直到进入市级领导层。这种事当然也有很多不确定性，靠自身努力，也要看机遇。王均觉得有必要先与王文章沟通，听听王个人的意见，她本人倾向于让王离开。

王文章"啊"了一声:"很意外。非常意外。"

"你留在这里继续抓这些项目当然很好,换谁也不如你,"王均说,"但是机会难得,错过就可能耽误了。"

王文章问:"王书记是不是听到什么反映,感觉我有问题?"

王均说,任何事情都有正反两面,有一利必有一弊。本乡本土固然有利,也有所谓"猪屎沙多"之说。王文章抓"客专"项目以来,成效显著,大家有目共睹,存在若干争议也属难免,目前并不构成问题。她之所以考虑让王文章离开,确实也想让他避开日后可能遇到的某些问题,主要的还是希望为他争取一个发展空间。

"明白了。谢谢王书记。"

王文章道谢,然后断然拒绝。他说,如果是他有问题有所不宜,无须调离,可以就地免职,就地调查处理。如果不是这样,那就让他留在这里继续做这些事情,无须考虑他日后如何。就他本人情况,把他提到北京去当个部长,也不如让他留在本地当包工头。他早就清楚自己不能有任何奢望,只能选择终老家乡,死了就埋在这里。

"为什么?"

因为孩子,王均已经看到了。这孩子是王文章的一块心病。孩子原本很健康,很聪明,人见人爱。上小学一年级那年,也是暑假,由于工作忙,顾不上,他把孩子送到北岗,交给母亲照料。孩子调皮,与村中小朋友打打闹闹,跑到公路上,不幸被一辆拉石头卡车撞到,从此有赖于轮椅。王文章悔恨自责,他的脾气和烟瘾都是那以后上来的。从此他也最痛恨车祸,谁要在他面前谈论车祸,谁就像是跟他有仇。王文章平时打哈哈开玩笑,什么"空降兵""汪精卫"的，更多的只是排遣，苦中作乐。孩子已经成为残疾，可以想见一生的艰难。做父亲的希望尽量让他生活得好一点，父母在时有人照料，父母不在了也能有人关照，死死待在家乡可能是最有利的选择。

"到其他地方孩子就没人管了？"

当然没那么绝对。如果调到区里工作，可以把家安在市区，对孩子的教育和成长也许更有利。如果职务还能继续向上，掌握一定权力，想必还会有更多人来关心这孩子。但是总归不是自己的乡土，自己只算那里的过客，没办法指望太多。时候到了，身边的人一哄而散，丢下个残疾孩子怎么办？留在本县，再不济也还有七大姑八大姨可以指靠，顾念旧情的肯定也会更多，只要他多做好事。这么些年来，他在家乡做过的事情有好有坏。当乡书记时发展石材产业，破坏环境有责任。当副县长时坐镇北岗治理采石，关厂炸设备，打掉了多少饭碗，骂声不绝，却是正确的。现在的"客专"线和风景区建设对本县特别是北岗太重要了，视同做功德。做好这件事，家乡人们就会记住他。他们会说："那个人虽然挖过人家祖坟，也还是做过一些好事。"这可能有助于他的孩子日后过得更好一点。

王均批评："井底之蛙。"

她问了一件往事：有一回她让王文章随同去岭脚镇开现场会，涉险过洪水。后来才听说他原本要带儿子去省城看医生，那是准备去看什么医生？王文章回答，确实是约了一个专家，不是看眼睛配眼镜，是看神经内科，据说那位主任能治他孩子这种病。那一天没去成，隔了一周又去了，最终还是白走，孩子站不起来，已经无药可治。

"刚才谈到的事情，你是不是愿意再考虑一下？"王均问。

"王书记的好意我心领了，但是请千万不要提出来。王书记一定要答应，日后我和我的家人，包括儿子都会感恩不尽。"

王均摇摇头："好自为之吧。"

下午两点，王均动身返回，行前在指挥部大厅四处张望。

"孩子呢？睡了吗？"

王文章吼了一声："小章，出来。"

眨眼间，小轮椅"忽"地从一根柱子后边闪现，在厅里轻快地转了半圈，停在王均和王文章面前。

王均说："哎呀，小朋友这是骑滑板啊。"

小男孩快活地笑。他告诉王均，他能用轮椅踢足球，班里还没有谁踢得过他。

王均摸了摸小男孩的头，说了句："这孩子真不容易。"

她的眼眶竟然悄悄一红。

王均没有孩子。她丈夫在省城一所大学做行政工作。不知是因为工作忙，耽误了，还是从一开始就打定主意丁克，他们没有孩子。但是她喜欢孩子，毕竟是女人。

一个月后，本市传出爆炸性消息：王均调任城中区区委书记。

原来她找王文章谈话另有由头，并不只是她说的那样。一个县委书记即便要推荐手下干部，最多也就是提出那个姓王的可以平调出去任职，不可能具体到建议调城中区干个啥，想这么做必有特殊前提。显然王均知道自己即将调任该区，有意让王跟她过去抓重点项目，甚至考虑日后提起来做搭档，真是极其看重。她不能提前透露自己的变动，王文章不知底细，谢绝她的好意。不过即使她把底细和盘托出，王文章似也很难下决心死在本县之外。

王均这一调任别有意味：城中区地位特别重要，历任区委书记都是高配，同时任市委常委或副市长。王均则是平级调动，没有提拔。或许不久前刚因数据风波受到处理，尽管很轻微，却不好立刻就提，只能分步走。无论如何，把这么重要的地方交给她，表明了对她的看重，该女领导果然厉害，如王文章所评价。但是王文章也有看走眼的地方，例如他断定王均能在本县多留几年，结果被证明是错了，人家转眼就用这种方式"跳伞"而去。

这个结果对王文章极其震撼，如五雷轰顶。

4

那天市里会议结束时，王均把娄士宗叫住，问了些情况，提到了王文章。

"这个王胆子大，"王均说，"有一回当着我的面骂我的驾驶员，你知道吧？"

娄士宗嘿嘿："这家伙是有毛病。"

"帮我带个话，让他好自为之，"王均说，"我都记着呢。"

这一重要指示于当天晚间即传达给王文章，未曾过夜，原因是市里的书记会议很重要，本县连夜开会传达，王文章被叫出北岗参会听精神。娄士宗把王均的话带到，王文章听罢眨了一下眼睛，脱口道："不会吧？"

"你去问她。"

王文章自嘲："虽然我表现还行，挡不住女领导爱记仇。"

王均调离本县后，"王不见王"，城中区委王书记管不着本县王副书记了。不料该局面只维持了半年，王均提升一级，被任命为市委常委，进入市委领导班子，虽然主要工作还在城中区，就领导层次而言又成了王文章的上级。娄士宗在王均走后接任本县书记，娄个头瘦小，心眼也比较小，记仇水平不逊于女领导。当年本县书记姓张时，娄一直受压制，张喜欢瘦高不爱瘦小，没把县长放在眼里，却重用王文章，时常越过娄直接给王下指令，搞得常务副县长比县长还牛，娄士宗不知道的事，王文章知道。娄士宗能忍，表面上逆来顺受，心里当然满肚子火，直到张出事才感觉出了口气。王均到任后，县里屡有人质疑王文章"涉张"，娄士宗实有所推动。幸而王均客观公正，查无问题，该用就用，让王文章过了一段舒心日子。当时娄士宗审时度势，跟王均保持一致，对王文章也比较客气，彼此相安无事。王均对娄、王之间的内情心知肚明，她临离开时想把王文章调离，可能也因为担心日后不是"王不见王"，是"娄不容王"。不料王文章死心眼，放弃大好机会，铁定要死在本县。娄士宗成为第一把手后延续王均做法，让王文章继续驻守北岗抓重点项目，那些事确实没有谁比他更合适。但是应该让副书记知道的事情，参与的决策，却不时让王文章待一边去，有时开会都不通知。王文章自嘲这样最好，专职山大王，死心塌地坚守"土匪洞"做功德。王文章并非真的"王不见王"，他不时会给王均打个电话，也曾借机到区委大楼当面汇报，把北岗山上的各重要进展报告给王均，虽然人家如今不管那些事了，王文章始终不曾怠慢。汇报中王文章从不提个人事情，也不谈娄士宗，王均却很清楚，毕竟主政过本县，她有多条渠道了解。此次让娄士宗带话，她知道娄肯定会以最快速度完成任务。因为她是市领导，也因为娄乐意对王实施敲打。

　　第二天一早，王均准时到达区委大楼她的办公室，她所谓"准时"就是提前半小时，这是她的习惯，除非遇到特殊情况。已经有一个人等候于门外，却是王文章。事前他没有电话联系，直接闯上门来，提前半小时，他对王均的作息规则了如指掌。

王均没有显出意外。她命跟在身后的区委办随员给王文章倒杯茶，同时通知原定于八点召开的一个会议后延，推迟半个小时。

"我要听听王副书记都有什么要说。"她说。

随员给两位领导都倒了杯茶，起身离开，轻轻带上办公室门。

"王书记一定有重要事情要提醒我，"王文章直截了当，"请明示。"

王均反问："有吗？"

王文章记得王均在调任区委书记前，曾专程上山，跟他谈过一次话，当时就说过"好自为之"。直到王均调任，王文章才明白那是什么意思。现在王均带话，重提旧指示，一定又是发生了什么。估计除了重要，还很急迫，同时电话不宜，只能用这种方式提醒王文章注意。所以王才会在最短时间内直接上门面见领导，请求面示。

王均不置可否："你一定有些猜想、估计吧？"

"会不会是郑光明的事情？"王文章问。

"你说一说。"

王文章报告：郑光明是郑光辉的堂弟，实为亲兄弟，郑光辉本人过继给叔叔当儿子，所以两郑又亲又堂。按辈分王文章得叫郑光辉表舅，那么郑光明也算。郑光明当了多年村长、村支书，办石厂赚过些钱。禁止采石后，郑的公司改行做土方工程，拥有钩机、铲车等一批施工设备，在游客服务中心、"客专"线路和配套公路工程中都揽到一些业务。前些时候郑光明突然被带走，县委班子开会时曾简要通报，称郑利用金钱权势，以威胁、人身伤害等非法手段，企图垄断北岗土方市场，涉嫌黑恶，正在接受调查。其后不久，郑案被列为省、市扫黑除恶专项斗争的一个重点案件，挂牌督办。外界传闻纷纷，指郑光明背后有两根黑保护伞，小一点的那根是其亲堂兄，乡党委书记郑光辉，大的那根就是王文章。

"你是吗？"

"领导放心，我不是。"

所谓"本地猪屎厚沙"，王文章在本地负责工程，乡里乡亲众目睽睽，不能不特别小心，秉持公正。王均早就提醒过，任何事情都有正反两面，本乡本土固然有利，也会有相应问题，"好自为之"，对此王文章记得很牢。郑光明为人比较霸道，手脚也不干净，王文章一直对他很警惕。当年王当乡书记时，就曾查过郑光明一些事，给过留党察看处分，撤掉了村书记职务。那回工地上出车祸，王文章查问时得知出事的卡车属于郑光明那家公司，是通过郑光辉进工地的，气得差点一脚踢翻郑光辉，刚好被王均撞见。但是郑的公司通过合法招标争取工程，王文章并不干涉，因为当年是王文章下令关掉他的石厂，之后还得给人家留条出路。那时候郑光明转行搞土方工程，需要过审批一关，王文章还曾帮助给相关部门领导打过电话，除此之外再无什么瓜葛。王文章心里有数，无论人们怎么议论，一概一笑置之。

真的如此坦然吗？其实未必。为什么王均给王文章带话，他立马赶来面见，而且主动提及郑光明一案？显然该案不可能如太平洋海沟里的一条疑似泥鳅一样与他毫无干系。说来王文章也属足够敏感，娄士宗话一带到，他脱口称"不会吧"，为什么有这种感觉？因为他知道王均不可能因当年驾驶员挨骂如此记仇。那件事的要害不是王文章刷牙不挤牙膏，拿本地粗话怒骂驾驶员，是他把王均的车挡在身后，自己先下水蹚路，不惜替王均让洪水冲走。当时王文章出于本能，并不是刻意表演，王均都看在眼里，她的看法其实是在那一刻改变的。此前王文章于她可有可无，爱走走吧，高空跳伞坐火箭悉听尊便，她不阻挡。那一天之后不是了，她把王文章扣留下来，先查案底，查无问题即予重用。这个变化她自己从不提起，王文章却知道就那回事。因此王均忽然提起骂人，不是记仇，仅是让娄士宗带话的由头，要提醒的肯定不是让王文章多挤牙膏刷牙，那么会是什么？显然有要紧事，很急迫，此刻除了郑光明一案，似无其他。所以王文章才匆匆赶来面见。王均为什么不能说明白点，或者干脆直接给王文章打电话，命其前来听训话或直接相告？显然有所不宜。这种事很严重，很敏感，不比身上夹克尽是烟洞，不人不鬼那么寻常。

　　王均问了一个问题："当年你帮助郑光明过审批关，收受过他什么好处？"

　　王文章一口咬定没有，对此他非常谨慎。

　　"你跟他没有任何经济来往？"

　　除了有时碰面抽他一两根烟，再无其他。

　　"金钱呢？"

　　"没有。"

　　"股份？"

　　"王书记听到什么了吗？"

　　王均不加解释，只命令一条：王文章必须放弃一切侥幸心理，立刻前往市纪委投案自首，把自己与郑光明的所有私人经济往来交代清楚。

"我已经说了，没有这种往来。"王文章强调。

"真的吗？"

王文章还是一口咬定。他说，王均到任不久就曾查过他，事实证明他不是那种手脚不干净的人。单只是为了儿子日后生存，他也不会干那种事。

"郑光明已经交代了。白纸黑字，你有股份。"

"不可能！"王光明叫道，"这是谁说的？"

这还用问？王均怎么可能把信息来源告诉他？王均虽是市领导，目前主要工作却在区里，她不管办案，也管不到王文章，无论王涉嫌腐败还是黑恶，都是相关部门的事情，王均无权过问。但是显然她有信息渠道，以她的身份经历，上层、中层、下层都可能有渠道。她从某一个甚至某几个渠道得知了消息，这消息可以说跟她没有半毛钱关系，完全可以置之不理，但是她没有坐视发展，而是用这种特殊方式让王文章过来，问了情况，指出了要害。她告诉王文章，别管是谁跟她说，怎么说，事情究竟如何，王文章问自己就好。她警告说，此刻一味否认无助于事，以她判断，王文章的时间已经不多。赶紧投案自首，争取减轻处罚，也许还来得及。如果没有足够把握，她不会跟王文章说这些话。她不希望在王文章儿子非常需要的时候，他出了大事。

"真的不是那样！"

这种情况王均见过很多了。初涉案时，几乎每一个"对象"都坚称自己清白。但是案子办下来，最终还是全部承认，几乎没有例外。

"不应该这样对我的！"

王文章叫屈，称自己有幸得王均信任，负责惠及家乡的几大重点项目，他自感不能对不起乡亲和领导，确实是没日没夜，累死累活，不计得失，没有功劳有苦劳。在王均调任，失去强有力支持的情况下，他忍辱负重，依然坚持不懈，因为他不是在为哪一位领导干活，是为家乡百姓，当然也为自己。私下里他总是自嘲，劳碌委屈不算什么，只要好事做成，让人记挂，日后有助残疾儿子活好一点就可以。现在几大项目都起来了，一天一个样子，眼见得胜利在望，他也没敢松懈，毕竟工程还没全部完成，还有很多事需要去做。哪里想到忽然自己成了黑恶保护伞，还腐败了？他不是那种人，别人不了解，王均最清楚。无论如何，万万不能这样，他无法接受。

"王书记得帮帮我！"

"我是在帮助你，"王均下令，"现在谈那些没有意义了。"

她命王文章不要申辩，按她要求去做，马上。

"王书记！你得相信我！"

王均站起身："你走吧。我要开会了。"

"真的……"

"去跟他们说。"

离开区委大楼，王文章去了附近街上一个牛肉面馆，在那里要了一碗牛肉面。当天早起赶路，他还没吃早饭。由于不想让行踪为人注意，他没用公车，而是叫了出租。

他对老板指了指墙上的禁烟标志："抽一支行吗？"

老板略勉强："抽，抽吧。"

于是一支接一支，直到衣袋里那包烟抽光。这个时段小面馆生意不佳，冷冷清清，只卖出他一碗面，老板对污染环境暂予容忍，未强烈干预。

　　然后王文章拦了一辆出租车，踏上归途。车刚刚从收费口进入高速公路，司机陡然紧张：坐在后排的王文章动静异常，从后视镜上看，他低下头，脑袋顶在前排副驾座的背靠，肩膀剧烈晃动，伴着一串奇怪的"呕呕"声。

　　司机忍不住问："这位客人，身体不舒服吗？"

　　他没回答。

　　"要不要……"

　　王文章头也不抬，顶着前排后靠低声回答："掉头吧。"

　　"什么？"

　　"掉头。"

　　那时他才抬起头看一眼车窗外。司机大吃一惊：该客竟泪流满面。

　　高速公路上怎么掉头？只能到下一个收费站口，出站再倒回。半个多小时后，王文章进了市纪委大楼。

　　事到此际实已无救。如果王文章不现在自己走进这座大楼，接下来必然就是让这座楼里的工作人员带走。从王均谈话的严厉程度，可知事已急迫，迫在眉睫。如果刚才王文章没有让出租车掉头，而是返回家里躺平，等到人家把他带走，结果会是如何？几乎可以肯定会有"一二三四"，身败名裂，罕见例外，比之他人或许只会少了所谓"与多位女性保持不正当男女关系"而已。但是王文章自己走进来投案又能改变什么？与被带到"规定地点"如数交代，本质上并无区别，不外只是认罪方式不同。自首或许有助于减轻处罚，却不能改变其案性质。因此结果都一样，从此再也没有王副书记，再也无缘"客专""游客服务中心"。多年之后，会不会有人说："那个王虽然腐败黑恶，也还是做了点事？"恐怕未必，无须期待。多年努力，一朝尽去，屈辱无尽，可想而知，再无面目见江东父老、家人特别是自己的残疾儿子了。

王文章是什么人？这种状况下，居然不服，竟另有图谋。我们都知道他有前科，擅长"投案自首"，当年遭遇数据风波，他把自己关起来闭门抽烟，带着一屋子烟雾余味前去"自首"外加"举报"。这一回涛声依旧，他把人家牛肉面馆污染一番之后，打车中途，含泪折返，故伎重演主动上门，却与上一回南辕北辙。

他一张嘴就表示："有一位领导要求我来投案自首。"

跟他谈话的市纪委管办案的副书记即追问："哪位领导？"

王文章回答："不敢说是投案，我是来说明情况的。"

对方即叫来一个干部旁听、记录，此时此地可不容开玩笑。

王文章谈了与郑光明的过往关系，一五一十，什么情况，有何事迹，核心是强调自己清白，与郑没有任何经济往来，没有一分钱，没有一点股份。

"谁跟你说起股份？"对方突然问起具体情节。

王文章称郑光明出事后，县里传闻很多，他多多少少听到一些。

"关于股份他们怎么说？"

讲得比较含糊。因为确实没有，传闻都出于猜测。

"你可以谈得清楚一点，不要这么含糊。"

人家问的不是传言多含糊，而是具体人，是哪一个把含糊传闻传递给了王文章？

"主要是有，或者没有，"王文章强调，"确实是没有。"

对方不纠缠有无，唯盯紧人物："是哪位领导要你来投案自首？"

"她肯定也是听到了一些传闻。"

"到底是谁？"

"是王书记。"

王文章直接供出了王均。以职务层次，现在或应称"王常委"，王文章习惯称她"王书记"。王文章报告说，今天上午他到区委办公室拜访王均，汇报"客专"项目近期进展，事前没有电话预约，主要是不想干扰领导既定工作安排。不料刚一见面，王均就追问他与郑光明的关系，明确要求，如果有问题，必须立刻前往市纪委投案自首。他当面报告，没问题。他本人不是郑光明的黑保护伞，以往与现在跟郑都是"没有""没有""没有"。王均没有消除怀疑，依然强调让他去纪委自首。因此他来了，郑重申诉：所传问题确实不存在，请纪委领导深入细致了解，不要让他无辜蒙冤。

"你知道，你要对自己的话负责的。"对方警告。

"确实是没有。"

对方让王文章稍候，不要离开。自己站起身走了出去。

他肯定是去请示主管领导，也就是将情况报告给市纪委书记。而后他们会迅速研究一个处置意见，立刻向市委书记报告。

情况相当反常。眼下涉案官员投案自首，或者主动前来报称没有，做个人申诉，都很正常，不算奇怪，像王文章这种方式却不多见：说是来投案，却坚称无辜，而且有意抬出一位市级领导。如果他是一时失言说及，或者迫于讲清楚的要求而不得不交代出王均，那还比较正常。他不是，一张嘴就声称某位领导要他投案，明摆的是在做铺垫，引发注意，随时准备抛出。否则他完全可以回避，无须谈及领导，不必扯到五百年前，哪怕就说是七大姑八大姨命他前来自首，实也无妨。时下一些犯案官员为了立功减罪，在案件办理过程中检举揭发上级领导，也属常见。王文章却不同，他自称清白，有何需要举报王均以求立功受奖？应当说他提及王均也颇费苦心，细致拿捏分寸，例如他描述过程，表明不是王通知他来谈事，是他主动找王报告时谈及郑光明一案。王均虽是市领导，主要工作在区里，管不了王文章，也不管办案，只因在本县当过书记，本县相关案件的传闻传到她那里，这不奇怪。恰王文章自己跑来拜见，出于不希望原手下干部下场太可悲，她严厉敲打，要求王正视自己的问题，在还来得及的情况下投案自首，这没什么不对，可以视为要求相关人员配合办案，不同于泄漏案情干扰办案。但是王文章如此这般，有意的，公然把上级领导抬出来，扯进自己的事情里，就显得极不寻常。他有什么必要这么做？莫非他想把王均变成一面挡箭牌，替他抵挡即将到来的危险，这能行吗？无论行或不行，王文章实在非常不应该。王均待王文章不薄，不说以往，就说当下，在完全可以置之不理之际，她好心提醒，试图拉王一把，哪知道转眼就被王文章抛了出去。当年王文章曾经把王均的车挡在身后，自己替领导下去趟洪水。这一次他反其道而行，为求自保拿领导顶在前边，无异于把人家拖下水。如此行径，即便达不到汉奸汪精卫水准，实也类同于出卖。

接下来会怎么样？如王均自己说的，没有足够把握，她不会跟王文章谈那些事。作为市领导，王均绝对不是从菜市场某位卖肉小贩那里听到什么传闻，其消息必是来自内部。因此至少可以推断：王文章在郑光明的企业里有股份，该情况已经被郑光明自己交代出来，至于数额有多少，是值一个亿还是一百元，目前不得而知，郑光明肯定已经如数交代，王均或许也已经知道，但是她不能跟当事者说，也无须说，这种事还有谁比当事者自己更清楚？显而易见王文章不值一个亿，却也不会只值一百元，否则也无须劝他去自首。根据王均的严厉警告，可推知对王文章的调查已经启动，采取组织措施已迫在眉睫。王文章心知肚明，却执迷不悟，人已经到了纪委，嘴巴还喊清白。接下来呢？最大可能就是既来之则安之，进去吧，到里边去说清楚。

一小时后，王文章离开市纪委，获准返回。没有顺便"进去"，只是受命深刻反省，随时准备配合组织调查。

他回到北岗，时"客专"项目工程正进入攻坚。北岗区域内两条隧道已全线贯通，一座控制性桥梁全力赶工，本段铁路路基已基本成形。"游客服务中心"工程则进入扫尾阶段，即将大功告成。王文章在他满是烟雾的办公室里发号施令，带着各路人马在工地上周旋，一如既往，不同的只是每一天清晨的太阳于他不再意味着新的开始，而是可能结束。郑光明黑恶案如滚雪球般不断发展，先是郑光辉给带走了，继而轮到北岗乡派出所所长和县公安局一位副局长，该副局长此前也曾任北岗乡派出所所长。然后是县建设局局长林耀、现任县委政法委书记吴平，黑保护伞之宽广令人瞠目。而最招人热切眼球的王副书记却一直未传佳音，老在北岗山上晃来晃去，令人大惑不解。随着案情发展和四起流言，王文章的每一次公开露面都有了某种戏剧性，人们交头接耳，总问该王怎么还在这儿？

"毕竟工作需要，"王文章自嘲，"可见肯做事错不了。"

实际上只是时候未到而已，与做事无关。这个世界不缺事，不缺人，当然也不缺领导。少了王文章就没了"客专"和"游客服务中心"吗？当然不是。无论缺了谁，地球照样转，总有那些事要人去做，也总有领导前仆后继。

一个多月后尘埃落定，王文章被宣布停职检查，从此于活跃多年的各种主席台上消失不见，也不再现身于北岗工地。停职不就是个开场吗？接下来该轮到表外甥跟着表舅等人前去"规定地点"了吧？人们拭目以待，却总是没有等到正式消息传来，而此起彼伏的传闻总是被确认为误传。王文章居然始终没有"进去"，直到郑光明案结案，相关人员判的判关的关，王文章也终于修成正果，仅以对郑光明黑恶案以及郑光辉腐败案负有重要领导责任被撤职，降两级，改任北岗乡政府副主任科员。

　　那时候有关他的一些消息才被慢慢知晓。原来王文章涉案的要害确实就是股份，他在郑光明的公司里确有股份，是当年他出面帮助该公司通过审批后，郑送给他的干股。虽然没有上亿，连本加上数年分红累计也达近百万。蹊跷的是王文章竟然没有从中拿过一分钱，甚至不知道自己有这么巨大的一笔名誉财产。这个事的始作俑者却是大表舅郑光辉，他自己从郑光明手上拿了钱，叫作"亲兄弟明算账"，日后他给某位张书记送过四万元礼金，张出事后，郑光明供称礼金是从老婆银行卡上拿出来的，不是受贿所得，其实是瞎话，出水者同样是郑光明。当年郑光辉替郑光明游说王文章，请王帮助打几个电话，让郑光明的公司顺利通过审批，事后大表舅命小表舅给表外甥划一块干股，称会私下告诉王，眼下不必拿，日后用得着。不料日后果然有用，郑光明于案发后把它交代出来，写于白纸黑字，这行字差点就把王文章送"进去"，一举葬送。据称当时对王文章采取组织措施的纪要件已经送交负责领导，签了字即刻实施，这时王文章突然跑到纪委"投案自首"并坚称清白，事发意外且情节比较特殊，相关领导很重视，迅速碰头研究，决定暂缓一步，先把情况搞具体搞准确，再来动这个王。结果从郑光辉那里核对出细节，发觉郑对这笔股份一直"按下不表"，没跟王文章明说，想待"时机成熟"，因此王文章疑似无辜。问题在于王文章目前虽不知情，确实也有一份干股在他名下。如果郑光明不出事，他的公司垄断北岗土方工程，一直做大，王文章名下这笔钱就会越滚越大，一待时机成熟，例如王文章的残疾儿子成人了，需要用钱时，表舅兄弟奉上这笔股金，表外甥不会打灯笼笑纳吗？这种怀疑无疑具有合理性，但是办案只认证据。现有证据表明王文章目前不知情，且这笔干股随着案发已经成了泡影，那也就无须在调查过程中硬要王文章收下。

王文章没像其他人那样翻船沉没，关键却在王均。如果不是她及时严令王文章投案自首，恐怕一两天后王文章就会从北岗山上被直接带走，匆忙间只能往衣袋里塞一包烟。王文章到纪委投案却不认罪，那时候完全可以做自投罗网处理，直接宣布带走，为什么没有？原因也在王均：王文章把王均抬出来顶在前边当挡箭牌，使问题复杂化了。王均为什么要如此帮助王？不可能仅因为王曾是其部下。她部下还少吗？哪里能这么管？莫非王均在郑光明一案中也有牵扯？还有一个疑问：王均的信息是从什么渠道得到的？为什么郑光明刚在"里边"白纸黑字交代出王文章的股份，相关部门刚准备采取措施，王均就知道了？难道仅仅是通过外界传闻，以及她自己的经验判断？这里边是不是存在漏洞，例如个别办案人员有意无意泄露案情？这些问题一定得了解、搞清，这就免不了要询问王均本人。但是她是市级领导，省管干部，就本案触及她需要报告市委主要领导，通过相关程序。如果上升到查她，权限在省委，更非本市所能决定。事情从涉及王文章变成涉及王均，这就更需要慎重，更要求准确，更得把握好。因此王文章才得以暂时获准离开纪委大楼，逃过迫在眉睫的危险。这居然就成了他的一个转机，其后幸得办案人员细致，弄清该股份由来，王文章终未翻船落水，只是从一条中型帆船掉到了一条小舢板上。

投案之前，王文章在市区一家牛肉面馆接连抽了一包香烟，显然所有前因后果都被他从香烟里抽出来，吐在满屋子烟雾里。那时他还下不了决心，只在高速公路上痛哭一场之后，才决意实施。他哭个啥呢？遭遇波折？悔不当初？愧对乡人？或者竟是因为即将走出的这一步？无论如何，落水沉没绝对不在他的选项中，因为他自认无辜，也因为其儿子。这残疾孩子还没长成，作为父亲，他还没来得及为儿子谋一个赖以谋生的位置，哪怕是他曾提起的"客专车站售票员"。他一定要有个脱身办法，首先必须逃过迫在眉睫的被带走。如果有其他选择，他不会去伤及王均，但是显然他已经走投无路了。尽管抬出王均并不一定有效，技穷之际也只能一试。王均对王文章可谓仁至义尽，他为了自救居然出手把人家抬去挡箭，无论会不会给王均造成重大伤害，对王文章都一样，此生怕是再也难逃"汉奸汪精卫"之名了。

因此唯有痛哭。

5

"莲花山"站举办落成典礼，王均作为首席嘉宾隆重光临。此时她已经卸任城中区委书记，调到市里担任常务副市长。本站是她在县委书记任上争取下来并由市、县为主开建的，当年奠基时她亲自参加，此刻大功告成，落成典礼由她代表市委、市政府出席当然最为合适。落成典礼依然只能"隆重简朴"，却丝毫不减其意义重大。

　　那天王均提前到达北岗，一如既往。娄士宗率本县一众负责官员早早在现场迎候。下车时她环顾众人，忽然问了一句："那个谁？王文章不在吗？"

　　王文章还健在，未曾英年早逝，此刻虽未曾在现场晃动，其身份依然还是北岗乡政府副主任科员。值此重大活动于本乡举办之际，按常规王文章应当在这里承担相关接待工作，却销声匿迹。说来也属正常：如果不是王均光临，是其他某位市领导欣然出席，王文章跑出来摇头晃脑，即使官小帽子轻，也不算太有碍观瞻。王均来了就不一样，王文章曾经为求自保恩将仇报不惜伤及王均，该感人情节多为人所传，谁不知道？这个时候谁敢"叫王见王"？即便县、乡领导没留意，当事者王文章自己怎么敢不记仇？这可不是胆大包天出来露一脸勾起领导美好回忆的合适时候，此刻不说躲远一点，能躲到十八层地狱之下，王文章都会撒腿往那里跑的。说也好笑，这一切似乎冥冥中早有安排：当年举办奠基礼时，王文章空揣着一口袋烟渣，拿着剪刀打哆嗦，几刀剪不断彩带，只好求助王均，岂不早在预示这家伙到头来只好远远躲开？

　　不料王均竟主动问及，或许重回故地让她不免怀旧？这于远远躲开的王文章当然不算好事，于现场县、乡领导也有些敏感。娄士宗字斟句酌，小心翼翼地向她报告情况，称王文章降职处分后安排北岗，是出于其本人请求，当时王提出希望能继续参与家乡重点项目建设，将功补过。县里考虑这边几大项目一直是他负责，没有谁比他更熟悉，让他来配合，帮助出出点子，解决一些具体问题，对工作也有利，便同意了。根据反映，王文章回乡以来总的还是努力的，没有躺平，但是工作中也还有些问题，例如脾气大，话粗，有时还像当初当总指挥一样。这些问题县、乡领导都及时给他指出，要求改进。今天落成典礼因为要求"隆重简朴"，现场出席人员不能太多，因而没安排他。

"是没安排，还是他不来？"王均问。

"这个，这个……"

"让他来。"

娄士宗命乡里赶紧通知，要王文章马上到现场。可以先在指挥部待命，等仪式结束后再聆听王均重要指示。

"不。让他马上来见我。"王均明确表示。

这就有些棘手了。既然王均本人要求，把王文章叫来跟她见见何妨？问题是盛典在即，让它顺利完成最重要，此刻必须减少不必要的干扰，以免出意外搞坏情绪。王均提出见见王文章，属于突然起意，否则她早会交代。在北岗这里忽然记起王文章很正常，发令召来之动因就比较复杂。王文章给王均留下的记忆不会全属负面，但是最后沦为"汉奸汪精卫"比什么都恶劣，足以抹除此前所有。或许王均始终搞不明白王文章怎么敢那么干？她需要一个道歉，至少一个解释？也可能这个解释对她根本不重要，但是仍然有必要让王文章再长点记性，让他来，或轻或重点他几句，有助于让他永生不忘。哪怕一句不说，如此见面于他至少已经是一番羞辱。可是此刻即使有谁在现场猛踢王文章一脚，让王均非常解气，毕竟与落成庆典所需气氛有违，此刻营造热烈祥和氛围为上，不宜仇人相见分外眼红，只能等庆典过了，该骂再骂，该踢再踢。

乡党委书记匆匆去打电话，几分钟后他报告称，王文章手机关机，人不知去了哪里，一时无法联系上。娄士宗赶紧请示王均，称已命乡派出所民警协助，务必尽快把王文章叫来。此刻庆典时间将近，可否请王均先入场就位？

王均摆摆手："等。"

举重若轻，就一个字。她什么意思？如果不把王文章像犯人一般带到现场，她就不准备入场了？落成庆典就不能按时进行了？王均是现场最高领导，这种事只能听她的，她不开口，戏还怎么唱？

于是王文章便从十八层地狱之下给抓了出来。他被带到王均面前时，离预定的庆典时间只差十分钟。

从那一次区委大楼拜访，直到此刻，始终"王不见王"。忽然重逢于北岗，按照常规似乎得握个手，但是王均没伸手，王文章也只能把右手藏在身旁。他很客气很恭敬地一句问安："王市长好！"人家领导有水平、有高度，她不回答也不问候，只是指着王文章的上身问了一句："还是那件吧？"

她是说衣服。当年举办奠基仪式前，王文章身着一件满是烟洞的夹克，被王均嫌为"不人不鬼"，王文章即去换了一件"戏服"也就是正装上场。此刻王文章看上去依旧那么瘦长，脸上有点风霜，却着装正式，身上似乎就是当年那件"戏服"。

王文章回答称，没有人要求他穿得正式点，他也没有预想到王均会召见，只因为今天这个日子比较特殊，他自觉换了装。在今天这个特殊日子看到王均，心情特别激动，要感谢王均对他的关心帮助，不好之处也请王均多批评指正。

他或许是在用这种方式表达某种迟到的歉意，与当初出租车上的痛哭相呼应。

王均说："你可以先抽一支烟，平静一下。"

王文章称早已戒了。从那时候起，痛下决心，痛改前非。

"你儿子呢？都好？"

他儿子已经上中学了。他戒烟后，孩子居然随之变了个样子，如今越发懂事，学习很自觉。王文章已经提升了儿子未来的预期，觉得可以去考大学，至少是二本。或许到时候可以考一本执照，去当"客专"线上的列车司机？电气化列车，应该不需要靠脚去踩刹车，轮椅推上列车也早就不是问题。估计目前轮椅列车司机还不曾有，如果他儿子能开一先河，那就牛了，名闻天下。

王均一笑："告诉他，书记阿姨祝他心想事成。"

场上娄士宗诸位这才放下心来。如此看来庆典氛围情绪不受威胁，无须担心仇人相见分外眼红了。不料王均一开口又出了一个巨大难题。

"去给他准备一把剪刀。"她交代。

给谁？王文章！王均下令把王文章抓捕到案，既不是要叫来羞辱，也不是让他当观众看热闹热烈鼓掌，居然是让他上台参加剪彩。这显然是不合适的。按现任职务大小排，至少得多加十几二十把剪刀，这才轮得到王文章。问题是王均提出来了，娄士宗怎么办？看到娄面有难色，王均笑笑，问是不是剪刀不够用，不够没关系，她那把可以让出来。

于是只能照办。

落成仪式拉开帷幕，圆满成功。

"王又见王"这幕场景迅速流传，令我们大感意外。根据王文章对"客专"项目做过的努力，论功行赏，往他手里塞一把剪刀，虽说出格也还可以理解，王均亲自来递这把剪刀就隆重得过于刺眼。人可以不记仇，却总得记点好歹吧？对王文章这种"汉奸汪精卫"不往七寸里打就属功德无量，何须如此高看？

这里边是不是另有缘故？

　　有一种最具颠覆性的见解，认为连王文章都自惭形秽，躲在出租车里痛哭的"汉奸"出卖行径，人家王均并不那么看。该领导高瞻远瞩，胸怀宽广且是非分明。她早就说过，王文章总体尚好，骂他"汉奸汪精卫"绝对是定性错误。也许当初她命王文章投案之际，心中已然有数，并不担心王文章怎么说，相反，她把王文章逼去自首，就是准备让他说出去？王均对王文章有一个基本判断，嘴上严厉，心里却不排除他可能确实没有问题。如果他真是拿人钱财股份，命其自首有助于减轻处罚，如果没有问题，他自会极力叫屈，拼命挣扎，在落水前抓住任何一根稻草。如果王文章把她当一根稻草，那就让他抓，她自有处理的办法与把握。敢把王文章逼上梁山，还怕他说？或许他这一说，王均才好对王文章的事情发表一些看法，提供一点个人意见？毕竟她是老领导，对这个人比较了解。王文章早已不归她直接领导，办案人员不来相问，她实无资格对王及其案子说三道四，王文章扯出她倒是让她有了机会。问题是王文章算个啥？值得她如此在意吗？涉案官员好比麻风病人，让人避之唯恐不及。王均不避涉嫌，不惜伤及自身，只管伸出手去，为什么呢？顾念王文章有功劳有苦劳？记起王文章曾见义勇为？或者竟是因为一个能用轮椅踢足球的男孩？王均在跟王文章严厉谈话时提到过他儿子，说她不希望在那孩子非常需要的时候，他出了大事。显然她一直记着那个小男孩。小小年纪不幸致残的孩子应该得到帮助，对他来说，父亲出事会比天空塌陷还要严重。王均跟那孩子其实只见过一面，那是一个忙碌的中午，一个满面阳光、快乐活泼的小男孩把一辆轮椅当作滑板，轻快地滑行到她面前，问了声："书记阿姨好！"童声清脆。

　　孩子的声音无疑最具穿透力。

无论是什么，"王不见王"已成过去。"客专"线现已通车，"莲花山风景区"游人如织，当年曾沦为笑柄的王氏"剿匪野战"游戏正在那些山洞里打得如火如荼，众多年轻游客乐此不疲。

【作者简介】

杨少衡，祖籍河南省林州市，1953 年生于福建省漳州市。1969 年上山下乡当知青，1977 年起，分别在乡镇、县、市和省直部门工作。西北大学中文系毕业。现为福建省文联副主席、福建省作家协会主席。出版有长篇小说《海峡之痛》《党校同学》《地下党》《风口浪尖》，中篇小说集《秘书长》《林老板的枪》《县长故事》《你没事吧》等。

在维港看落日

滕肖澜

一

午后和煦舒缓的阳光，透过落地窗洒落进来，大团大团的暖意，在客厅里舞动着。即便是冬日，只要有日头，便不觉得萧瑟。玻璃窗会反光，会凑趣，把许多东西排列组合、放大了摆到你面前，是凸透镜，上扬的态势。站在 45 层窗前径直望下去，维多利亚港成了安静的一幅画，一动不动的，嵌在窗格上。只是颜色分明。最远那块，是滚着金边的，纹理清晰，遮住了海本来的样子，愈近便愈淡下去，也是很有层次的。距人最近处，是一片深青色。要定睛看上一会，才发现那里到底还是动的，人、车，还有海，缓缓地，一点点地蠕动，像老式诺基亚手机里的"贪吃蛇"。

刚过完年，郭妮便收到罗妍的微信："我下周来香港置办嫁妆。"

事先没有一点征询，甚至连她要结婚也是首次听说，开口便是令人无法拒绝的声气。这就是罗妍。本来到香港办嫁妆也没什么，自由行开通后，港澳通行证当天可办，从上海到香港只需一个多小时，比去趟苏州也远不了多少。问题是，郭妮人在香港，罗妍这么突然一来，自然是要在她家住下。情况就要复杂得多。丁维安那里不算，还要跟他母亲打声招呼，即便是他妹妹丁维纯，多少也要提一声。还是新抱（广东话，新嫁娘）呢，去年才结的婚，不用说地域也是个原因，上海姑娘香港媳妇，广东话也才学得结结巴巴，平常见面你好我好大家好，多余的话一句不说，做人做事都是夹牢臂膀，顺拐似的，跟演戏一样累。罗妍倒是一点不见外——真要是亲姐姐也就算了，偏偏又不是。郭妮不好说"不"，但心里别扭是肯定的，硬邦邦地回过去：

"哦，晓得了。"

一周后，罗妍如期而至。郭妮初时还有些担心，想不会两个人一起来的吧——总算没有。罗妍推着行李车走出闸口，身着绛红色毛领大衣，黑色皮裙，踩着十厘米的尖头高跟鞋，染成紫红色的长波浪盘在头顶，墨镜遮住了半张脸。她看见郭妮，幅度很大地挥舞了一下双臂，差点将旁边人的眼镜打飞。随即加快步伐冲出来，抛开行李车，与郭妮紧紧拥抱。郭妮吓了一跳，还不及反应，整张脸已完全埋在她领口的假狐狸毛里。

"很想你哟。"罗妍捏着鼻音。

郭妮嗯了一声。她吃不消感情这么直接这么充沛的人。礼节上她也应该表示一下亲切，但她实在没法子把"我也很想你"这句话说出口。事实上，她觉得罗妍也不至于会多么想念她。二十来岁才做的姐妹，不同父也不同母，一男一女带着各自的拖油瓶，组成了新的家庭，陌生人突然间成了亲人，尴尬到极点的关系，要说有感情那就是骗人了。郭妮不想骗人，也不想失礼，只好在罗妍背上轻轻拍了两拍："——欢迎来香港。"

出租车上，罗妍一件件地脱衣服，从大衣到毛衣，再到连裤袜，搞得动静很大。最后脱剩一件短袖，光着臂膀拿手当扇子。她说，没想到香港这么热。郭妮从反光镜里瞥见司机有些异样的眼神，"嗯，你应该事先查一下香港的天气——不过，穿短袖会不会有点太那个了？"罗妍把连裤袜卷成球，塞进挎包，问郭妮："为什么不开车？"郭妮怔了怔："驾照还没考出来。"罗妍嘿的一声，噔噔两下，甩掉高跟鞋，整个人往后一躺："本来还以为你老公也会来机场接我呢——有点小失望哦。"

晚饭订在楼下的"潮江春"，丁维安和他母亲、妹妹都出席。点菜时，丁维安问罗妍，喜欢吃什么。罗妍拿过菜单看了一遍，说随便。丁维安又问郭妮，你肯定知道的啦。郭妮记得罗妍喜欢吃烤鱼，便说"鱼"。丁维安点了一条清蒸老鼠斑。又点了例汤、白灼虾、糖醋镇江骨、鲍鱼鸡煲。服务员为每人舀了汤，分到各人面前。罗妍问："这是什么汤？"郭妮回答："南北杏无花果煲鹧鸪。"罗妍喝了一口："广东人煲汤是讲究啊——我们上海的汤就简单多了，双档，荠菜豆腐羹，冬瓜小排汤。"郭妮道："上海也有复杂的，你不晓得而已。我小时候过年家里吃的暖锅，里面放肉圆、鱼圆、蛋饺、蹄筋、火腿、香菇、冬笋、爆鱼……十七八样东西，满满一锅子，吃得浑身冒汗，肚皮滚圆。"鱼上桌时，丁维安拿勺子剔了一大块鱼肚肉，挟到罗妍碟子里，"上海一般都吃什么鱼？"罗妍道："上海吃的比较多的是带鱼、黄鱼、鲳鱼，或者到川菜店，吃水煮鲇鱼，要么是清江鱼，黑鱼也有。"丁维安点头："上海好吃的东西很多。"罗妍道："那倒是的，我们上海人这点真是比较幸福。不过你们香港也不差啊。"丁维安笑了笑:"马马虎虎啦。"

　　郭妮剥着虾,听罗妍一口一个"我们上海",不禁有些滑稽。她记得初次见到罗妍时,这个山西女孩还完全不会说上海话,与她父亲坐在一起,问他"有没有醋和辣椒酱"。对面便是郭妮和她母亲,小声用上海话聊着天。那样年纪的女孩,又是这样的场合,都是矜持得过了头,彼此不言语,连看人都是趁对方不注意,飞快瞟一眼,便立即移开。最后是双方家长让她们握个手:"以后一家人了——"两人手搭着,也不用力,任它自然滑落。郭妮瞥见罗妍脸上的粉,没涂匀,浮在面上像蜕皮。想,原来她还化了妆。罗妍应该是察觉了,立刻低下头,拿叉子去挑盘里的意大利面。那年罗妍十八岁,郭妮十七岁。即便到现在,罗妍的上海话依然说不好,发音有些古怪,偏偏对于那些时髦的新兴词又很敏感,比如"拽""屌丝""腹黑"……没头没脑地掺杂进去,"侬这人老拽的""屌丝一只,还要学人家腹黑"——上海话本就夹生,再添上这些舶来的浇头,实在奇怪。还有罗妍的打扮,郭妮觉得她也是狠下了一番功夫,从小练的不是童子功,便额外的用心。其实郭妮很想告诉她,马路上那些花枝招展过了头的,十有八九都不是上海女孩。土生土长的上海姑娘,行事做人都是往里收的,低调、慎言。就像化妆的最高境界是"裸妆",化了像没化。力气用是用的,却不露在面上。郭妮觉得,这些道理一两句话说不清,况且以她和罗妍的关系,似乎也没必要说。本就是不搭界的人,自从母亲去世后,便更是如此。从恋爱到结婚,郭妮只花了三个月时间,便把自己完全抽离了那个"家"。

　　丁维纯笑起来。是笑哥哥的普通话。"好烂哦——"她用广东话问郭妮:"我的普通话好,还是你老公的好?"丁维安立刻反击:

"至少我还敢说，你呢，怎么连说都不敢？"丁维纯只好说普通话："我怕我说得太好，你会墨（没）面子。"几人都笑。丁母招呼罗妍吃菜："你七、七啊——"拿公筷给她挟了筷鲍鱼。罗妍说声"谢谢"，又问："香港课堂上，是不是老师都用广东话教课？"丁维纯道："是的啦。"郭妮道："其实上海以前也是这样，老师讲课都说上海话。现在反过来了，小孩只会说普通话，上海话都不会说了。"丁维安道："香港也差不多啦，你去铜锣湾时代广场那边，说普通话的比说广东话的还多。"

结束后，丁维纯回宿舍。她第二天飞早航班，通常这种情况，前一晚她都会睡在机场附近的员工宿舍。她很客气地跟罗妍打招呼："这几天我要飞巴西，不陪你了。你玩得开心点。"临走时郭妮递给她一个袋子，里面是新织的围巾，"按你上次说的花样，不过织得不好，随便戴戴啦。"丁维纯接过，连声道谢，"唔该晒阿嫂（谢谢嫂子）"。

罗妍问郭妮："会织绒线了？"郭妮点头："刚学会。拿她练手。"罗妍啧啧道："不得了，贤妻良母。"郭妮嘿的一声："闲着也是闲着，打发时间。"

丁母要早睡，丁维安与她先回去了。罗妍想在附近逛逛，郭妮便陪她。

这是尖沙咀地区近年新造的高级商场，香港人的习惯是，把小区建在商场上面。商场有小门径直通到住宅楼，坐两层电梯走出去，偌大的小区平台，大树、花坛、会所、网球场、泳池，别有洞天。寸土寸金的地盘，楼也建得高。郭妮住的那幢楼，位置最好，直朝着海。一千三百多尺，差不多是 140 平方米。四室两厅，一间主人房，两间客房分别是丁母和丁维纯住。还有一间工人房，给印尼籍的女佣住，也是单独卫生间。

罗妍问郭妮，这套房子多少钱？郭妮报了个大概的数字。说谎没意思，商场里到处是"中原地产"。罗妍怔了怔："豪宅啊。"郭妮摇头："我们上海的房子不是更大？"罗妍停顿一下："——还是你福气好。"郭妮顺着话头："你呢，怎么突然要结婚了？"罗妍道："怎么是突然，我都 28 岁了。"郭妮道："都没听你提过。"罗妍嘿的一声："你还不是一样？人都没见呢，结婚证倒先领了。我爸常说，郭妮结婚像打仗一样。"

走了一段，罗妍又说到丁维纯。

"她多大了？"

"跟维安是双胞胎，今年 33 岁。"

"这个岁数还不结婚？"

"人家有自己的想法。"郭妮停顿一下，还是告诉她，"——她男朋友是飞行员，澳洲人。交往了七八年了。"

"空姐和飞行员，倒是挺配。"

"配是配，不过都在天上飞，脚不沾地。男女这回事，不接地气也不行。"

迎面走来一个鬈发的中年女人，见了郭妮便叫"丁太——"，郭妮笑应"张师奶——"，两人用广东话聊了几句才离开。罗妍问是谁。郭妮说是一起学煲汤的同学，"就在商场二楼，每周两天。"罗妍问："你还学这个？"郭妮道："学着玩。"

当晚，罗妍睡在丁维纯房间。郭妮直等她洗完澡上了床，一切收拾停当才回房："有事就叫我。"罗妍点头："麻烦你了。"郭妮瞥过床边那个大拉杆箱，"明天去哪里 shopping？铜锣湾，还是就在尖沙咀？"

"不急。再看。"

临睡前，郭妮倚在床上刷微信，见罗妍在朋友圈上发了条讯息"香港，我来啦"，附了一组照片，有飞机上、出租车上，还有晚餐时拍的，最后一张维多利亚港的夜景，看角度应该是站在阳台上往下拍的。丁维安凑过来，问："看什么？"郭妮把手机递过去。他看了一眼，还给她。"我后天去南非出差。这样等维纯回来，她可以和你睡。"

"不用替我们腾地方。"郭妮道。

他问她："在那边替你买什么？红宝石好不好？"

她摇头："什么都不用，平安回来就好——治安那么差的地方，非去不可吗？"

"早就定下了。"他在她额头轻轻一吻，"放心，没事的。"

第二天大清早，郭妮被门铃吵醒，是楼下保安，"丁太早晨好！不好意思，有位姓罗的小姐说是住在这里的，可没带门卡，也说不清门牌号，我猜想应该是你们家——"郭妮忙道："是的是的，麻烦你让她上来。唔该（谢谢）！"

罗妍进门时浑身湿透。她说没想到香港的天气这么奇怪，"前一秒还是晴空万里，说下雨就下雨，结果一分钟后又出太阳了……"郭妮道："你应该找个地方避雨。平台上到处是遮雨棚。"罗妍道："海边哪来的遮雨棚？"郭妮一怔："你去海边了？"

罗妍说她天没亮就去散步，沿着星光大道走了一圈，然后坐在文化中心前的台阶上看日出。吹着海风，看旭日的金光一点点爬上岸边船只的桅杆。"真不错，跟外滩的感觉不同。"郭妮想说"你这么早看过外滩吗"，嘴上道："怎么不多睡一会儿？"

"睡不着。是不是因为楼层太高，有高原反应？"罗妍开了个玩笑。

早餐后，丁维安上班，丁母与印佣去超市买东西。郭妮问罗妍：
"出去逛逛？"

"好。"

刚过完年，是淡季。铜锣湾的时代广场里，人并不很多。
GUCCI 和 LV 的门口也没有排队。两人一个个店铺逛，进去，出来，
再进去，再出来——郭妮冷眼旁观，觉得罗妍应该并不打算买东
西。神情漫不经心，这件拿起来看一眼，放下，再看那件，又放下。
脚步也是很有节奏，匀速而笃定。每个柜台都不错过，逗留的时
间也差不多，却什么都不买，也不问价格。女人买东西不会这样。
郭妮不吭声，只是跟着，与她隔开两步距离。从二楼逛到九楼，再
坐直达电梯下来。

"吃个茶，休息一会儿？"郭妮看表，中午十一点。

罗妍答应了。

两人又坐电梯到十楼"食通天"。挑了家餐厅。这个时段，早
市还未完全结束，午饭的餐牌也摆了出来。客人不多，是个空档。
服务员上来问"饮咩茶（喝什么茶）"。郭妮回答"普洱滚水"。少
顷，两个茶壶便送上，一壶是茶，一壶是开水。郭妮先不倒茶，而
是将两人的餐具放到跟前，拿开水将筷子、碗、汤勺、碟子逐一
烫过，再把水倒进旁边的大碗里。罗妍看着："这么讲究？"

"香港人的习惯，怕洗洁精残留。"郭妮道。

一会儿，菜上来。大多是早茶的点心，再添了个烧鹅。"吃菜。"
郭妮让了让。罗妍点头，说"好"。吃了几口，罗妍忽道："你早饭
是不是没吃饱？"郭妮一怔："喝粥，是容易饿。"罗妍道："我记得
你以前不爱喝粥。"郭妮又是一怔："老太太喜欢喝粥，陪陪她。"罗

妍道："你胃不好，喝粥容易胃酸分泌过多。"郭妮"嗯"的一声："问题不大。"

　　接下去的两天，罗妍提出要去海洋公园和南丫岛。都是耗时的地方。海洋公园一整天。南丫岛吃海鲜、骑脚踏车环岛，坐上返程船已是晚上七点多。船上，罗妍翻看一路拍摄的照片，又是笑又是说。郭妮一旁看着，终是忍不住：

　　"嫁妆不买么？"

　　"嗯，怎么了？"

　　"想买什么，先列个单子，一样一样买。有计划比较好。"

　　罗妍停了停，还是那句："——不急。"

　　郭妮心里咯噔一下，脸上依然是若无其事的神情："打算在香港待多久？"

　　"后天下午的飞机。"

　　郭妮松了口气，嘴上道："——明天去哪里逛？"

　　"随便。你替我定。"

　　第二天，郭妮提议去超市一趟："香港进口食品比较便宜，带点回去给叔叔。"两人坐地铁去北角的Jusco，到了那里，才逛了一会儿，便有人过来打招呼：

　　"嗨！这么巧？"

　　是个高瘦男人。三十多岁，黑色夹克，露出白色衬衫领口，笑容很干净，也很亲切。郭妮怔了怔，说声："是啊，真巧。"随即给两人介绍："我姐姐，罗妍——这位是胡绍斌，我在香港认识的第一位朋友。"

　　"别误会，我不是香港人。"男人对罗妍笑笑。

　　"他住在深圳，有时会来香港，"郭妮补充，"——大老板哦。"

"哪里，郭小姐开我玩笑，"男人的普通话带着广东口音，但还是比香港人标准很多，"开个小饭店，罗小姐有空欢迎过来捧场，就在罗湖口岸不远。"

男人邀请姐妹俩喝下午茶。阳光明媚的咖啡厅，靠窗位置。他给了罗妍一张名片，罗妍说声"谢谢"，也回赠了名片。郭妮有些惊讶，想她原来也印了名片。

"罗小姐也是开店的——我们是同行啊。"男人看名片。

"我跟你不好比的，"罗妍捏着鼻音，操一口上海普通话，"我们这种小网店，卖点蹩脚衣服，赚点小菜铜钿。"

"一样，都一样。"男人谦虚道。

郭妮往咖啡里加了半袋糖，端起来喝了一口，看向窗外。

回去的路上，罗妍向郭妮详细询问胡绍斌的情况，多大岁数、结婚了没有、饭店多大规模、怎么认识的，等等。郭妮一一回答。三十六岁，祖籍东北，单身，饭店她去过一次，还不错，朋友的朋友一起玩认识的。罗妍显得很兴奋，全身的体温倏地上升一到两度，脸上都泛油光了。她告诉郭妮，她过几天预备去深圳，试试那家饭店的菜。郭妮有些惊愕了：

"你不是明天回上海么？"

"没事，"罗妍道，"反正我签了一年两次往返，从深圳回来再走，机票改签也方便。"

郭妮不知说什么好了。停了停，忽地蹦出一句：

"你，是不是喜欢那个人？"

罗妍一怔。随即反问："——不行吗？"

郭妮又停顿一下，把嘴边的话咽下去。两人倏忽变得十分安静。有什么东西戛然而止，又似是蠢蠢欲动。三四天的时间，像在锅里煎饼，客套话场面话是一层，煎得焦黄软熟，差不多也该翻个面，让底下那层也见个光，否则吃了夹生，肚里反而不舒服。

"你这次过来，应该不是为了置办嫁妆吧？"下了地铁，郭妮径直道。

"嗯。"罗妍不否认。

"那男朋友呢？"

"天上飞呢。"

郭妮笑了笑。"想过来玩，就明说嘛，何必兜圈子说假话？"

"怕你不答应呗。"罗妍直截了当。

郭妮又笑了笑。

沉默片刻。

"少在我面前摆出这副皮笑肉不笑的样子，看得真难受，"罗妍陡地变了声气，"——有话就说，有屁就放，嘴上说三句肚里藏七句的，郭妮你能不能别这么讨厌啊？上海人我也见得多了，没几个像你这样，现在当了香港人，还是这副腔调，真恶心。"

郭妮有些猝不及防。下意识地朝周围看去，随即把罗妍拉到一边。

"有话好好说。我哪里得罪你了？"

罗妍"嘿"的一声。

"你来香港，就是为了和我吵架吗？"郭妮又问。

"说对一半。"

"那另一半呢？"

"看戏。"

"什么意思？"

"看大陆妹在香港怎么生活，削尖脑袋融入新环境。又励志又苦情。学广东话学煲汤，老公上班送到门口，给小姑子织围巾，陪婆婆喝粥清汤胃。郭妮我记得你以前口味很重的呀，浓油赤酱，狮子头、红烧肉、炸猪排，吃西瓜还要放糖粉。怎么现在只吃清蒸鱼，喝汤连盐都不怎么加。怪不得来香港不到一年，下巴都尖了。还有，在上海的时候，我看你也不是多有礼貌的人，我爸跟你妈结婚几年，你才勉强叫他一声'叔叔'，对别人也是不理不睬的，欠你多还你少的德行。现在倒好，连人家让个路都要说'唔该'，坐电梯替别人按着键，后面人还隔开十几米远呢，你撑着门等着，笑眯眯一副和蔼可亲的模样。你累不累啊？讨好这个讨好那个，连跟用人讲话都是轻声轻气像在谈恋爱——"罗妍说得飞快。

"不用你替我操心。"郭妮面无表情。

"我怎么能不替你操心呢？"罗妍道，"好歹也是姐妹一场。再说我也特别能理解你。我刚来上海那阵，也跟你差不多，恨不得把自己放到洗衣机里滚一滚，出来就变成正宗上海人了。上海人吃什么，我就吃什么；上海人玩什么，我就玩什么；上海人怎么穿衣服，我就怎么穿衣服；上海人说话的切口，我像背书一样，一字不落地记着。有一阵我看电视只看独角戏，就是为了跟着学上海话。所以我现在看你，就跟照镜子一样——你说，这是不是叫现世报？"

"别拿我跟你比。"郭妮冷冰冰的语气。

"还记得那时候你怎么挖苦我吗？"罗妍说下去，"你说，罗妍，几时你吃意大利面不放醋和辣椒酱了，再来谈上海人不上海人的问题——那时我刚把上海话说得有点意思，自己觉得挺像个上海女孩了，可你一句话就把我的自信心给浇灭了。你记得吗？"

郭妮不说话，脸上依然没有任何表情。

"起初我挺气愤，但很快就想明白了，郭妮你这个人，心里再怎样，嘴上还是留余地的。你根本就不屑睬我嘛，对吧？你之所以把这么刻薄的话说出口，是因为你发火了。"

"我发火了？"

"对。你发火了。因为那个时候，隔壁的欧阳喜欢我而不喜欢你，你——吃、醋、了。"罗妍把最后三个字放得很慢，一字一顿地。

"胡说八道。"郭妮不怒反笑。

"你不承认也无所谓，反正大家心知肚明。欧阳跟你是小学到初中的同学，十几年的邻居，可是我只来了几个月，他就请我去看电影了。我知道你其实也不见得多喜欢他，小四眼，个子也不高，走路还有点内八字——你是气不过，觉得他怎么会放着你这个上海小姑娘不要，而看上我这个外地妞。你觉得你是九十分，我最多能打五十分，要是他两个都不喜欢就算了，如果喜欢一个，那肯定非你不可。我知道这事对你打击很大，火是火的，却还不能说出口，只能闷在肚子里——那一阵，欧阳跟你打招呼，你都不怎么睬他。"

"你喜欢自恋，我也没办法。"郭妮说完，径直向前走去。

罗妍迟疑了一下，跟上去。郭妮的背影，单薄中透着几分倔强——就像当年第一次碰头，结束后她走在前面，罗妍跟着，踩着她的脚步。她挽着她母亲的臂弯，头微微朝着地下。或许是后脑勺感受到罗妍的目光，每一步都走得很用力，从脚跟到脚尖，都是蓄势待发的。很干脆很漂亮，一点也不拖泥带水。她与她隔着半公尺。好像这些年，她一直是这样，看着她的后脑勺。她抢上一步，而她又往前一些——终是隔着那段距离。

"其实你也喜欢那个姓胡的，对不对？"

罗妍很想把这句话说出口。要真说了，那前面的背影非停下不可。她可以轻松跨上一步，直视她的眼睛——从两人认识的第一天起，战争就不是单方向的。她与父亲住进那个家，除了主卧，另外两间一南一北，她说自己关节不好，使得郭妮被迫搬离住了十几年的朝南间。她进去后，审视着房间里每一个细节。撕下明星海报的斑驳的墙面，角落里残留的食物碎屑，窗帘上的不起眼的小洞，还有床垫上隐约的淡黄色污渍。土生土长的上海女孩的房间。什么东西一下子从半空中落到了实处。仿佛眼花时看出去，都有叠影。原本是离得很远，倏地拉近了，却又不似先前的模样。好一阵子，罗妍都处于不知所措的状态，迷迷糊糊的，不知下一步该怎样。跟风与模仿，现在想来其实都是有些可笑的，甚至是示弱。真正的改变来自隔壁欧阳。谁说男人都喜欢秀气清瘦的女孩？十个里头肯定会有一个，喜欢罗妍这样张扬的个性，还有肉感的女人味。这百分之十，对于罗妍来说便是百分之百，是一比一的概率。分母是个上海男人，分子那还有什么话好说。同质的嘛。这不只是信心，更像是找到某种信仰，有着里程碑似的非凡意义。虽然罗妍并不喜欢这个内八字的小子，但并不妨碍那阵她每天在穿衣镜前来回地拾掇，花蝴蝶般出现在他面前，一口重感冒似的鼻音撩得他心痒难搔。

郭妮越走越快。背影渐行渐远。罗妍赶上几步，与她并排。

"听过算过。要是放在心上，那就是你输了。"罗妍看着前面，似是自言自语。

二

郭妮是去年六月认识胡绍斌的。

一个周末的晚上，她与丁维安双双出席他同事的婚礼。那时她来到香港还不到两个月，广东话勉强能听懂，却基本不会说，无法交流。脸上的笑像面具一样僵着，坐着很煎熬。席间，借口去洗手间，到外面透会儿气。

楼上的洗手间坏了，只能去下一层。郭妮坐扶手电梯下去。电梯行到一半，忽然后面有人一把抓住她的裙子，"小心——"她吃了一惊，可已经晚了，及地的长裙已卷入电梯缝，动弹不得。她惊呼一声。眼前着就要到地面了，男人很果断，"嘶啦"一声，把裙子撕下一幅。总算是安全了。

"穿长裙坐电梯，要小心。"男人瞥见女人露出的半截大腿，还有裙子的毛边，像不规则的流苏，脸上兀自惊魂未定。"坐会儿吧，"他扶郭妮在旁边的椅子坐下，脱下西装盖在她腿上，"有同行的人吗？打个电话，让他给你送衣服。"

郭妮渐渐回过神来，说声"唔该"，给丁维安打了个电话。电话那头说马上就来。

男人换了普通话："国内来的？"

郭妮怔了怔："是啊。你也是？"

"我是深圳的。"

郭妮哦的一声："啊——谢谢你。"

"不客气。"

男人到旁边接了个电话，随即对郭妮说有事要先走。临走时，他留下一张名片。郭妮说："西装我会洗干净，寄给你的。"他微笑："这个没关系——主要是交个朋友。"

她触到他的目光，温煦又明亮，不知怎的，竟脸红了一下。

几天后，她打电话给他："西装干洗好了，现在寄给你，方便吗？"他说下周会来香港，"当面给我，方便吗？"他学她的口气。

她眼前浮现出他棱角分明的脸，嘴边带笑，逗她似的神情，不自禁地，脸又红了一下。

西装当面还给他后，他邀她去深圳。她竟也真的去了。不大不小的饭店，专做东北菜。她这才知道原来他是吉林人，十八岁跟着姐姐嫁到了深圳。姐姐离婚后做些小生意，服装店、花店、宠物店……他半是伙计半是助手，也炒股。有些眉目后，便自立门户。饭店已是第二茬了，之前开过一家网吧，势头不好，又关了。

再熟稔些，他告诉她，其实他姐姐也不算是离婚："男人在香港，深圳的房子是租的，买辆 POLO 给我姐，几个礼拜来一次，留下些钱。那时候港币值钱，国内工资又低，我们日子过得不坏。分手是我姐提出来的，一是感情淡了，二来也不想这么下去，毕竟年纪还轻，再说也没有小孩。有时候我挺佩服我姐。说到底走这条路的人多了，讲好讲坏也就没啥意思。关键她进得去出得来，是个聪明人，也有魄力。要不是她，我还在老家种田呢。"

郭妮没想到他会对自己说这些。依她的个性，便是老朋友都未必会说，何况是这样萍水相逢，到底是有些丢脸的。面上那样光鲜，你不说，谁又会晓得——有些诧异，又有些感动。想，就算是唐突，多少也是因为有缘，才会把话说到这样深。有来有去。她也把自己的事告诉他。母亲从确诊肺癌，到去世，统共也就半年多。因为太快，连静静哭一场都找不到时间。人倏地就没了，像阵风。与其说伤心，倒更像是茫然。母亲刚走那阵，她一直恍恍惚惚。醒是醒着的，却完全不能思考。先是父亲，再是母亲，三口之家走了两个，剩下却还是三个人。郭妮有时都觉得挺滑稽，算怎么回事呢？离开上海那天，罗妍父女送她登机。她看着眼前两张面熟而又陌生的脸，体己的话说不出口，想发泄又找不到由头，无数情绪在半空中飘，像纷乱的线头，索性什么都不说，自顾自上了飞机。

她还说起自己的婚姻。在陌生男子面前聊这些，她还是知道分寸的。"一见钟情"四个字，像挡箭牌，夹在她与他之间，挡住许多疑问，还有许多说不清道不明的东西。她说她与丁维安是"一见钟情"。当了那么多年导游，从未想过会和团里的客人来电。巧也是巧，丁维安来上海出差，多出两天到天目山旅游，恰恰便结识了她。结束时，他对她说，下次你来香港，我当你的导游。她也委实是不客气，只隔了两周，便给了他这个机会——都不像她的个性了。接下来的事，一切都是水到渠成。他向她求婚。戒指套进她手指的那瞬，她竟哭了，哭得很伤心。他惊呆了，以为她激动至此。其实她只是为那阵子弥散不去的悲恸找到了宣泄口。

"你爱他吗？"一次，胡绍斌忽然问她。

她隔了半晌，点头。有些后悔，该答得更爽快些的。

他立刻换了话题："你的性格，其实不太适合当导游。"

"别以为你能轻易看穿一个人。疯起来，我也可以很 high。这世界上，其实人人都是双重性格——难道你不是？"她说着，拿过他手边的烟盒，抽出一根，点上。有些呛，但她忍着不咳出来。把嘴巴做成"O"形，吐出一团青灰色的烟雾。她看到他有些惊讶的神情，随即凑近了，微笑着取走她的烟，在烟缸里掐灭：

"女人抽烟不好。"

现在想来，多少是有些不可思议的。应该还是初来乍到的缘故。水土不服，免疫力差，成了易感体质，稍有些风邪湿邪什么的，立刻便沾上。像香港的天气，尤其是春夏之交，那种沾皮带肉、百转千回的销筋蚀骨，躲也躲不掉。

她与胡绍斌几乎每月都见面。她去深圳，或是他来香港。

　　他说他不喜欢上海。"上海人的优越感，已经走火入魔。不用说话，光眼神就能让你感觉自己像没穿衣服似的。我去过许多地方，只有上海是这样。受不了。"

　　她撇嘴："世上有哪个地方不排外？你们那里，不管是小镇还是小村庄，突然来个外乡人，你们是什么反应？敲锣打鼓欢迎他吗？别的地方排外，美其名曰叫'爱家乡'，轮到上海，就成了'地方保护主义''看不起外地人'，就成了万恶不赦的罪过了。照我看，是你们心里先存了什么，便怎么看都不顺眼。就像村里有个人发财了，他请客吃饭，你们说他臭德行摆阔，他一毛不拔，你们又说他小气。上海也是一样。姿态高，是居高临下；姿态低了，又是瞧不起人。怎么做都不对——其实委屈的该是我们上海人才对。"

　　他被她驳得一愣："——原来你口才这么好。"

　　她笑笑。其实这番话是早预备下的，没料想此刻派了用场。早几年，罗妍父亲也常发牢骚。他在医药公司当销售，每天跑各大医院，好话说尽笑脸赔尽，有时候累得狠了，到家便抱怨，说生意难做，又说上海人古怪难亲近。那时她听了心里便冷笑，想上海又没拿绳子拴你，嫌不好你倒是走啊，占着好处还骂人——到底是长辈，这番话只在嘴里转个圈，又咽回肚里。便是为了母亲，她也要给这男人留些颜面。罗父比母亲还小了一岁，男人本就不显老，加上长相不坏，看着像是差了六七岁。父亲去世后那几年，也有亲友张罗着给郭母介绍，但她都没答应，说这年纪再找，十之八九都是将就，还不如单身好。她与罗父是自己认识的。在某个理财的公益讲座上，只见一面，便互留了手机。几个月后就结了婚。初时郭妮还小，到底是青涩，不懂男女间的路数。渐渐大了，便愈来愈能理解母亲。站在女人的角度，罗父是有他吸

引人的地方。年龄、长相是一桩，待人接物又是一桩。郭妮的生
父以前是从不进厨房的，家务都是郭母一人操持。罗父也基本不
做家务，但他会陪在边上。扫地、抹桌、择菜、做饭，凡是他在家，
都会陪着郭母，聊天或是打下手。这就很有参与感了。郭母做的菜，
他永远翘着大拇指说"好吃"；郭母新衣上身，他总是赞不绝口："这
个年纪的女人，谁都没你气质好。"郭妮记得，母亲以前是个很内
敛的人，行事做人都是波澜不兴。与罗父结婚后，人还是那个人，
看着也没异样，却总觉得哪里不同了。眉眼本来是淡淡的，清秀
得过了头，就有些乏味。郭母几乎不用化妆品，偶尔出席正式场
合，稍稍涂些口红。人生中第一支睫毛膏，是罗父送她的生日礼物。
上下睫毛刷一点，再拿夹子一夹，镜子里的女人倏忽就活了，眼
睛会说话，素描有了水彩画的意思。四十多岁的小生日，男人又
是买礼物，又是买蛋糕，吹蜡烛，唱生日歌。女人又是窘，又是
感动。罗父搂住郭母的腰，在她耳边不知说了什么，郭母鼻尖都
亮了。两人每隔一阵便出去看电影、逛街。郭母衣服的款式颜色
也一天天亮丽起来，以至于有时候不得不送给郭妮。"我说不合适
吧，可你叔叔非让我买——"郭母说这话时，朝罗父瞪一眼，嗔怪
的意思，分明又带着笑。她还时常向郭妮咨询口红的颜色，什么
衣服搭配什么首饰，头发是扎起来还是垂着。

"这才像个上海女人。"

郭妮不喜欢罗父这么说话。即便是褒赞的口吻，听着也不舒
服。每到这个时候，郭妮就会下意识地朝罗妍看，想，先把你女儿
嘴巴里的大蒜味去掉再说吧。其实郭妮也觉得过分纠结罗妍的饮
食习惯好像不太礼貌，毕竟这是人家的自由，况且郭妮自己也爱
吃个酸豇豆、臭冬瓜什么的，要是罗妍较真说一句"你爷爷奶奶是

宁波人，你外公外婆是苏北人，严格意义上讲，你也不是正宗上海人"——那就没劲了。郭妮是觉得，母亲和罗妍父亲结婚这件事本身就是个错误。情人眼里出西施。母亲是被这个男人迷住了，可在郭妮看来，这场婚姻就是一个穷光蛋在上海找了个落脚点。就这么简单。郭家不算十分有钱，一套房子自住，一套郭父生前单位分的小两室。另外还有浦东的三套毛坯房，花木两套，三林一套。当初郭妮曾祖父从宁波来到上海，在东昌路码头附近买了间小房子。拆迁后一套换三套。郭妮父母都是散淡的人，房子一直放着没卖，也懒得拾掇，租给人家层层转包，成了群租房。除此之外，银行还有六七十万存款。郭妮是女儿，将来结婚也不用太多花销。很划得来了——这么考虑问题，郭妮不觉得自己有什么刻薄，事实就是如此。以至于听到邻居当面奉承母亲新做的发型"起码年轻十岁"，背过身小声嘀咕"像个痴子"，或是更加直截了当，评价这场婚姻是"老牛啃嫩草"，郭妮就觉得很愤慨。倘若罗父老一点丑一点倒也算了，偏偏他头式清楚，穿着山青水绿，不卑不怯，尊重妇女一团和气，倒有几分上海克勒的做派。他说郭母"这才像个上海女人"，口气里带着三分鼓励，余下七分细细辨来，竟有些笃定的意思。像老师在对学生说教。这是最让郭妮哭笑不得的地方。有时候，郭妮觉得自己之所以对罗妍那么反感，很大一部分原因是在于她父亲。这个男人导致了这场异地婚姻的发生，并且让婚姻关系内的人们彼此立场变得奇怪，一些本该泾渭分明的东西，被混作一团，颠三倒四莫名其妙。

"没人会喜欢后爸。"胡绍斌道。

这个话题，郭妮没有同他聊得很深。只是粗粗抱怨几句。胡绍斌也是象征性地回应一下。"你那个姐姐，也不会喜欢你妈妈。

一样的道理。"他笑笑。

"我妈对她不错。"郭妮想起那些花团锦簇的衣服，被她拒绝后，母亲又转赠给罗妍。罗妍很开心地接受了。郭妮有个表姨妈，是饭店的厨师，因为住得近，常常带些酒桌上的剩菜过来，并说明客人没怎么动，她挑菜的技术也高，不会沾到客人的口水。这些食物郭妮通常是不碰的，而罗妍则完全不避忌。姨妈对郭妮说了几次："跟罗妍多学学，随和些。"郭妮觉得，罗妍的"随和"应该是装出来的，衣服和剩菜，是她讨好长辈的道具。当然这也没错，至少说明她在努力融入这个家。就像她天天捧着《瑞丽》和《ELLE》苦读，恨不得撕碎了吃进肚里，像《天书奇谭》里的蛋生，一下子融会贯通了。然后用半熟不生的上海话招呼姨妈"今朝小菜味道老好的"。平心而论，郭妮对她其实也谈不上多么讨厌，最多是有些看不惯。女孩之间与生俱来的敏感与敌意。

"对香港是什么感觉？"胡绍斌问她。

"还不错。"

"跟上海相比呢？"

郭妮想了想。"这么说吧。上海人有时候比香港人要更考究一些。尤其逛商场，就算是阿姨妈妈，也会打扮得像那么回事才出门。香港人就随便多了。T恤、短裤，凉鞋一蹬就走。但在上海，一个西装革履的人走着走着，会突然朝地上吐口浓痰，而在香港，一个穿背心露肌肉满头黄毛的古惑仔模样的人，一开口，倒是很文雅很有礼貌，说话非常小声，坐电梯还会摁着开门键等你进来。"

"崇洋媚外？"他逗她。

"好就是好，不好就是不好。再说了，香港已经回归了，不算外。"

"那男人呢——上海男人好，还是香港男人？"

"我老公是香港人。你这是多此一问。"

"说来说去，还是香港好。"

"我是嫁鸡随鸡，嫁狗随狗。"

她与他的聊天内容，介于朋友与爱人之间。比朋友更亲切些，比爱人又多些分寸。郭妮曾经想过，如果放在上海，她应该不会允许自己这样放肆，可在香港便有所不同，像外地牌照开车，只罚款不扣分，多少胆大些。越是这样，她越是不避忌在他面前聊丁维安，好让自己更坦然些。她努力把他设定成一个闺密的角色，虽然她也知道这有点自欺欺人。

她渐渐不满足于每月见一次面。机会和时间一样，是可以挤出来的。比如，他说来香港采购食品调料，"早上来，中午就回去，况且北角离尖沙咀也远，算了，下次再见。"电话里她只是静静听着，心里却在盘算，无论如何要见上一面。

她对罗妍说，北角的 JUSCO 价格比较便宜。这借口拙劣得可笑，好在罗妍没有察觉。购物时，她灵活地穿梭在一排排货柜间，眼观六路，不停地指点罗妍，"再去那边看看——"直到发现了胡绍斌。因为有罗妍在，所以他很配合，作出惊讶的模样，好像这真是一场巧遇。

咖啡店里，趁罗妍去洗手间，他问她："你怎么来了？"

郭妮嘴一努："是她，说想来这边逛街。"

"来北角逛街？"

"谁知道呢——想着也许会碰到你，我就答应了。"

他朝她笑笑。她没笑，瞥了一眼桌上罗妍给他的名片。

"我老公去南非出差了。"说完心里咯噔一下，想，说这个干什么。

"挺好啊，让他带颗钻石回来给你。"他道。

"最近好吗？"她将刘海朝后捋去，问他。

"老样子。"

"饭店生意怎么样？"

"马马虎虎。"

郭妮挺后悔。这样匆匆一面，加之又多个罗妍，彼此倒局促了。连话都不知怎么说了。

很快，罗妍回到座位。应该是补了妆，刚才喝咖啡缺掉的口红又鲜亮起来。她捏着胡绍斌的名片一角，轻轻扇动，媚笑："说好了，我可真的会来喔。"

"欢迎之至。"胡绍斌道。

地铁上，郭妮收到胡绍斌的短信："下周我还会来香港。见一面？"

郭妮放好手机。几分钟后，又拿出来，发了句"好的"过去。她忽然觉得挺委屈。突如其来的，连鼻子都发酸了。这委屈不全是为了胡绍斌。因为他与罗妍谈笑风生，她便心生妒意，好像没到这个地步，至少现在不会。情绪有时候像蚕在作茧，初时不觉得，只是一条条透明的线，零零落落，慢慢的，纵横交错层层叠叠，到后来，便完全被裹住了。再回头看，自己也觉得不甚分明。她想，是什么时候开始的呢？她向来不是个胆大的人，害怕冒险，远离是非。初遇胡绍斌时，她闪过一个念头，"这人和罗妍爸爸挺像"——指的不是长相，而是感觉。她生父如果不早逝，她母亲这辈子也不会遇见罗父那样的男人。郭妮一直认为，如果罗父是郭母第一个男人，那她多半不会喜欢他那样的个性。"饭后甜点"——郭妮在心里这么形容罗父。是占了天时地利。同样地，如果不来香港，她也不可能遇见胡绍斌。她记得她按着名片上的号码给他打电话："胡先生吗？西装洗好了——"其实她完全可以直接把衣服寄过去，发个短信告知就是了。她一边与他通电话，一边看向墙角那个拉杆箱。那时丁维安刚从美国出差回来，她替他整理行李，还未打开箱子，便从外层夹缝里摸出一条女式内裤。丁维安在浴室洗澡。哗哗的水声是天然屏障。电话线也是如此。电话那头，胡绍斌问她"我亲自来拿，方便吗？"她目光转到那条内裤。粉色，丝质，中号，七成新。"嘎嘣！"她体内有什么东西倏地断了。胡绍斌还在继续，"我觉得我们挺有缘分——"沉默片刻后，她听到自己不带感情的声音：

"是啊，我也这么觉得。"

每次与胡绍斌聊到她的婚姻，她总是说"不错"，然后轻轻巧巧地把话题转移。唯独有一次，他问她，什么时候要孩子。她告诉他，丁维安与前妻有个五岁的儿子。他显得有些吃惊。她说丁维安是三年前离的婚，前妻是秘书，经常出差，与老板闹了些绯闻。离婚后儿子归妈妈，每两周可以探视一次。郭妮见过几次，小家伙长得胖乎乎的，眼睛鼻子都是丁维安的翻版。丁维安的母亲很喜欢这个孙子，几次劝儿子打官司夺回抚养权。丁维安没搭腔。丁母便又去探郭妮的口风。郭妮表示无所谓，只要孩子爸爸答应，她都可以。到最后还是不了了之。郭妮猜想丁母对她多少有些看法，觉得是她吹了枕头风。平心而论，郭妮当然不想那孩子过来，但还不至于为此耍心眼。况且以丁维安的性格，也不是吹得进枕头风的人。郭妮想快点生个孩子，一来趁早生对身体好，二来也让老人家安心。问过丁维安几次。他不说好，也不说不好。郭妮猜他并不着急这事。还有一次，他居然半开玩笑地问她："二人世界不好吗？"郭妮看得出，丁维安不是很喜欢小孩。这是一方面。往深里看，丁维安应该是那种对家庭不甚在意的男人。她听他聊起过离婚，整个过程很顺利。女方要了儿子，还有一百万。没有讨价还价。和平分手。他不带任何表情的叙述，让郭妮觉得有些别扭。但她也想过，社会上这样的男人很多。男人和女人不一样，看问题天差地别。倒也无关品德好坏。事实上，他对郭妮还是很不错的。婚后，两人去希腊度假，整整一个月，是真正的"蜜月"。他给她足够的家用，每个节日都送她礼物，只要不是原则性的问题，他很少违拗她。郭妮还知道，当初他与她结婚，他母亲表示反对，亏得他强烈坚持，这桩异地婚姻才得以成立。作为回报，她学广东话、学煲汤、学织毛衣，尽一切努力做个好妻子、好媳妇。在那条内裤出现之前，她对将来的人生充满着期望。

她当然不会把这件事告诉胡绍斌。即便每次约会都有那么几秒意乱情迷、大脑短路。她甚至想，也许内裤的主人面对着丁维安，也是她与胡绍斌这样的局面。谁知道呢，将心比心，人生永远充满着各种变数。每个人都是再复杂不过的综合体。就像母亲临终前，说出她其实并没有和罗妍父亲领证。那时郭妮听了，下意识地便朝罗父看去。男人正在削苹果。果皮一层层地脱离，依旧覆在苹果上。"是非法同居——"他开玩笑。郭妮目光停在他削苹果的手上，指腹有一层厚黄的老茧，把原先的纹理都磨光了些。再往上，眼角挤出几条细线。他也是上了年纪的人呢——那一瞬，她第一次觉得这个男人有点可怜。

三

半夜两点，丁维安接到警察局打来的电话，说丁维纯在机场宿舍割腕自杀，正在抢救。一家人心急慌忙地赶到医院。丁维纯还在手术室。一个三十多岁的外国男人等在门口。——是他报的警。他告诉丁维安，昨晚他与丁维纯从酒吧出来后，她情绪就很不稳定。回到家，他给她打电话，她一直不接。他便报了警。

稍后，丁维纯被推了出来，双目紧闭，脸色苍白，左手手腕上包了纱布。医生说她已经脱离生命危险，要再留院观察一天。

早上，丁维纯苏醒过来，看见床边的母亲、哥哥、嫂子，还有倚墙而站的詹姆斯。她先是怔了怔，失血过多还有昨晚过量的酒精，让她大脑有些迟钝，不能及时思考。几秒后，她忽然从床上一跃而起，扑向詹姆斯，用英语大声说着："我爱你，我不能没有你。"输液管和氧气管齐齐被扯断，她整个人也因为体力不支而摔倒在地。

"麻烦你出去一阵。"丁维安礼貌地要求詹姆斯。

郭妮跟着詹姆斯走出病房。她走到楼下，为他买了一杯咖啡和一个热狗。"谢谢！"他接过，神情有些颓唐。郭妮之前在丁维纯手机里见过他的照片，真人是第一次见。应该说，外貌上肯定是丁维纯占了便宜。据说两人是同一年进的航空公司，八年马拉松恋爱，分分合合，好好坏坏。丁维纯不是第一次为他自杀。年轻的英俊的飞行员，身边不乏莺莺燕燕，况且老外这方面本就比华人要开放些。男未婚女未嫁，倒也算不得什么大错。恋爱中谁更用心，便更脆弱。丁维安说她妹妹从小就是容易较真的个性，钻牛角尖，一根筋到底。詹姆斯不是她的初恋，但她像个初涉爱海的小女孩那样，疯狂地投入这场恋情。因为太辛苦，丁维安甚至建议她去看心理医生。这些年她一直在吃镇静剂。郭妮几次半夜被手机声吵醒——丁维纯因为濒临崩溃的失眠，不得不找她的双胞胎兄长诉说。郭妮听着丈夫哄小孩似的口气，老套的息事宁人的措辞。像她的老外婆，早年在她父母吵架后，永远是那句"谁家夫妻不吵架呢，不吵架就不是夫妻了"。郭妮想象电话那头抓狂的女人，再多劝慰其实都是徒劳，倒不如一拳敲晕她还干脆些。

郭妮打电话回家，让印佣煲个黑鱼汤，再做些清淡小菜。印佣表示从没做过黑鱼汤，她简单交代了几句，强调不用放薏米、蜜枣、南北杏，"这是我家乡的汤，把黑鱼煎一下，放葱姜和料酒，还有火腿片。收刀口的。"挂掉电话，她看到手机上有未读的微信，是一张照片——罗妍站在胡绍斌饭店门口，做着"V"手势。郭妮回了条信息：

"今天想办法在那里再混一天。家里有事，没空招呼你。"

一会儿，罗妍回过来："代我向她表示慰问。"

郭妮怔了一下，随即想到应该是胡绍斌告诉她的。有些后悔，忘了提醒胡绍斌保密。这是给自己惹麻烦。罗妍会对她与他的关系胡思乱想。本来这事也确实不必告诉他的，主要是通宵待在医院，有些无聊，只好互发消息。他对她说，他在附近替罗妍找了个宾馆，而他昨晚陪客户吃饭洗脚，也是通宵。郭妮拿着手机，忍不住笑了笑。这番交代很笨拙，而且完全不必要。她不认为仅仅见一次面，他就会和罗妍有什么。但无论如何，有个男人怕你多心，在那里说些废话和傻话，这感觉倒是不坏。他说，你从来没有在深圳过夜。她道，我和她不一样。他道，如果你来，我就不陪客户，陪你。

这话的尺度已是史无前例的大了。她怔在那里，不知该如何应答。

丁母有慢性肾炎，熬夜便觉得不支。郭妮送她回家休息，顺便拿来汤和小菜。丁维纯睡了一上午，状态恢复不少，也说有些饿了。郭妮喂她喝汤。她喝了大半碗，又吃了些饭和小菜。她问郭妮："詹姆斯什么时候走的？"郭妮回答："九点多吧，被你哥哥赶走的。他起先还不肯，你哥哥把他硬塞进车里。"

丁维纯嘴角动了动，笑意只一闪，便又逝去。她的脸色和嘴唇依然苍白。郭妮瞥见她手腕上的纱布，隐隐有血丝渗出。"嗯，"郭妮干咳一声，把事先想好的话稍做整理，"——我觉得吧，他没照片上帅。真人有点老气，背有些驼。近看还是个酒糟鼻子。"

丁维纯朝她看。

郭妮说下去："我读大学时有个男朋友，长得很帅，篮球也打得很棒。我非常喜欢他，想将来要么不嫁，要嫁一定要嫁给他。可大学一毕业，他就甩了我。我给他发短信，他不回，给他打电话，他就关机。我去他家找他，他不开门，我就坐在门口哭。后来他报了警，我被警察带走。那时候我觉得自己真的活不下去了，没有他，我怎么可能活下去呢？我想过开煤气自杀，还想过跳楼。可最终怎么样，我还是活了下来，而且活得很好——"

"阿嫂。"丁维纯打断她。

郭妮一怔："嗯？"

"故事好烂。"

郭妮吃瘪。

"不过还是谢谢你，"丁维纯笑笑，"我知道你是想劝我。可我这个人根本就不听劝。没用的。"

郭妮停顿一下，苦笑："你哥哥应该找个更好的说客。"

"你最近怎么样？"丁维纯换个话题，"罗妍呢，回上海了吗？"

"没有。她去了深圳。"

"她这人挺可爱。"

郭妮笑笑："她是比较开朗。"

回去的出租车上，郭妮又收到罗妍的微信——几张她与胡绍斌的合影，大部分是在饭店里，也有户外。"今天他带我深圳一日游。"郭妮认出照片背景是饭店附近的街心花园，回了条"玩得开心点"。放好手机，整个人向后倚去，靠在椅背上，长长吐出一口气。

好累。头也疼。丁维安比她更惨，昨天刚到家，时差还没倒回来。他说南非这阵子很乱，排外骚动，连宾馆的门都不敢出。他到底是给她买了红宝石，拿细链串了，戴在头颈里，衬得她肤色更加白皙。"香港现在也乱。"郭妮是说新闻里，一对内地母女被反水货客围攻质问，小朋友都被吓哭了。"我以前的同事告诉我，现在香港团最难组，客人宁可去日本、韩国，也不愿来香港。"

"香港是走火入魔了，"丁维安道，"报上说这阵子香港酒店业、零售业生意跌了一半，损失 1000 多亿。这样下去就是两败俱伤。"

"上海人也不喜欢外地人，觉得他们把城市弄乱了，马路上地铁里都是人，看病就业也比以前麻烦。可再一想，没有他们，上海哪来的地铁，哪来的大马路，哪来的舒心日子？那些送快递的、当保姆的，全是外地人，累是累，可人家每个月挣的也不少。上海人肯干吗？上海人是被养娇了，宁可啃老混日子，也不愿日晒雨淋的吃苦。将来真要有一天，国家把户籍、高考什么的统统放开，上海人根本竞争不过外地人。"

"你是在做自我检讨吗？"他凑过来摸那条细链，手指在她头颈边轻轻抚着。

"是替上海人担心。"

"别担心，你不用当快递当保姆，也不用啃老，照样可以过得很好。"他的动作越来越轻，幅度却越来越大。他试图从她上衣领口伸进去。她借口去看炉上煲的汤，躲开了。

郭妮猜他是想把话说得幽默些，但一点也不好笑，还有些居高临下的优越感，让人听着不舒服。当然她也知道，对香港人的汉语水平不能要求太高。这块中西文化交缠多年的土地，滋生了无数模棱两可、似是而非的元素，从而形成独特的语境。而语感只要差之毫厘，效果就会谬以千里。尤其是丁维安这样在国外长大的 ABC。对他来说，用中文待人接物，要先在脑子里把英文翻成中文，再表达出来，终是隔了一层。他父母早年离婚后，他随着父亲移民英国，成年后返港工作。郭妮看过他父亲的照片，衬衫领结，神情端正儒雅，很有风度的模样。他是港英时期的新界政务署官员，后来由于身体原因辞了职，在渣打银行当顾问。离婚后他又娶了一位英国妻子。丁维安每隔半年就会飞去英国，看望父亲和他的混血儿弟弟。

替丈夫收拾行李时，郭妮又从拉杆箱的外层抽出一条内裤。相同的款式和尺寸，这次是淡蓝色。郭妮扳着手指，第四次了。她猜是那女人偷偷塞进去的，丁维安并不知情，否则他不会任由这小玩意儿放在显眼位置，让郭妮发现。女人应该是示威，逼着丁维安摊牌。一次次地故伎重施，也是考验郭妮的耐性。

郭妮把内裤塞进抽屉，锁上。隔了几秒，又拿出来，重新塞进他的箱子夹层里。

出租车停下时，她看见了丁维安。他走上两步，替她打开车门。"累了吧？他问。她摇头，"还好。"她朝他瞟了一眼，脸色有些发灰，一夜没睡，又直接去上班，应该是累了。

"为什么在这里等我？"她问。

"等老婆，需要理由吗？"他反问。

他把手放在她后背，一路依偎着回家。郭妮假装没有察觉这不寻常的亲昵，只说些闲话。丁维安说公司周末有个派对，"你陪我去？"他问郭妮。郭妮停了停："算了吧，我广东话也说不好，去了也是给你减分。"他摇头："你要是不去，我也不去。说老实话，带你这样漂亮的太太出席，我是要担风险的。不去也好。"郭妮怔了怔，报以一笑——她猜他已发现了那条内裤。

回到家，她从橱顶拿下拉杆箱，果然，内裤已经不在了。吃饭时，她不经意间瞥过他的脸，见他在看她。两人目光相接，笑笑，便又移开。

熬夜到底是伤元气的。这晚郭妮不到九点便睡着了。也不知睡了多久，眼睛睁开，窗外还是暗的。闹钟显示是五点三刻。再看，丁维安不在床上。也不在卫生间。郭妮在床上停顿了几秒，开门出去，客厅里也没人。去厨房，印佣在准备早餐，见到她，"起这么早？"郭妮敷衍两句，又退出来。经过丁母房间时，隐约听见里面有人说话。

她心念一动，走近了。

"Daddy当年怎么伤你的心，妈你都忘了吗？你明明知道这样会让她难过、让她误会。你怎么可以这么做？"丁维安的声音。

"我是为你好。她不适合你。就像我和你爸爸，分手是早晚的。"

"妈你没权力干涉我的婚姻。这是我的自由。"丁维安沉声道。

"琳达对你还有感情，"丁母不温不火的口气，"更何况你们还有阿B。"

"我知道，你是为了阿 B。可是，妈你再怎么疼爱这个孩子，也不能做这种事。"

"当年你爸爸带着你离开，我心痛得想要去死。我不希望你和我一样。孩子就应该和亲生父母待在一起。那个北姑——"

郭妮有些吃惊——丁母用了"北姑"这个词，类似于上海人口中的"乡下妹子"。

"妈——"丁维安提高了音量。

印佣从厨房走出来。郭妮立刻走向阳台，佯装去拿昨天洗的鞋子。回到房间，又在床上躺下。一会儿，丁维安开门进来，在她身边躺下。她背对着他，佯装睡觉。只是呼吸声却很难均匀。她索性翻个身，与他相对，做出睡眼惺忪的模样。"醒啦——"他看着她，不说话，伸手将她的刘海朝后捋去。郭妮鼻子酸了一下，说不清是委屈，还是惭愧。打个呵欠，掩饰发红的眼圈。"你妹妹，该打个电话给她，问候一声。"他嗯了一声。她又道："再想想，你妹妹也是难得，尤其现在这样的世道。这么多年只爱一个人。"他停顿一下："詹姆斯下个月就辞职回澳州。"郭妮怔了怔："那你妹妹怎么办？"丁维安又停顿一下："其实，她早该想到会有这么一天。男人都不喜欢太痴缠的女人。"

早餐时，郭妮亲自为丁维安做了个三明治。面包切去边，鸡脯肉在油锅里微炸一下，捞起来配上生菜、番茄，还有牛油果。再夹两片软芝士。"唔该哂老婆——"丁维安在她脸上轻吻一记。当着丁母的面，郭妮知道丈夫是在表明立场。印佣端上粥。郭妮想说"改吃面包"，忍住了。没必要撕破脸。她曾听某位过来人说："婆媳关系，说到底还是要看夫妻关系，丈夫要真的喜欢你，婆婆就是再难搞，也没事。"郭妮这么想着，忍不住又有些得意。见丁母一碗粥喝完，主动上前替她再盛一碗。丁母说声"唔该"，目光始终不与她对视。

"维安爸爸和我是邻居，又是小学同学，那个时代普遍早婚，我们二十出头就结婚了。他很有本事。考上美国哈佛大学，拿的全额奖学金。我们住的那个屋村，从来没出过这样的人才。大家都说他能当港督。这是讲笑，港督都是洋人，轮不到他。但他真的很有本事。维安兄妹还不到五岁，他就从政务署辞职了。对外讲是身体不好，可真正的原因只有我们知道，他有了女人，不能在政界再待下去了。又过了两年，我们就离婚了。"

早餐后，丁母邀郭妮一起去超市。路上，她与郭妮聊起了过去。

"本来我是想把两个孩子都留着的，可他不肯，我再一想，男仔跟着他，比跟着我好，不能耽误孩子的前途。离婚后他每个月给我五千块，在那个时候算很多了。每隔半年，他也会回香港一次，让我见见儿子。有次他劝我，再找个男人。我说不了，一是为了女儿，二来也不想找。有句话叫什么沧海什么水来的，你应该知道。"

"曾经沧海难为水。"郭妮心里念了一遍，没说出口。

"旁边人都以为我会后悔，找了个陈世美。其实我一点也不，如果倒回去重过一次，我还是会拣他。他那样的男人，怎么可能守着我一世。他要是不开心，我也不会开心。"

郭妮有些意外。她本来以为婆婆七拐八绕，最终会谈到那件事。看来不是。她好像只是想找个人聊天。她说到"那个男人"时，脸上流露出几分缱绻情意，本该是被岁月冲淡的，却像海风在岩石上留下的印迹，经年累月，反倒更分明了。相比之下，恨意竟是真的看不见了。时间是最好的测谎器，什么是真，什么是假，清清楚楚。连自己也骗不过。

丁母又说到丁维纯："你做阿嫂的，有空多开导她。她性格要是像你这么随和就好了。"

郭妮听了一怔。想起表姨妈当初劝她"你性格要像罗妍那么随和就好了"——在上海还有些各色，到香港就成了随和的人了。只是这样的"随和"，多少是有些辛苦的。落在知根知底的人眼里，便成了笑柄。比如在上海，她笑话罗妍；到了香港，换罗妍笑话她。那天在地铁站被罗妍一通揶揄，郭妮以为自己会不顾而去，甚至还想过不给她开门，把她的行李扔出去，等等——结果只走出几步，便又折回来。罗妍说肚子饿了，她到旁边圣安娜买了个面包，一言不发交给她。罗妍又说想去看电影。她买了两张电影票，座位隔开老远。电影什么内容，她一点也没看进去，好莱坞的枪战大片，只觉得乒乒乓乓地吵——放在上海，她应该是不会这样的。半熟不生的土地，人的性情也是不尴不尬，连吵架也是只起个头，便匆匆收尾。罗妍说她："郭妮，你变了许多。"她猜这话应该不是恶意，多少还有些示好的意味。她却不理不睬，作出不屑的神情。倘若认可这话，便是认输了。就像当初罗父评价母亲的那句"这才像个上海女人"——就算是好意，也让人听了不舒服。

傍晚时，罗妍从深圳回来。"我明天回上海。"她告诉郭妮。丁母一旁听了，虚留了几句："再住几天——"罗妍道："不了，已经很给你们添麻烦了。"她给丁母带了两瓶深圳产的荔枝酒，还买了几只芒果，"郭妮你喜欢吃芒果——"郭妮说她："香港什么没有。"她道："西丽芒果，是那边的特产。去一趟，总归要意思意思的。"

对着丁家人，罗妍只说是住在深圳的同学家，只字未提胡绍斌。郭妮本来还悬着心，怕这马大哈实话实说，解释起来倒也要费番唇舌。待要事先提醒，又怕着了痕迹。见她这样，先是庆幸，又想她到底不是面上那样咋咋呼呼，自己与胡绍斌的那层意思，她多少应该有些察觉。一时竟不知该怎么提这事。晚饭后，罗妍说想吃"许留山"，她趁势答应下来。

店里，罗妍点了芒果捞野，郭妮点了份红豆沙。罗妍问："来这里吃这个？"郭妮道："我本来就不爱吃许留山。"罗妍撇嘴："那你早说啊。"郭妮嘿的一声："你以为这几天陪你吃的，都是我爱的？"罗妍怔了怔，还没开口，郭妮又道：

"我和胡绍斌没什么。你别瞎猜。"

罗妍忍不住朝她看去。

"刚来香港那阵，人生地不熟，碰到个内地人，感觉就特别亲切，"郭妮说得飞快，"再说他长得不难看，又绅士，跟这样的人交朋友，感觉不错。"

"干吗提这个？"罗妍道，"我又没说什么。"

"我是个多心的人，难免把别人也想成多心的人。"郭妮道。

罗妍点头："那倒是。"

两人沉默了一下。

"我这次来，给你添麻烦了。"罗妍憋出句客气话。

"没事，反正也就几天，就当吃苦夏令营。"

罗妍看她一眼，应该是想分辨这话的性质。郭妮没让冷冰冰的表情持续太久，很快便嘴角上扬，做了个有些突兀的笑脸。

"还记得欧阳吗？"罗妍忽道。

郭妮想，当然记得，前两天你还拿他说事呢。嘴上道："嗯。"

"我们上个月分手了。"

郭妮不觉一怔。想，这两人几时交往的，竟从未听罗妍提过。

"他家里人不同意，说满大街的上海小姑娘，何必找个外地人——小四眼还要跟他爸妈吵，我说吵什么吵，分就分吧，没到那种非君不嫁非卿不娶的地步。分开拉倒。要我追在你屁股后面哭哭啼啼，拿热脸贴你爸妈两张冷屁股，想都别想。"

罗妍说着，把勺子一扔，整个人靠在椅背上。

"气不过。你连香港人都嫁了，我连一个上海小四眼都搞不定。"

郭妮不知说什么好了。见罗妍的神情，好像不全是伤心的意思。当然也不至是挑衅。她猜她或许是希望有个人陪她一起骂人。

"不会吧，就他那块料，还发嗲？"郭妮试着道，"上海人又不是只只鲜，路上扫垃圾的还多的是呢，六十分都不到的朋友——"

"就这种货色，他爸妈还把他当宝。"罗妍恨恨地说。

"癫痢头儿子自家好，也难免的。"

罗妍把欧阳发的微信给郭妮看。"宝宝，我不能没有你。""宝宝，你再给我一点时间，我一定说服我爸妈，他们要是不答应，我就离家出走。""宝宝，我到香港来接你好不好？""宝宝，我很想你。没有你，我宁可去死。"

郭妮把手机还给罗妍。失恋了还要炫耀一把。就因为郭妮少女时代对这小四眼有过那么一丁点朦朦胧胧的意思。这就是罗妍。——欧阳是个"书笃头"，学习好，又听话，从小学到中学都是班干部。他很恪尽职守地，在自修课上多生出两只眼睛，把那些开小差的学生名字一一记下来，对着早恋的少男少女义正词严地教训："你们这样，对得起你们的父母吗？"——郭妮想象着欧阳拉着罗妍叫"宝宝"的情形，不禁有些好笑。她去香港前，有次在路上碰到他，他那时刚上班不久，在一家健身房当会计，也是托了几层关系才找到的。谁能想到他那样的"书笃头"，高考居然会黜边，比一本线低了十来分。第二年再考，竟是更加糟糕。他父母也是硬气，说，怕什么，我们又不是养不起。依然让他再考。这么折腾了几年，到底是折腾不动了。勉强上了个大专，毕业后挑三拣四，眼高手低，又闲置了两年，总算安定下来。那次他见到郭妮，匆匆聊了几句。依然是那副黑框眼镜，戴得久了，滑落在鼻梁处。少年时看着笨笨拙拙，还有几分可爱，现在则完全显得落拓了。他知道郭妮要嫁往香港的事，说了声"恭喜"。郭妮问候了他父母一下，两人便告辞了。

"你去香港没多久，我们就交往了。"罗妍告诉郭妮，"我没让他费劲，他只稍微露了点意思，我就答应他了。要是我不答应他，我怕他会哭出来。我问他一月赚多少。他说税前四千五，又说家里有两套房子，他爹妈还没退休，所以结婚不成问题。我说无所谓，关键是人好。他眼泪一下子就流了下来。我从来没见过男人哭，吓得头皮都麻了。"

罗妍说到这里，停顿一下："这男人真窝囊，是不是？"

"叔叔知道吗？"郭妮问她。

"知道。他不反对。他说，就算不反对，你们也长不了。他让我有心理准备，到时候别想不开——我的心理素质好得很，怎么可能会想不开！我只是觉得有些莫名其妙。本来多少是出于同情才跟他交往，搞了半天，原来还是我高攀了。你说，天底下怎么有这种事？"

郭妮听出她话里隐隐的哭腔，才知道她到底是伤心的。她这么说着，脸上的笑意反倒更盛了——忽然想到，她这次来香港，应该是为了散心，虽然她看上去一点也不像个失恋的女人。

第二天送走罗妍，郭妮在出租车上收到胡绍斌的微信："这几天为什么都不理我？"

　　郭妮没动，半晌，回了条消息过去：

　　"你觉得，罗妍这个人怎么样？"

四

　　很长一段时间里，郭妮都不喜欢别人恭喜她"嫁了个香港人"，眼神和语气或多或少都存着些异样的东西，那意思好像是说她"捡了个皮夹"，是值得庆幸的事。事实上，她从未在意过丁维安的香港人身份，倘若那次去天目山旅游的是个湖南人，或是福建人、四川人，只要基本能做到衣食无忧，她一样会嫁。这跟是不是香港人没多大关系。她甚至都没完全搞懂丁维安的职业，只知道他是"投行"，但"投行"具体做些什么，她一点也不了解。丁维安求婚时的戒指，是一克拉的Tiffany，很低调的款式。她对珠宝不太懂行，之前有几个女朋友出嫁，依稀记得她们的钻石似乎更大更闪些。便猜想丁维安应该只是个普通职员。他简单聊起过他的家庭，把父亲那层轻轻带过，大致说了母亲与妹妹的情况。她从香港电视剧里听说过"屋村"，知道是廉租房之类，心里更敲定了两三成。他给她看母亲的照片，在家里客厅拍的。她有些诧异地问他，这是你家？他说，是，前年刚买的。她猜想或许是照片角度的关系，也不以为意。及至到了香港，出租车绕过商场，直上住宅区平台，停下时，她兀自没回过神来，还当他要带她逛商场。穿西装戴白手套的保安为丁维安开门，招呼："丁生，返来啦？"瞥见旁边的郭妮，一怔。丁维安介绍，"我太太。"保安毕恭毕敬叫了声"丁太"。郭妮挺不习惯，脸上肌肉都僵了。到了家，先给长辈敬茶。盖碗

泡了盅酽酽的茶来。丁母给了她一只玉镯子当见面礼。郭妮叫她
"奶奶（婆婆）"，生硬的广东话说得磕磕巴巴。丁母道："慢慢来，
不急。"印佣初时叫郭妮"太太"，郭妮死活不肯，让她直接叫名字。
第二天，新婚夫妇去了蓝田，拜访丁维安的祖父母。郭妮跪着给
两位老人家敬茶："太老爷、太奶奶。"感觉自己像在演粤语长片。
旁边还有些女人，都是左右邻舍，来看新抱的。"初归新抱，落地
孩儿。"她们说的广东话夹着俚语，听不甚清。有些类似于上海的
阿姨妈妈，却又不尽相同，可能与讲话的音调有关。上海话发音
轻盈，每句话的话尾都是升调，上了年纪的女人尤其如此。而广
东话则要沉着一些，以低音为主，听着便少了些闲碎的意味，更
一本正经些。郭妮被一种奇怪的气氛包围着，不全是森然，甚至
还是有些滑稽的，都想笑了，但见周围人坦然的模样，也只得忍着。
两位老人接过茶喝了一口，各自取出一封红包，放在托盘上："乖
啦——"郭妮将笑意强压着，五官越发不自然了，脸颊那里红了一
片，带着连鼻尖也潮红了，托着茶碗双手高举，跪在那里像要哭
的模样。众人见她这样，一时间都沉默下来——似是为这气氛更
添了些意思，越发到位了。

　　一起学煲汤的张师奶，总认为郭妮学煲汤是为了讨好奶奶和姑
仔（小姑子）。她不止一次向郭妮表示过，如果她将来的新抱娘有
郭妮一半醒目（伶俐），那就太好了。"现在香港的女仔，很少有像
你这样的啦——"言下之意就是，因为郭妮是从内地来的，所以才
格外乖巧。郭妮觉得她会这么想也很正常。读中学时，楼上毛老
师的儿子讨了个常州媳妇，擅长家务，还做得一手好针线活。邻
里间说起来便是"还是外地媳妇实惠啊，你找个上海小姑娘试试，
弄不好内裤也要替她洗"，话是好话，听着终是有些别扭。上海女

孩不见得个个娇生惯养，外地女孩生活不能自理的也多得是。可大家就喜欢这么说话。把道理揉烂了撕碎了，重新拼凑粘贴起来，自成体系。张师奶说她从没去过上海。郭妮猜想也是这样。她以为上海人都住在那种老式的石库门房子里，狭小逼仄的空间，男人女人穿着睡衣进进出出，晾衣竿横七竖八插在头顶上方，蔚为壮观。她甚至问郭妮："那里是不是还要倒马桶？香港的抽水马桶用得惯吗？"郭妮只好告诉她："我从懂事起，就一直用抽水马桶了。"

香港人喜欢吃燕窝。丁母每天早上会吃小半碗。郭妮来了后，也陪着一起吃。老字号"楼上"的白燕盏，每次取三四个，在清水里发开，拿细镊夹去杂毛，放入炖盅用文火炖半小时，冷却后置入冰箱。每天清早拿出来舀几勺吃，不放冰糖，否则容易变质。郭妮丝毫不觉得这鼻涕似的东西有什么好吃，况且专家早就剖析过它的营养成分与白木耳基本相同，但香港的报纸电视依然是铺天盖地的燕窝广告。郭妮每次看婆婆坐在那里，翘着小指，小心翼翼夹去燕窝里每一根细毛，眉头微蹙，神情庄严，便想起小时候外婆做蛋饺的情形。生好炉子，拿个小锅，旁边是冻猪油、蛋液和肉糜，锅底烧热，涂一层猪油，倒上蛋液，迅速转一圈，立刻便凝固了，放肉糜，筷子轻轻一挑，两头合上。做蛋饺的过程，其实是一种平凡度日的升华，刻着岁月年轮的，香气直渗到肌理，澄黄粉嫩，油汪汪得恰到好处。吃倒不是主要的了，记忆里尽是那一个个步骤。还有外婆边做蛋饺边絮絮叨叨的话。内容也不是主要的了，那些话，化成一颗颗细砂，散落在时空的任意角落。丁母也是一样。重点是制作燕窝的过程。她向郭妮强调，女人是一定要吃点燕窝的，又滋补又好食，还有点矜贵的感觉。郭妮想起那句经典的广告词"女人就该对自己好一点"——婆婆是好心。初来的那阵，她称得上对郭妮关怀备至。平常口味怎样，广东菜是否吃得惯，喝咖啡还是茶，空调开到几度比较合适，香港天气潮湿，关节会不会难受，等等。她有时也向郭妮询问之前的饮食起居，"上海是个好地方。"她很客气地评价。但郭妮觉得，婆婆对于上海的了解，不会比张师奶多到哪里。言辞间她尽可能淡化"内地""香港"这种概念，但偶尔还是会漏出一些，比如，她看见郭妮熟练地运用刀叉，神情中满是诧异；又比如，她得知郭妮幼时学过芭蕾，忍不住问了句："你们那里还跳芭蕾？"郭妮告诉她，上海很多家长都把女儿送去学芭蕾，为的是培养优雅的气质。丁母使劲点头："没错没错——"有些窘的模样。其实郭妮比她还要窘。被看轻是件很麻烦的事，不解释不好，解释了也不好，自己难堪，也让人家难堪。每次丁母往她碗里夹菜，嘴上说"这些你们那里应该不常吃"，郭妮都觉得别扭——上海有什么吃不到呢？她宁可婆婆把她扔在一边，不理不睬，也好过眼前这样。她以前带团来过许多次香港。但那纯粹是游客的角度，酒店、景点、商场。现在则完全不同，家、小区、超市。世界上任何两个城市，一旦落实到"过日子"这个层面，相似之处就会越来越多。也因为这，郭妮更觉得香港人的优越感有些莫名其妙。丁母不止一次地在话里流露出对所住房子的自豪。"千尺豪宅"，香港人常这么说。差不多便是 110 平方米。郭妮以前看香港电视剧，通常房子都很大，以为香港人的住宅条件很好，其实完全不是。一般商业楼盘，两室一厅都在六百尺左右，三室一厅也绝不超过八百尺。房间面积小，还往往没有阳台，一梯八户，总有那么几户终日不见阳光。如果是那种政府贴钱的屋苑，条件还更差些。当然，丁家的房子属于比较高端的，地段好，房型好，物业配套都好。但 140 平方米，四室两厅，放在上海也称不上多么了不起。郭妮家的老房是有了些年头，市中心，住惯了便懒得动。闲置的那几套房，地段不好不坏，市值也超过千万。这些，郭妮从没跟丁母提过。穿着打扮上，郭妮随母亲，素净得过了头，也是不怎么起眼的。吃东西也不讲究。郭妮每次这么想，便觉得自己还是有些介意的。但这事还不能说出口，诸如"我压根不在乎嫁个香港人""我家其实不比你家差"——真要这么说，就小儿科了，成丁师奶了。

但香港毕竟还是有些不同的。每到周末，全家人通常去楼下餐厅吃饭。客人大多是小区业主，侍应生都是相熟的，"丁生、丁太"叫得呱啦松脆。香港的食物到底是美味，不论中西餐厅，都分茶市、午市、晚市。港式点心做得地道，西餐也正宗，最可贵是中西合璧的菜，口味、氛围都恰到好处，没有拼凑的矫情，也不是哗众取宠的路数。还是很朴实的，极贴合香港的环境，既传统又西化。却也不觉得古怪。餐厅门口的迎宾员，胸牌上印着"知客"。郭妮初见时还一怔，想居然叫了这个称谓，忒古意了。办喜酒，海报上必然是"某某联姻"或是"某府有喜"，满月酒叫"弥月宴"，若是老人过生日，寿桃寿糕是少不了的，精致地做成一份份。春节是不必说了，中秋、端午、重阳，也都是放假的，各自时令的吃食，月饼粽子重阳糕，都是当季主打的，摆在显眼位置。实打实的材料，做法也是古朴的，气氛倒似比上海还浓郁些。西方的节日，自然也是过的。撇去圣诞节不提，感恩节、万圣节、父亲节、母亲节——郭妮曾在万圣节的晚上去过兰桂坊，光怪陆离，各种妖怖的造型，音乐声、尖叫声、疯笑声。连警察都要出动。香港人便是有这热情和耐性，在东西两界间游离腾挪，却又是不落痕迹的。人与人之间的往来，香港也是自成一体。比西方人拉得近些，比东方人又恪守些距离。他们往往比上海人还容易亲近些，客气、守礼，沿袭了中国人一贯的亲朋邻里间的相处之道，却也是极有分寸的，该说的说，不该说的绝不开口。待人接物上，郭妮有时反觉得香港人更单纯些，没有七拐八绕的小心思，简单清爽。一声"丁太"，隐去了她原来的姓氏，这感觉也是新奇的。看着彼此相仿的脸，日常起居也相差不多，却终究还是不同。这些不同，散落在生活的各个层面，是嵌入内里的，一两句话竟说不清。

刚认识胡绍斌的那阵，郭妮觉得他很像香港人，广东话说得地道，行事也潇洒。第一次打破这个感觉，是两人去餐厅吃饭。买单时，胡绍斌拿出一张五百大钞——香港人买单很少用散钱凑成正好的数目，都是大钞，找零里拿走几张整钱，剩下十元、二十元，还有硬币，便当作小费——找零拿来时，胡绍斌很认真地取走每一张钞票，连硬币也不落下。郭妮把目光移开，倒不为别的，给不给小费纯属个人自由，况且内地也没这个习俗。她只是觉得，他到底与她面上看到的不同。但另一方面，也正由于他毕竟不同于香港人，是介于两者之间的意思，反倒让她觉得亲切。他应该还是注意到了她的目光，之后再买单，便都是刷卡。她看在眼里，感慨这男人竟如此敏感。再一想，他那样的境遇，倘若不是这样，反倒是奇了。

罗妍从上海发来微信："胡绍斌今天来沪，约我出去吃饭。"

郭妮看了一怔，想这男人动作倒也快。那天，她消息刚发出去，他便回过来："是准备分手吗？""分手"两字把她吓了一跳。更不敢擅动了。到了第二天，他径直跑来找她。他知道她住的小区，只是不清楚门牌号。他给她打电话，说在楼下商场等她。她找个借口溜出来，心怦怦直跳，想怎么会到这一步。猝不及防。都像韩剧里的情节了。

　　远远地，她看见他坐在长凳上，手机横在胸前，眼神定定的，似在发呆。她不禁有些自责，多少也是因为她起的头，或者说是纵容，才导致了这样的暧昧。这大半年来，她把他当成什么呢？她自己都有些迷糊。救命稻草，或者说是登山时那根手杖，握着便觉得安心许多。她自然不能告诉他，若不是误以为丈夫出轨，根本不会有后面这段。她本以为拿捏住分寸，便不至进退失当。殊不知对男女来说，时间本身便是催化剂，足以忽略一些东西，却又让另一些东西凸显出来。她有些懊恼。却又不全是懊恼，说不清的感觉。

　　她正要上前招呼，忽听一声"阿嫂"，丁维纯从旁边笑吟吟地走过来。郭妮吃了一惊，连忙站定。"嗨——"丁维纯一扬手里的饭盒，"刚才和朋友去镛记吃饭，打包些烧鹅回来，你和阿哥中意的。"郭妮说声"唔该"，兀自没有定下神，手足无措的。丁维纯上前挽住她手臂："返去（回家）啦——"郭妮机械地被推了两步。忽的，一个人影抢上来："这么巧？"正是胡绍斌。郭妮见到他，惊得一句话都说不出来。胡绍斌很擅长佯装偶遇，这次他索性称呼郭妮为"丁太"——"丁太，食佐饭没（吃了饭没有）？"他神情自若，又朝丁维纯点了点头："你好。"郭妮只好替两人介绍："我姑仔。胡生，一起学煲汤的同学。"丁维纯道："胡生你好。"胡绍斌对她道："你阿嫂好有天分的，就数她煲的汤好饮。"丁维纯笑道："是啊，我阿嫂心灵手巧。"胡绍斌递上名片："请多指教。"丁维纯接过一看："胡生住深圳？""香港深圳两头跑，我这人中意瞎忙。"胡绍斌说着，朝郭妮瞥了一眼，道："丁太，得闲一起饮茶。"郭妮点头："好。"

　　晚饭时，丁维纯吃着吃着，忽然笑出声："怎么男人也去学煲汤——"郭妮知道她说的是胡绍斌，也不接口。丁母反问："男人怎么不能学煲汤，活该女人累死？"丁维纯道："是个年轻男人。"丁母道："男人学点煲汤也好，老婆坐月有汤饮了。"母女俩你一言我一语，都是闲聊。郭妮一颗心还是悬着。她猜胡绍斌是存心促狭，对她提出"分手"的小小惩戒。她胡诌他是一起学煲汤的，他偏要发名片，拆她的台。深圳人到香港学煲汤，也委实是有兴致。刚才离开后，她收到他的微信："我回深圳了。"她回道："你是故意的吧？"隔了半晌，他回过来一句："看你和你小姑子的关系，就知道你过得挺好。替你开心。"

　　他果然不再找她了，连着几周，杳无音信。郭妮舒了口气，想他毕竟是个正路男人。也不晓得他会怎么看她。平白撩拨人家，却又戛然而止，像是戏弄了。郭妮想到这，又是懊悔又是歉意。待要安慰或是道歉，也不好，反倒是又掀事端了，便不去想它。

　　丁维安提了几次，下周他有假期，问她想去普吉岛还是巴厘岛。"才四五天假，东南亚合适。你中意两个人就两个人，要是想热闹些，就带我妈和维纯。你话事（做主）。"郭妮道："全家一起去吧。"丁维安又去问母亲和妹妹。丁维纯答应了。丁母起初不想去，拗不过儿子再三邀请，才点头了。郭妮知道丈夫的意思。一来是安抚自己，二来是向母亲示好，三来也是陪妹妹散心。詹姆斯回国后，丁维纯给他打电话，问他是否还会来香港。电话那头小心拿捏着语气和措辞，但意思是再清楚不过的。她说声"拜拜"，挂掉电话。郭妮与丁母守候在旁，都有些紧张。丁维纯倒没有表现得过分激动。第二天跑到钻石山的志莲净苑，吃斋拜佛，待了一整日。回家后径直问母亲："有合适的对象吗？我去相亲。"丁母立刻动用所有的人脉，整理出若干个人选。连着一周，丁维纯天天跟不同的男人在咖啡馆约会，到底是有些烦了。"算了，还是让我安静一阵吧。"她这个样子，家里人反倒放心了。怕就怕那种，过于沉默或是过于亢奋。

普吉之行很顺利。住在水边屋，走几步台阶便是大海。丁维纯想潜水。郭妮和丁母都不敢下海，丁维安也害怕，但要陪妹妹，只得战战兢兢地下去。海底拍了一组照片，珊瑚、礁石、鱼群，倒是极漂亮的。还有一日，郭妮独自在房里看电视，有人敲门，一见，却是服务生推着烛光晚餐进来，旁边有人拉小提琴，正愕然间，丁维安捧着鲜花上前："今天是我们相识一周年。"——她不晓得，丁维安原来是这么周到的一个人。当初与他结婚时，说实话是有些率性的，只是面上过得去，并未深究这个人如何。想着婚姻本就是赌博，交往十年也未必能真正看清一个人。后来一段时间里，因是新婚，又是不同地域，彼此多少存着些客套与神秘，话往好里说，行事也是七分收三分放的。她只当他是那种有些冷的个性，也不指望夫妻间能如胶似漆到哪里。现在见他这样，倒有些惊喜了。内裤那事，她不说破，他也不解释。误会倒促得两人感情更上了一层。郭妮想自己还是幸运的，适时撞破真相，适时打住。刚刚好，不早不晚。又有些感动。想着今后更要加倍地对这个男人。

罗妍说胡绍斌在上海只待了一天，两人吃了顿饭，便离开了。"我看他没那意思，"她给郭妮发消息，"吃饭时候，他一个劲地问我关于你的事情——把自己不要的男人推给别人，是不是挺有成就感？"

郭妮觉得自己还是做错了，不该画蛇添足，断就该断得彻底，软着陆绝不是明智的方法。给他介绍别的女人，是错误。那个女人是罗妍，更是大错特错。被罗妍这么剥皮拆骨地说开，是她自找的。好在一会儿，罗妍又打了个电话过来：

"怕你误会。其实我是开玩笑。再一想，我们好像还没到可以开这种玩笑的地步，只好打电话过来补救。我知道你是好心，想撮合我们。不过郭妮，没这个必要。"

郭妮沉默了几秒。"这件事，是我欠考虑，也没征求你的意见。我向你道歉。"

"他也来普吉岛了。"电话那头忽道。

郭妮一惊："什么？"

"我猜的。我给他看你在普吉岛的照片。他问我，你几时回去，又问我你住哪个酒店。"

"你告诉他了？"

"是啊。"

"没事。他应该只是随便问问。"

"那可不一定。天底下的事，谁说得准呢？"

郭妮把这看成是一个玩笑。正如罗妍所说，她们的关系其实还没到开这种玩笑的地步。但许多时候，情境是由自己的心决定的。你把它当作玩笑，它就是个玩笑；若是你认真了，它便真成了整蛊的恶作剧。郭妮没有告诉罗妍，下午欧阳给她发过消息，"有空劝劝罗妍，让她放手吧。你知道的，我是孝子。"话虽然没头没脑，但整理起来并不难。郭妮本就觉得奇怪，小四眼那样的个性，不像是会违拗父母的人。她当即回过去："放心，罗妍已经有男朋友了。"又从微信里翻出一张罗妍与胡绍斌的合照，给他转发了过去。

她猜罗妍已经知道了，被人戳穿的感觉不好受。虽然她一点促狭的意思也没有，只是想替她争口气。胡绍斌很上镜，照片上潇洒倜傥，非常适合派这种用场。按下"发送"键那瞬，郭妮有一点后悔。想起那天罗妍提及这事的神情，眼泪在眼眶里打转，一圈一圈的，却始终不落下来。所谓宝宝云云，应该是她杜撰的。也亏得她有这心情。她是无论如何也不愿意在郭妮面前露怯。即便在那种时刻，也是小心谨慎步步为营。郭妮不知道她是从小便这样，还是到上海以后才渐渐改变的。人一旦换了环境，性情也会跟着不同。像体内有细菌侵入，上万亿的白细胞立刻聚集，将它吞噬。过了头，就是过敏反应，流鼻涕、眼痒、皮疹什么的。郭妮不想承认，她到香港的情况也是如此。那种仿佛天然造就的人与人的地势差别，再怎么挣扎也是徒劳。往往是，人们一边抗拒，一边默认。正如当年母亲在她耳边叮嘱"外地来的女孩，别惹她，少搭理就是了"。母亲与她都不认为这是对罗妍的蔑视。同样地，毛老师的常州媳妇也不会把人们对她的"称道"看成是一种偏见，这是再自然不过的事情。记得郭妮来港不久，丁母整理出几件衣服给她："维纯以前买的，没怎么穿就放在那边，我看你和她身材也差不多，屋企（家里）穿穿其实极好——"郭妮二话没说便接受了。这种时候一定要果断，让许多情绪还来不及弥散便扼杀在空气里，否则便更尴尬了。

郭妮挂掉电话，丁维安一旁问："罗妍吗？"

她点头："刚失恋。替她介绍男朋友。我一个同学的亲戚，住在深圳。"

"好办法，"他道，"忘记失恋痛苦最好的办法，就是找一个新男友。"

郭妮说到丁维纯："你也该替她多留心。她年纪也不轻了，拖下去比较麻烦。"

"维纯喜欢靓仔，有难度。"

"主要哥哥是靓仔，从小看惯了，标准低不下来。"郭妮开玩笑。

丁维安揽住她："你呢，还有没有人选？深圳也可以啦，维纯嘴馋，开饭店的很好啊。"

郭妮想，再找个内地的，你妈非吐血不可。嘴上道："深圳没有了，还有个西藏的，行不行？"丁维安道："那也不错。只要不是喇嘛就行。"郭妮逗他："你这个假鬼佬还知道喇嘛？"丁维安在她鼻尖轻轻一刮："这么小看你老公？"

她笑笑，想起下午在海边凉亭，她看书，丁维纯玩手机。她起身上厕所时，瞥见丁维纯在手机里翻看詹姆斯的照片。她快速离开了，回来时丁维纯躺着不动，头朝向另一边，似是睡着了。郭妮故意朝旁边绕了一圈，见她脸上残留着泪痕，眼圈也是红的。郭妮便也躺下装睡。一会儿起来时，丁维纯又换了生龙活虎的模样，撺掇郭妮一起去开摩托艇。两人各骑一台，后面坐着陪驾。郭妮胆小，又怕水，蜗牛爬似的速度。丁维纯则是开得飞快，转弯又急，好几次险些冲出规定海域，往深海驶去，吓得陪驾大声呵止，几乎就要拔钥匙熄火。结束后，丁维纯连呼过瘾。郭妮则是心有余悸，想她若是趁这机会寻短见，那可真是神仙也救不得了。把这层顾忌向丁维安说了，丁维安也不放心，便让郭妮晚上陪她睡："明天就回香港了，最后一晚，太平些好。"郭妮答应了。

丁维纯没有反对，只是说了句："我睡相不好，你要有心理准备。"郭妮道："我睡相更不好，吃亏的肯定是你。"两人很早便睡了，背对着身体，尽量靠边。听着彼此的呼吸声，都睡不着，却也不说话。半晌，丁维纯忽道：

"阿嫂。"

"嗯？"

"认识我哥哥之前，你谈过几次恋爱？"

"两次。"

"那不算多。"

"嗯。"

"詹姆斯是我第六个男朋友。认识他那年，我二十五岁。"

"九年了。"

"是啊。我妈常说，要是我没认识他，现在小孩说不定都上学了。"

"也有可能。"郭妮笑笑。

"阿嫂——我总叫你阿嫂，其实你比我小好几岁呢。"

"那你叫我名字。"

"你有英文名字吗？"

"没有。你帮我取一个？"

"Nicky？"

郭妮念了两遍："蛮好听。"

两人絮絮叨叨，聊些家常。丁维纯又问她："嫁到香港来，什么感觉？"郭妮道："没什么。香港和上海其实差不多。"她点头："本来嘛，都是中国。坐飞机也才两个小时。"郭妮问她："你全世界飞，最喜欢哪个地方？"丁维纯想了想："澳洲。"郭妮见她果然说"澳洲"，倒怔了怔。丁维纯说下去："我这人对风景什么的不敏感，哪里的人讨我喜欢，我就喜欢哪里。"郭妮停顿一下："现在还喜欢吗？"丁维纯点头："一世都喜欢。"

沉默了一下，郭妮岔开话题："下午你哥哥还让我给你介绍男朋友呢。他说你嘴馋，最好是找个开饭店的。"丁维纯笑笑："嘴馋也不见得非要找个开饭店的。难道身体不好，非要找个当医生的？没有钱了，就要找个印钞票的？"郭妮也笑："你哥哥是想让你方便些，不用出去，想吃就能吃。"正说着，忽然想到一事，顿时停下来。

"怎么了？"丁维纯转过身，看她。

郭妮摇头，"我出去一下。"说完爬起来，迅速离开了房间。

丁维安正在床上看电视，郭妮开门进来，脸色有些发白。他见到她，一怔："怎么回来了？"

"你是不是复制了我的手机卡？"她径直问他。

丁维安脸色变了变："什么？"

"你怎么知道我给罗妍介绍的男朋友是开饭店的？我记得根本就没对你提过，"郭妮看他，一字一句地，"——除非你看过我的短信。"

"我不懂你的意思。"

"我每次看完短信，都会删掉。而且我手机有密码。所以，你一定是复制了我的手机卡，对不对？"

丁维安朝她看，缓缓道："你为什么要删短信？"

郭妮沉默下来："——果然，我没猜错。"

两人安静了半晌，不说话，也不动。他坐在床上，她站在床前。很快，郭妮转身要离开，丁维安一把拉住她的手臂："等等，我有话说。"她摇头："算了，越说只会越尴尬。其实我也没资格这么理直气壮地质问你——有话明天返香港再说。"

"再坐一阵——"他央求。

她停了停，在床沿坐下来。

"你知道的，我离过婚。为的什么原因，你也知道。有句话叫一朝被蛇咬，十年怕井绳。我们是闪电结婚，况且又是来自不同的地方——我这么说，你不要生气，我没有别的意思，只是实话实说。虽然我很喜欢你，但冷静地想一想，这段婚姻其实是有些仓促的。还有，我父母也离过婚。所以这方面我非常没有安全感。复制手机卡是我不对，而且是大错特错，但我只是不想再受伤。你这么年轻，这么漂亮——你和那个深圳男人，起初我是挺生气的，甚至想过要摊牌，去南非买的那个红宝石，本来就是想作为最后的礼物。后来看到皮箱里的女人内裤，猜想你或许是因为误会才那样做。我观察了几天，发现你果然不再和那人联系了。我很开心，能和你继续生活下去。我没想到你会发现手机的事情。达令，是我不对，你原谅我，好不好？"

丁维安说得很快，口气急吼吼，显得局促。郭妮知道这是他的真心话。因为事情突然，来不及整理措辞，中听的，不中听的，一股脑端到了她面前。他是有些迫切了，都不像平常的他了。郭妮呆呆站着。她发现自己真的不知如何是好。刚才那样兴师问罪似的冲过来，其实是不怎么妥当的，反倒尴尬了。便愈加地难堪，脑子像清醒，又似是更迷糊了。

不知怎的，她忽然想起几周前，与罗妍去铜锣湾逛街，好好的，一个斜挎吉他的男人便走到眼前，对着姐妹俩唱起歌来。因是广东话，罗妍听不懂，只觉得好笑。郭妮却知道这叫《蝗虫歌》，香港极端人士专门唱给内地人听的，拉着罗妍便往前走。男人不依不饶，一直跟着。罗妍问郭妮，这人干吗呢？郭妮摇头，道："走你的。"男人竟伸出手臂拦在两人面前。郭妮用广东话说了句"再这样我就报警"。那男人愣了一下，才走开了。罗妍应该也是猜到了，笑笑，没有再问下去。后来两人也不再提及此事，像是没发生过。难得的默契，似是共同守护着什么，小心翼翼地，怕说破，反倒不好了，摆到台面上了。

丁维安拉住她的手。郭妮猜想自己最终会答应他。本来就难分对错。况且他说的都是实情，如果她没发现，后面应该会很美满。依她的个性，通常是不太有主意的，尤其那种模棱两可的微妙状态。郭妮记得母亲不是这样。虽然很长一段时间里，旁人都说她们母女俩是一个模子刻出来的。五官，还有个性。高中的某一天，郭妮放学回家，母亲拜托她去找一个同学的叔叔，那人在刑警803①。"替我查查，"母亲递上罗父的身份证，"不用很详细，只要大概了解一下，有没有坐过牢犯过事。"那时她与罗父正处于热恋阶段，郭妮并不认识他，后来见了面，这件事也早淡了。偶尔想起，最多也是感慨母亲过于谨慎了，没觉得什么不妥，自我保护，怕受伤而已，谈不上错。

郭妮诧异自己此刻竟然会想这些。她向来不喜欢给事情下结论。平常上网，看到那些动不动就上纲上线的人，她是极其讨厌的。她的态度是，这样应该是对的，那样好像也不算错。本来嘛，要真把天底下的事情一眼看穿、一两句话说清，这样的人非但愚蠢，也是不讲道理。郭妮这么想着，觉得自己其实还是在给丁维安机会，也是给自己台阶下。正如母亲与罗父快乐地度过了近十年，她和丁维安应该也可以继续下去。唯一的区别是，罗父应该不知道母亲偷偷调查他的事，而丁维安复制手机卡，却被她抓住了，很要命。

她看向床边的电子钟。十一点半。

外面忽然很吵。杂乱的脚步声。断断续续的英语，惊呼声。丁维安脸色一变，跳下床，飞快地开门出去。与此同时，郭妮也听

---

① 上海市公安局刑侦总队的代称。——编者注

清了:"有人跳海!"她跟着奔了出去。

凌晨的海面很平静,卧着碎钻似的月光。十几个人站在沙滩上,多是酒店员工。

海里有人在朝岸边游来。很快直起身子,是个男人,横托住一个女人,旁边还两个救生员打扮的人。几人帮着托头、托身体。郭妮认出那女人正是丁维纯,还不及反应,旁边的丁维安已冲了过去。郭妮正要动,脚却像是钉住了——月光落在男人的脸上。头发全打湿了,以至于她刚才没有一下子认出他来。她张大了嘴巴,惊愕地。

与此同时,男人也看见了她——胡绍斌的目光与她只相接了一秒钟,便移开,朝天猛吸了一口气,低下头,对准昏迷女人的嘴,将空气缓缓注入。

尾声

清明节。郭妮站在母亲的墓前。罗父将各色小菜糕饼水果摆好,蜡烛点上,嘴里说着:"吃吧吃吧,都是你爱吃的。"随即鞠了三个躬。郭妮也鞠了躬。结束后,罗父把供品里的水果拿了回去,塑料袋包了给郭妮。郭妮不要。罗父道:"供过的,吃了对身体好。"郭妮迟疑一下,接过了。朝墓碑看了一眼——父亲母亲都是淡然的神情。照片上母亲比父亲老了十几岁。因是黑白照,轮廓比真人更清晰些,眉眼也传神。

回去的路上,罗父问郭妮:"不去香港了?"郭妮道:"嗯。"罗父又问:"分居算怎么回事呢?"郭妮道:"先分居,再离婚。"罗父"哦"的一声,不太明白,但也不敢多问。郭妮告诉他:香港法律有规定，一方不同意离婚，可以先分居几年再申请离婚。

"非离婚不可吗？"罗父终是忍不住，小心翼翼地问道。

郭妮没吭声。

"他外面有女人？"

郭妮摇头："他人不坏。"

"性格不合？"罗父又问。

"其实，"郭妮停了停，"是我想回上海待一阵。有点累。"

"哦，那回来好好休息。"罗父停顿一下，没头没脑地跟上一句，"——我和罗妍可以在外面找房子的。"

郭妮一怔，朝他瞥了一眼。忽然意识到这个五十来岁的半老男人其实是在试探。也是担心。事实上，从她回上海那天起，他便一直表现得有些不安。

"我找了装修队，把花木路那套房子弄一弄。快的话下半年就可以搬过去。你和罗妍还是住这里。"她面无表情地说完，把头别向车窗外。

"那，我付房租？"半晌，男人道。

郭妮竟有些滑稽了，她知道这男人其实心里还是没底，半是疑惑半是装傻。他是要郭妮一句准话。

"住了这么久，谁问你要过房租？"郭妮硬邦邦地说完，换了话题，"——周末毛脚①上门，要不要帮忙？"

罗父先是一怔，随即摇头，"不用。嘿，也就是走个形式。隔壁邻居，过来才几步路，熟的不能再熟的。也不用准备什么，弄瓶酒，做几个家常菜，简单些。"

---

① 毛脚是上海话，准女婿的意思。——编者注

"酒我来买。"郭妮道。

罗父嗯了一声："谢谢。"

罗妍与欧阳的事，堪称峰回路转。本来已不抱希望了，有一晚，罗妍喝醉了去砸欧阳家的门，被他妈妈一顿臭骂。巧也是巧，这晚罗父正好回了老家，而罗妍恰恰又丢了钥匙，到底邻居一场，欧阳妈妈只好让她进来睡沙发。欧阳那八十多岁的老祖母，半夜里突发脑卒中，救护车还在路上，眼看着人已经不行了。罗妍当机立断，讨了一根缝衣针，火上消了毒，把老太太十根手指尖扎破，各挤出一滴黑血。救护车送到医院，医生说亏得你们急救及时，否则就算保住命，也是半身不遂。欧阳见事情有转机，便去求他奶奶。欧阳奶奶又去找儿子儿媳，说这姑娘我看着蛮好，漂漂亮亮，又能干，做我孙媳妇蛮合适。欧阳父母兀自不答应，欧阳奶奶讲话也是直接："就你儿子这条件，还挑三拣四？错过这个，怕是要打光棍了。"欧阳父母疙疙瘩瘩地同意了。欧阳跑去向罗妍报喜。罗妍足足请他吃了一星期的闭门羹，才点头。微信里密密麻麻的"宝宝，对不起"。罗妍问郭妮：

"信不信，周末那天我放他鸽子？"

郭妮想说"信"，嘴上道："何必呢。"

"什么戆×男人！"罗妍骂了句脏话。神情很复杂。

周末，罗妍果然没出现。罗父、郭妮、欧阳三人，围着一桌饭菜，默不作声。出于礼节，郭妮给罗妍打了个电话："你是不是忘了，今天什么日子？"

"让他去他妈妈那里再喂几口奶！让他妈妈给他挑个好姑娘，到时候我一定包个大红包。"背景很嘈杂，应该是在外面。

"哦，真的啊？"郭妮转向身旁的两个男人，编着词，"——她和同学去爬佘山，同学不小心摔伤了，她送她去医院。"又对着话筒，"那你安心在那边照顾同学吧，回来再说。"

"你连香港人都甩了，这么个戆×男人，我有什么可惜的！"电话那头道。

郭妮挂了电话。

手机一直关着。到了晚上打开，一串短信跳出来。都是丁维安发的，劝她回心转意。郭妮看了一遍，正要再把手机关掉，一个电话趁势溜了进来。

"Nicky！"是丁维纯。

说客很恪尽职守，整整讲了二十分钟。似是生怕郭妮挂电话，语速飞快。离开香港的语境，郭妮的广东话水平有所下降，许多词都不得不跳过，只听懂大概意思。

"你会回来的，是吗？"最后，丁维纯问她。

"我一点也不怪他，真的，最多是有些别扭。"郭妮答非所问。心想，"回来"这个词用错了，对她而言，"上海"才是"回来"。"——我想静一静。在上海。"

丁维纯有些沮丧。出于缓和气氛，她告诉郭妮："我有新男友了。"

挂掉电话不久，郭妮收到丁维纯的微信，是一张照片——她与胡绍斌的合照，就在深圳的饭店门口。丁维纯的头，斜枕在胡绍斌的肩上，两人都微笑着。

"是不是有点意外？"丁维纯在消息后面打了个笑脸。

郭妮端详着照片，想起数月前的某天，她和胡绍斌沿着维多利亚港散步。是黄昏时分，远处夕阳浮在海面上，映出一片金黄。两人站了一会儿，看日头一点点沉下去。他似是想亲她，头刚凑过来，便被她避开了。她听他说了句"我知道，你是在玩"，很轻，飞快地滑了过去。她怔了怔，见他神情无异，似是说笑，便也不在意。他的手，搭住她的头，朝自己肩膀按了下去。这次有点用力。她可以挣脱的，但没有。枕在他的肩膀上，45°看维港，稍有些眩晕，但是另一种惬意的感觉。他轻轻抚着她的头发。她闭上眼睛。那一瞬，她感到许久未有的平静，像此刻无风无浪的维港，秀美静谧。他忽道："俺稀罕你。"她一怔，没明白。他解释："东北人不说喜欢啊，爱啊，只说'俺稀罕你'。"她又是一怔，随即笑起来，笑得很欢快。还是第一次听他说东北话。

"他说他中意我。"丁维纯又发了一条。

郭妮停顿几秒，回了一条过去："恭喜。"

（完）

【作者简介】

　　滕肖澜，海派作家代表，中国作家协会全委会委员，一级作家，现为上海市作家协会副秘书长、上海青年文联副会长，中宣部"四个一批"文化名家。作品曾获第六届鲁迅文学奖中篇小说奖、首届锦绣文学大奖、《上海文学》奖、《十月》年度青年作家奖等。并入选《人民文学》与"盛大文学"共同推选的"未来大家TOP20"。